小学館文庫

下町ロケット　ガウディ計画

池井戸 潤

小学館

下町ロケット　ガウディ計画　目次

主な登場人物

【佃製作所】

佃航平《つくだこうへい》…………社長
殿村直弘《とのむらなおひろ》…………経理部部長
山崎光彦《やまさきみつひこ》…………技術開発部部長
津野《つの》薫《かおる》…………営業第一部部長
唐木田《からきだ》篤《あつし》…………営業第二部部長
江原春樹《えばらはるき》…………営業第二部
立花洋介《たちばなようすけ》…………技術開発部
加納《かのう》アキ…………技術開発部

＊　＊　＊

財前道生《ざいぜんみちお》…………帝国重工宇宙開発グループ部長
藤間《とうま》秀樹《ひでき》…………帝国重工社長
椎名《しいな》直之《なおゆき》…………株式会社サヤマ製作所社長
久坂寛之《くさかひろゆき》…………日本クライン製造部長
貴船恒広《きふねつねひろ》…………アジア医科大学心臓血管外科部長
一村隼人《いちむらはやと》…………北陸医科大学心臓血管外科教授
桜田章《さくらだあきら》…………株式会社サクラダ社長

下町ロケット

ガウディ計画

第一章　ナゾの依頼

1

大田区上池台《かみいけだい》にある従業員二百人ほどの中小企業、佃《つくだ》製作所に、とある依頼が舞い込んだのは、春風に初夏の薫りの入り混じる四月下旬のことであった。

いま立ち上がって昨日の営業報告をしているのは、営業第二部の江原春樹《えばらはるき》だ。仕事もできるが人望もある。若手旗頭のひとりである。

「日本クラインさんから、新規の話があるというので昨日、行ってきました。試作品を発注したいとのことで、こういうのを預かってきました」

設計図をテーブル越しに滑らせてきた。二階にある会議室である。営業第一部と同第二部が毎朝開いているミーティングだ。

大きな会社じゃあるまいし、面倒な書類でやり取りするより、その場で話を聞いて方向性を決めてしまったほうが、部員たちにとっても佃にとっても楽だ。そんな理由で開いている連絡会議のようなものだ。

図面を一瞥《いちべつ》し、

「バタか」

佃はいい、隣にかけている山崎光彦《やまさきみつひこ》に見せた。

黒縁メガネのブリッジを中指で上げながら見入った山崎は、技術開発部を率いる男で、三度の飯よりものづくりが好きという、根っからの技術屋だ。バタとはバタフライバルブのことだが、営業部のミーティングといっても開発を伴う話が多いため、山崎ら技術開発部の同席は必須である。

「えらく小さいな」

図面から顔を上げて山崎はいった。「なんの部品?」

「わかりません」

江原から、がくっとくるこたえが返ってきた。「何かの新事業のようですが、きいても何の部品なのかは教えてくれませんでした。ただ、指定した仕様で、この図面のまま作ってくれたらいいからと」

「なんだよ、それ」

不機嫌そうにいい、山崎はぶすっとした。

「舐《な》めた話だな」

嫌悪まじりにいったのは、営業第一部長の津野《つの》薫《かおる》だ。佃製作所には、小型エンジン関連の営業第一部と、それ以外の営業第二部という二つの営業部があり、ご多分にもれず、双方で張り合うライバル関係にある。

「社長、どう思います」

山崎が図面から佃に視線を戻してきいた。

「たしかに、何の部品かわからないまま作らされるってのは、気分のいいもんじゃないな」

佃はいったものの、世の中小企業が、何の製品かを知らぬまま、大手から発注された部品を作っていることは、実はさほど珍しいことではない。そんなものなのである。要するに日本クラインにとって、佃製作所は、その他多数の中小零細企業と同じ扱いの会社ということだ。

添付された付属書類には、このバルブに関する細かな仕様があれこれと記載されている。それと設計図を合わせ見た佃は、

「小さいことも小さいが、パイロライトカーボンという素材ってのもどうだよ」

右手で顎《あご》のあたりをさすりながら、実現可能性を考えてみる。

「それと動作保証も気になりますね」

さらに山崎が付け加えた。バルブ内を通る流量や圧力等々の細かな数字とともに「九十日」と入っている。要するにその間、このバルブは動作不良も故障もなく正確に動き続ける必要があるということだ。

「これがもっと一般的な素材なら、簡単なんですけどね」

普段馴染《なじ》みのない素材は、特性を摑《つか》むまでの試行錯誤が必要になる。さらに、

「これだけの技術的対価として、ちょっと安すぎると思うんですが」

江原の上司である営業第二部長の唐木田篤《からきだあつし》が金銭面に難色を示した。唐木田は、佃製作所にしては珍しい外資系ＩＴ企業出身で、徹底した合理的思考の持ち主だ。とはいえ、少々ビジネスライクに考えすぎなくもない。

見ればたしかに、ビミョーな金額である。

「うっかり受けてしまって開発に手間取ればあっという間に儲《もう》けのない話になってしまいます」

唐木田がいうのも、もっともである。

「量産の話はついてこないのか」

津野がきいた。試作で仮に赤字を出しても、量産まで任せてくれるというのなら赤字を穴埋めして儲けが出る。商売というのはそういうものだ。

「もちろん、そうするつもりではあるということでしたが」

江原がこたえたが、確約とはいいかねるようだった。

「で、江原。お前、どう思う」

佃はきいた。「直接交渉してみて、どんな感触だった」

いままで取引はなかったが、日本クラインといえば、一部上場の大手メーカーである。

「コンペなのかなと思いましたが、違うようです。ウチの技術力を見込んで依頼したいということのようで。その意味では受けてもいいかなとは思います。今後、これ以外の仕事に繋《つな》がっていく可能性もあると思うんで」

「江原がいうように、日本クラインに口座ができるチャンスとなると、そうはないでしょう」

普段、〝辛口〟の唐木田もそこは認めた。この取引を突破口にして仕事が増えれば、それは全て営業第二部の実績になるから、不満はあっても簡単には断れない。

「向こうの窓口は」

佃がきくと、名刺が二枚出てきた。ひとりは製造部長の久坂寛之《くさかひろゆき》。もうひとりは同部企画チームマネージャー、藤堂保《とうどうたもつ》となっている。

「やってみるか」

佃のひと言に、唐木田が腕組みをしたまま小さく頷《うなず》いた。他からも反論はなく、受注決定である。

「よろしくお願いします」、という江原のひと言は、山崎に向けられたものであった。営業部の受注品を実際に作るのは、技術開発部だ。

「誰にやらせますかね」

山崎が佃にきく。

「中里《なかざと》はどうだ」

と佃。すぐさま、いいんじゃないですか、と山崎のこたえがあった。

中里淳《あつし》は、技術開発部の若手の成長株だ。「あいつにも、そろそろ仕事を任せてもいいと思ってたんで」

「じゃあ、ヤマから中里に伝えてくれ。ただし、この金額では鵜呑《うの》みできないな。営業第二部で見積もりをし直してくれ。量産がついてくるという前提であれば、そんなにマージンは見込まなくていいから」

わかりました、という唐木田の返事で、江原が諮《はか》った日本クラインからのナゾの発注は、とりあえずの落着となったのである。

それは、いつもの見慣れた光景といっていえなくもなかった。佃自身、後で振り返ってみて、このときの自分の決断が間違っていたとは思わなかったし、おそらく同じ案件が出てきても、また同じ判断をするのではないかとさえ思った。

その意味で――。

これから後、期せずして佃製作所に起きたことは、ある意味、避けられない必然であったのかも知れなかった。

2

「こんなもんですかねえ」

作成した見積書を見て渋い顔でいったのは、経理部の殿村直弘《とのむらなおひろ》であった。

日本クラインから出てきた当初の予算よりはマシだが、営業第二部で作成したものも、せいぜいトントンに毛が生えたぐらいだ。

試作チームは、責任者の中里と立花洋介《たちばなようすけ》のふたり。

「しばらく大変だが、ふたりとも頼むぞ」

殿村の隣に並んでかけているふたりに、佃はそう声をかけ、「ちょっと開発期間は厳しいが」、と付け加えた。開発期間が延びても、その分の費用をもらえるわけではないから、そのときは赤字だ。

「そうですね……」

ほんの僅《わず》か、自信なげな返事を寄越した山崎に、

「大丈夫ですよ、社長」

逆に断言したのは、中里であった。

学校を出て大手メーカーの研究機関に三年勤務した後、佃製作所に入社した中里は、大学で機械工学を専攻したエンジニアであった。大学院の博士課程まで修了しないと一人前とは認められない研究機関でのヒエラルキーに失望して、経歴よりも実力がものをいう世界を求めてここにきたという中里には、他のエンジニアにはない上昇志向がある。どちらかというと、部長の山崎を筆頭にオタクっぽいのが多い佃製作所のエンジニアとしては異質の存在だが、佃にしてみれば「おもしろい奴」であった。その中里に投げる仕事としては、少し難しいぐらいが丁度いいし、それでなくては本人も納得しないはずだ。

「ただ、日本クラインがこの見積もりを呑むかどうかが問題ですが——」

山崎はそういってちらりと佃を見た。「もしよろしければ、社長も足を運んでいただけたらと」

もとより、そのつもりである。これをきっかけに日本クラインと取引が始まり、量産ともなれば主要取引先のひとつに成長していく可能性だってある。社長の佃が挨拶《あいさつ》に伺うのは当然のことであった。

佃らが五反田にある日本クライン本社に出向いたのは、五月の爽《さわ》やかな陽気に恵まれた日の朝だった。

「先日は、私どもにお話をいただきまして、どうもありがとうございます」

通された応接室で、佃は深々と頭を下げた。

「いえいえ。ご無理を申し上げてすみませんねえ、佃さん」

軽く応じたのは、名刺で見た製造部長の久坂寛之という男だ。長身を紺のストライプスーツに包み、派手なイエローのタイに、チーフを挿した洒落《しゃれ》たなりである。大企業の部長職だけあって態度は悠然としているが、どこか気取った雰囲気の男であった。

「少々難しいパーツなんで、技術力のある会社はないかと探していたところ、業界の仲間から佃製作所さんの話を聞きましてね。帝国重工さんのロケットにバルブシステムを納品されていて、それ以外にも守備範囲が広いとか。そこで、もしやと思い声をかけさせてもらいました」

「ありがとうございます。これを機会に、今後ともよろしくお願いします」

丁重に頭を下げた佃は、「早速ですが」、と準備してきた見積書を、久坂と、その隣にいるもう一人の男、藤堂保の前に滑らせる。

一瞥した久坂から、笑顔が消えた。ここから先は、社交辞令なしの真剣勝負だ。

「弊社で検討いたしましたが、素材の難しさと精度、正確性を担保するとなると、やはりそのくらいの手間はかかりまして」

「ウチの予算は、ご存じですよね」

改めて、久坂は問うてきた。

「もちろんです」

その予算とはかなりの開きがあることも承知の上だ。ただ、佃のほうにも長年の経験があって、それがある意味「叩《たた》いた」希望予算、つまり、低目に見積もったものであることも薄々、わかっている。

「量産込みでも、この金額でしょうか」

案の定、久坂からそんなひと言が出た。

「量産は念頭にはおいていますが、前提にはしていません」

佃はこたえる。「ただ、約束していただけるというのであれば話は別ですが」

「あのね、佃さん」

ふいに久坂の態度が変わった。「量産のない試作なんか、ウチは出しませんよ。そんなの当然でしょう。当初、提示した予算でやっていただけませんかね」

強面《こわもて》から一転し、眉をハの字にして無理矢理に笑いを浮かべてみせる。

そういわれても、簡単に首を縦に振れる金額ではない。

佃がなおも渋っていると、

「ウチの予算を動かすのは難しいんですよ。なにせ組織が大きいものですから」

久坂は畳みかけてくる。

「いや、しかし――。あの金額では、ちょっと……」

渋る佃に、

「だから量産はそちらに回すといってるじゃないですか」

久坂はいい、両手をテーブルについた。「この通り。こちらもスケジュール進行上の問題がありましてね、すぐにでも着手していただきたいんだ。助けて下さいよ。決して損はさせませんから。今後のこともあるでしょうし」

唇をきつく引き締め、すこし低い位置から佃を仰ぎ見る。そのとき、

「社長――」

隣にいた唐木田がいい、佃は振り向いた。やりましょう――そういっている目が向いている。唐木田の隣では、江原がじっと身じろぎせず、この成り行きを見守っていた。

「いったい、これは何の部品なんです」

佃は、改まってきいた。

「まあ、それは――」

久坂は言葉を濁した。「ウチとしてはただ、この仕様と予算で、試作品を作っていただける相手を探しているわけでして」

余計な詮索《せんさく》をするのなら、そもそも取引はしないとほのめかしているも同然である。

「量産はいつから考えていらっしゃいますか」

佃は嘆息して尋ねた。

「数年内にはスタートしたい」

唐木田がまたこちらを向いた。今度は、少し驚いた表情だ。もっと早く量産に漕《こ》ぎつけられると思っていたのだろう。正直、佃もそう期待していた。

「大きなビジネスなんですよ。いろいろな意味で」

それまで黙っていた藤堂がずいと体を乗り出した。久坂よりも十歳以上年下に見える。三十代半ばだろう。小柄な男だが、その目は妙に昏《くら》い。口は達者だが底は浅そうな久坂と比べて、この藤堂は底が見えない。

「先ほど久坂から損はさせないと申し上げました。それ以上に、当方の製品に関与していただくことは、御社の評価にも繋がると確信しております」

何の部品なのかもわからないのにかよ、と佃は胸の内で毒づいた。バカにした話である。

さて、どうする。

作ってきた見積書を引っ込め、相手の言い分を呑むか。それとも突っぱねるか。長く感じられたが、実際に考えていたのは何秒かの間だったかも知れない。

「わかりました」

ついに、佃は折れた。「その代わり、量産での穴埋め、ぜひともよろしくお願いします」

こちらを見つめていた久坂の表情に、満足そうな笑みが広がっていく。藤堂が浮かべたのは薄紙のような微笑だ。

「よろしくお願いしますよ、佃さん」

差し出された久坂の手は、ひんやりとした汗で湿っていた。

3

「どうもいけすかないんですよね」

江原がそんなことをいったのは、その夜、繰り出した飲み屋でのことであった。長原の駅前商店街にある安い店のテーブル席である。

木曜日の七時過ぎだが、店内はさして混雑するでもなく、ゆっくりと話ができるぐらいの余裕はある。何が、と問うた佃に、「あの久坂ってオッサンですよ」、という返事があった。

「大企業の論理っていうか、自分勝手というか、なんやかんやでこっちのことなんかまるで考えていない。どうせ下請けだと小馬鹿にしてるようなところがあると思いませんでしたか」

「まあそうだな」

佃も、久坂の表情を思い出しながら頷いた。「でもな、あんなもんだぜ」

「どうせオレたちは、吹けば飛ぶような中小企業ですからね」

江原は自虐的になり、ちらりと腕時計を一瞥する。

この日誘ったのは、佃ではなく江原のほうであった。

真野《まの》が久しぶりに会いたいといってます、というのがその理由だ。

真野賢作《けんさく》は、かつて佃製作所に勤務していたエンジニアだった。事情があって佃のもとを去り、いまは大学の研究所に勤務している。退社したのは随分前のことで、会うのはかれこれ四年ぶりだろうか。どうしているのかと、佃も気になっていた。やがて——。

縄のれんをくぐって入ってきた新たな客の姿を見て、佃は、よっ、と手を上げた。

久しぶりに見る、真野の姿だ。

「ご無沙汰《ぶさた》しております。その節は大変、お世話になりました」

まっすぐに佃たちのテーブルまで歩いてきた真野は、腰をふたつに折って深々と頭を下げた。コットンパンツにジャケットという恰好《かっこう》だ。

「なにをかしこまってんだ」

佃は笑って席を勧め、おしぼりをもってきた馴染みの女将《おかみ》に、生ビールを追加でひとつ、注文する。

「どうだ、そっちの調子は」

気楽にきいた佃に、真野はカバンから名刺入れを取り出して佃に差し出した。アジア医科大学の先端医療研究所、主任研究員という肩書きである。

「以前、手紙、もらったな」

佃はいった。真野が退社して間もないときである。再就職の報告とともに、新たなビジネスの萌芽《ほうが》ともいえるアイデアがそこには記してあったはずだ。「あれは検討したんだが、ちょっとウチでは難しいんじゃないかって話になってな」

真野が寄越した手紙には、世界中に重度の心臓病で苦しんでいる患者が数多くおり、その彼らのために人工心臓の開発をしてはどうか、と書いてあった。

正直、いいアイデアだと思った。できれば挑戦してみたい——。

検討してみたのだが、なにせノウハウも何もない分野だ。佃一社で取り組むには技術的に難しすぎた。

「いえ、それは気になさらないでください」

真野は顔の前で手をふって見せると、「でも社長、期せずしてそういうことに関われるんじゃないですか？」、意外なことをいった。

「どういうことだよ、真野」

江原がジョッキを動かす手を止め、目を丸くする。

「実はですね」

真野は改まって向き直る。「いま私、仕事で日本クラインと付き合いがあるんです。その日本クラインが、ずっとバルブシステムの開発業者を探していまして。先日、佃製作所に仕事を依頼することにしたと聞きました」

佃は、思わず顔を上げた。

「日本クラインとは今朝、話をしてきたばかりだが。もしかして、それのことか――？」

「おそらく」

真野は頷く。「で、どうでした。話は成立したんですか」

ちらりと、江原と視線を交わし、

「したにはした。だが、なんの部品か口を割らないんだ」

「ちょうどいま、いけすかないって話してたところさ」

棘《とげ》のある口調でいった江原に、

「人工心臓ですよ」

真野はいった。「いまは伏せていても、そのうちわかるでしょうから申し上げますと、日本クラインが発注した試作品は、我々と共同開発している最新型人工心臓の部品のはずです」

真野は改まり、

「一度、ご報告に上がろうと思っていたのに、のびのびになってしまいまして済みませんでした。実は、社長から人工心臓は難しいって返事をいただいた後に、日本クラインと共同で人工心臓を開発するという話が持ち上がりまして。そのチームに入ることになったんです」

「そうだったのか」佃は目を丸くした。

真野の話によると、人工心臓開発のチームリーダーは、アジア医科大学心臓血管外科部長の貴船恒広《きふねつねひろ》教授。日本の心臓外科でトップクラスといわれる同大学で、長年にわたり同科を率いる看板教授だという。

「その貴船教授が開発に着手している新しい人工心臓は『コアハート』というんですが、実現すれば世界最小、最軽量。患者の負担を大幅に軽減できる画期的なものになるはずなんです」

「じゃあもう、三年以上も開発を続けてきたってことかよ」

江原が驚いてきいた。

その開発は日本クラインの経済的かつ技術的な後ろ盾で進められ、動物実験での成果を積み上げている段階だが、ここに来てバルブシステムに問題があるのではないかという所見が出、見直しに着手することになったという。

「当初、『コアハート』のバルブシステムは、日本クラインと取引のある会社が製造していたんですが、技術的に難しいということで、代わりの製造業者を探していたんです」

「それで、ウチに白羽の矢がたったと、そういうことか」

江原はいい、「まあ、名誉な話なのかも知れないが、それにしては値切られたな」、と不満を口にする。「でもさ、そんな話なら、別に何の部品なのか伏せる必要はないんじゃないか」

「日本クラインって会社は、とかく秘密主義なんですよ」

と真野。「それに、医療機器と聞いた途端、拒絶反応を示す会社も少なくないとかで」

「まあ、そうかもな」

佃はあえて否定しなかった。医療機器が厚労省に承認されるまで、相当の時間がかかかる。「量産まで数年かかるといった日本クラインの話も納得だ」

「逆に、数年で量産に漕ぎつけられるかどうかわからないんじゃないですか。まして、人工心臓ですからね」

江原はいい、「こういう人工心臓を必要としている患者さんって、どのくらいいるんだ」、真野にきいた。

「人工心臓を必要とするかどうかは患者の状況にもよるが、こと心不全の患者ということでいえば、日本では約二百万人。アメリカでは五百七十万人、さらに世界全体では二千二百万人の心不全患者がいるといわれているんだ」

「多いのか少ないのか、判断しかねる数字だな」

江原は腕組みをした。「人工心臓にも競合はあるだろうし、海外までマーケットに含めないと、採算を取るのは難しいんじゃないか。──社長、これは量産といっても、ウチが期待するほどのロットにはならないかも知れませんよ」

「そういうことも含め、日本クラインは何の部品かを伏せたのかもな」

有り得る話だ。すると、

「いや、儲かりますよ、これは」

真野はいうのである。「日本クラインは欧米での医療機器販売に強みのあるメーカーなんです。こうした医療ビジネスのノウハウは十分だし、その販売力を使えば十分、採算は取れる。そう考えていいと思います」

真野はさらに続けた。「儲けだけじゃなく、この人工心臓が完成すれば、必ず世界的に評価されると思うんです。そしてなにより、日本の企業グループが人工心臓を開発することに意義がある。デバイスラグ解消の一歩になるでしょう」

「デバイスラグ？」

江原がきいた。「なんだ、それ」

「欧米の医療機器と、日本国内で使われているものとの間に、時間的格差があるということさ。日本の医療現場で使われている人工心臓なんか、欧米の水準でいえばもはや博物館入りしてもおかしくないという人もいる」

「あ、それって認可の壁ってやつじゃないのかよ」

江原は鼻に皺《しわ》を寄せた。「役人の保身だ」

「それもある。だけど、それだけじゃないんだよ」

許認可をめぐる複雑な事情の一端を、真野は口にする。「国内での医療機器開発には偏《かたよ》りがあるんだ。日本のメーカーは、測定器とか、そういうのは得意なんだけど、人工心臓のような医療機器は弱い。技術力はあるのに、そもそも製造する会社が少ないのが原因なんだ。結果的に海外で開発された医療機器に頼らざるを得なくなっているのも、デバイスラグを産む原因のひとつになってる」

「それだって、元をただせば、厚労省の許認可に時間がかかるからじゃないのかよ」

と江原。

「ある意味、それは事実だと思うよ。だけど、日本の企業が恐れているのは、むしろ風評被害の方かも知れない」

意外な話である。「せっかく何かを開発しても、たった一件、事故が起きれば、メーカーが叩かれ、信用にキズが付く。みんなそれを恐れているから、できるだけ人の生き死にに関わる開発は避けようとする。でも、そんなことばかりじゃ、日本の医療は進歩しない」

真野は、大手のメーカーが風評被害を恐れて医療から手を引いたいくつかの実例を話した。

「それと、あとは補償問題かな」

真野はさらにいう。「日本人の感覚として、ひとたび何か事故が起きれば、メーカーのせいとなり、ひいては認可した役所の責任問題に発展していく。どれだけ成功実績があっても、たったひとつの失敗で社会評価は地に落ち、裁判沙汰になって巨額の賠償を請求されるかも知れない。これでは、役所も企業も腰が引けるのは当たり前だよ」

「おいおい。あんなに値段を叩かれた上に、補償しろだなんていわれたら、やってらんないよ」

江原は、ちらりと佃を見ていった。「やっぱり、断ったほうがいいんじゃないですか」

「まあ、乗りかかった船だ」

佃はぽんと片膝《ひざ》を叩いた。「引き受けた以上、きっちりやるしかないだろ。どっちにしたって、簡単に儲けさせてくれる話なんか、そうそうあるもんか」

4

「懸案の部品ですが、予定通り発注できました。先生にはご心配をおかけしましたが、これで技術的な部分は解決するはずです」

どうぞ、と日本クラインの久坂が差し出した酒を受けたのは、六十がらみの、痩《や》せてはいるがその目に生々しいまでの光を宿した男であった。脂ぎった顔が店の蛍光灯にてらてらと光っている。アジア医科大学の貴船恒広である。

貴船は酌《く》まれた冷酒に少々口を付けただけでテーブルに戻し、

「では、その佃なんとかという会社が今後もパーツを担当することになるのか」

と問うた。

考えるような間が挟まり、出てきたのは、

「さて、どうしますかねえ」

という惚《とぼ》けた返事である。「まあ、佃にやらせても良し、転注するも良し——」

「他にできるところがあるのか」

貴船の問いに、「ありますね。もっといい条件のところが」、と久坂は含みのある発言をした。

「ほう」肴《さかな》に箸を付けながら、貴船はふと視線を上げる。久坂は続けた。

「余程自信があるのでしょう。その会社は、『コアハート』の部品だと認識した上で、万が一の補償まで、してもいいといっています。多少、コストは上がりますが、魅力的な提案です」

社名を口にしないのは、貴船の耳に入れても意味がないと思ったからだろう。

「だったら、最初からその会社に頼んでも良さそうなものじゃないか。なんでそんな面倒くさいことをする」

当然の疑問を口にした貴船に、

「試作品は、先に佃製作所に依頼してしまったので」

久坂は単刀直入にこたえた。「ただし、量産となれば話は別です」

「場合によっては、試作品だけで切る、ということか」

「問題は、時間とコストです、先生」

久坂は胸を張ってこたえると、だよな、と隣にいる藤堂に同意を求めた。「佃で安く試作品を作り、量産は、より有利な相手に発注してコストを削減する。それがビジネスというものです」

平然といってのけた。

「しかしなあ、久坂君。『コアハート』のキーパーツだぞ。そんなものを外注に出して大丈夫か」

貴船は、ふと心配になったように尋ねた。

「なに、ご心配には及びません」

久坂は、胸を張った。「最終的に特許を取得するのは我々ですから」

「文句はいわせません」

きっぱりと言い放ったのは、久坂ではなく、隣にいた藤堂である。下請けに対する藤堂の感覚は、冷徹というのとは少し違った。どちらかというと、無感覚に近い。そのひやりとした感触に触れた貴船は、

「そうか。まあいい」

と話を退《ひ》いた。「開発は、君らの問題だ。君らの流儀で進めてくれ。私が口出しすることではなかったな」、そういうと手元の酒をとり、久坂と藤堂の盃に酌む。「実験

データが揃《そろ》い次第、臨床に移るよう、関係方面には話をしてある。頼むぞ」

「『コアハート』は、いまに世界の胸部外科学会をリードするデバイスになりますよ」

久坂は遠くを見る目になった。「先生の評価も、ますます盤石なものになるでしょう。次期学長も当確ですね。その節は、層倍のご贔屓《ひいき》をお願いします、先生」

「随分、気の早いことだな。ただ――」

機嫌よく聞いていた貴船だが、心に何かひっかかるものがあるのか、微《かす》かに表情を歪《ゆが》ませた。

「その前に、越えなければならない壁もある」

「理事会、ですか」

久坂の指摘に、静かに酒を口に運んだ貴船は、険しい目になった。

「理事の連中は医療の現場を知らないで、数字だけでモノをいうからな。まったく話にならんよ」

「ご愁傷様です」

憤懣《ふんまん》やる方ないといった貴船に、久坂は、「まあひとつ」、とねぎらいの酒を勧めた。

5

「ちょっと停《と》めてもらえませんか」

運転席に声をかけた佃は、胸の内ポケットから財布を出しながら窓の外を見上げた。

梅雨の季節になった。夜空は重たい雲に覆われて、月も星もない。

取引先との会食を済ませた帰りである。自宅に帰るのにちょうど会社の前を通りかかったと思ったら、三階の窓に明かりが見えた。午後十時過ぎだ。

「まだ誰か残ってるのか」

千円ちょっとの料金を支払ってタクシーを降りた佃は、三階までの階段を上っていく。技術開発部だ。

ほとんどの社員が帰宅して、いまやガランとしたフロアの半分は消灯されていたが、明かりがついているところにはふたりの社員がまだ残っていた。

中里と立花だ。ワークデスクに設計図が広げられ、その周辺にはあれこれと書き殴ったメモが散乱している。

その上に、試作品のバルブが三つ、四つ、無造作に置いてあった。

日本クラインの受注を受け、すでにひと月ほどが過ぎている。難航しているという話は山崎から聞いていたが、ふたりの表情を見ると、佃が想像していた以上に厳しそうだ。

「お疲れ。どうだ、調子は」

声をかけた佃は、タグのついたバルブを手にとって眺めながら尋ねた。

「正直、イマイチですね」

という返事を寄越したのは、立花である。リーダーを任せた中里から返事はなく、手を顎のあたりに添えたまま、設計図を睨《にら》み付けている。

「データが安定しないという話は聞いたが、原因は突き止めたのか」

尋ねた佃に、無言の返事がある。

受注はしたものの、時間がかかればかかるほど佃製作所の採算は悪化する。量産前提で、ただでさえ赤字で受けているのに――そんな焦りが仕事を任された中里にもあるに違いない。

「そう焦るなよ」

その辺りの気持ちを察して、佃はいった。「儲かる仕事もあれば、そうじゃないものもある。拙速《せっそく》が一番マズイ」

「わかってるんですけど、どうやっても要求された水準まで行かないんです」

そういった立花は、手にしていた書類をデスクにぽんと置き、改まった口調で佃にきいた。「社長、この設計に、そもそも問題があるということはありませんか」

佃も改めて設計図を眺め、目に付いた実験データの数字に視線を落としてみる。

「設計に問題があれば、どこが作ったって、そんなものうまくいきませんよ」

投げやりな雰囲気でいったのは、中里だった。声に苛立《いらだ》ちが混じっている。「本当にこの設計でいいのか、変更不可なのか、日本クラインにきいてもらえませんか」

佃の腹の底に涌《わ》いたのは、なんともいえぬもやもやした気持ちだった。果たしてそれをどう表現したらいいのか。慎重に考える間もなく、

「設計に問題があるというのは、百パーセント確実なのか」

言葉が尖《とが》ってしまうのをどうすることもできない。

「できないからといって、設計を疑うってのは、ちょいとばかり違うんじゃないか」

佃は続けざまにいった。「可能性を全て潰《つぶ》した上でいうのならわかる。そこまでやったのか、中里」

中里は硬い横顔を見せ、押し黙ったままだ。

デスクの向こうにいる立花は、思いがけない佃の怒りに言葉を呑み込み、真正面にいる中里に視線を合わせたまま動かない。

「そもそも赤字じゃないですか、こんなの。別に焦ってるわけじゃないですけど、安くやってるんですから、まず仕様を再検討してもらったっていいんじゃないですか

ね」

「お前、それでもエンジニアか」

　中里の言い草に腹が立ち、佃は思わず言い放った。「自分たちがやるべきことも満足にやらないで発注者を疑う。可能性を全て検討した上で、科学的根拠をもって指摘するのが本来のやり方だろう。中途半端な仕事をしておきながら、その尻を相手に持っていく。そんなことをされちゃあ、相手だっていい迷惑だ」

　中里の腕が動いたかと思うと、ぽんと何かがデスクの上に放り出された。手にしていたボールペンだ。さらに、

「じゃあ、まだ当分、かかりますけど」

　出てきたのは、投げやりなひと言だった。「ちょっと検討すればこの設計がダメなことぐらいわかりますよ。そんなことまで証明してたんじゃ時間とカネがいくらあっても足りないと思うんですけどね」

「オレがお前に頼んだのは、このバルブの試作であって金儲けじゃない。勘違いするなよ、中里」

　冷静に話そうとしているのに、その意思と裏腹に、声は怒りで震えた。

　中里を凝視する立花の顔が青ざめている。中里のほうは、投げつけられた佃の言葉を受け止めたまま、不機嫌に唇を結んでいる。

「今日はもう帰れ」

そのふたりに背を向け、歩きながら佃はいった。「頭を冷やして、もう一度よく考えろ。いいな」

三階フロアからまっすぐに通用口に向かい、そのまま自宅までの道のりを歩いて帰る。

顔がほてっているのがわかるが、それがアルコールのせいか、怒りのせいなのかわからなかった。ねっとりとした夜気が首筋をすり抜けていく。ほんの僅かに空気が動いたかと思ったら、ついに小雨が降り出した。濡れたまま、歩く。そういうことの全てが、いまの佃にはただひたすら鬱陶《うっとう》しく感じられるのであった。

――折り返し、お電話いただけませんか。何時でも結構です。

スマホの着信時間は、午後十時過ぎになっていた。

自宅のアパートに帰り着き、靴下を脱ぎ捨てた中里は、短い舌打ちとともに時計を見上げる。

いま、午前零時。

佃が憤然と帰っていった後、何もやる気にならず、立花とともに会社近くの居酒屋でビール一杯と軽い食事をして戻ったところだった。

かけ直すには遅すぎるだろうか。

迷いはあったが、結局、中里はスマホを操作し、鳴り出した呼び出し音に耳を澄ませていた。

三つ目のコールで、はい、という短い返事があった。

「お電話、いただきまして。夜分にすみません」

告げた中里の耳に聞こえてきたのは、かすかなノイズだった。機械の稼働音だ。

「ああ、別に構いませんよ」

相手は明るくいい、残業だったんでしょう、と続ける。

「ええ。ちょっと面倒な試作をしていまして」

「大変ですねえ。なにを作ってたんですか」

時間に余裕があるのだろう。そんな口ぶりだ。

「小さなバルブなんです」

「あ、それはもしかして、日本クラインさんからの発注かなあ」

そのこたえに驚き、

「ご存じなんですか」

思わず、中里はきいた。

「うちもいま、必死で営業をかけているところですよ。君が作っているバルブ、あれはなかなか難しいでしょう」

そこまで知っているということは、言葉以上に食い込んでいるという証《あかし》である。

電話の向こうが少し静かになり、「まあ、がんばってくださいよ」、という励ましの言葉になる。「バルブ関連の若手エンジニアとして、君はトップクラスだと私は思ってる。実は特に用事があったわけではないんです。ただ、いい返事を期待している──そのことだけ、お伝えしたいと思ってね。そろそろ、返事をいただける頃かと思ったもので」

その言葉を聞いたとたん、佃とのやり取りで鉛のように重かった心が、温かく癒やされるのを中里は感じた。

そして同時に悟ったのだ、一緒に仕事をするのなら、この男だと。いままで迷っていたことが確信に変わった瞬間であった。

自分の力を百パーセント信じてくれる。

その信頼に対して、自分もまた百パーセントの信頼で応《こた》えてみたい。

「ありがとうございます」

中里はスマホを握りしめたまま頭を下げた。「お待たせして申し訳ありませんでした。いろいろ検討しましたが──お世話になります」

「そうですか」

力強い喜びが滲《にじ》むひと言が耳に届いた。「ありがとう。君とならきっといい仕事ができる。期待してますよ。どうです、近々会って食事でも」

「ありがとうございます」

相手は早速、会食の候補日を上げ始めた。

6

苦手な上司、苦手な顧客、苦手な同僚——。どれもが、組織で働く以上、避けて通れない通過儀礼のようなものだ。それを克服するもっとも簡単な方法が自らの出世であるということに貴船が気づいたのはいつの頃であろうか。

地位や立場で見え方も考え方も変わる。それが、組織だ。

地位とは、視野であり、視点の高さである。

医者もまた組織の一員である以上、そうした経験則から逃れられるものではなく、若い頃の貴船にもそれなりに苦手なものはあった。だがそれも、学部長となった今では昔の話だ——ただひとつの例外を除いては。

その例外は、毎月第三木曜日の午前十時にやってくる。そしていま——。

オーバル型の会議テーブルを囲んでいる出席者は、総勢三十五名。アジア医科大学理事会は、三つの組織を代表するメンバーから成り立っていた。大学と病院、そしてそのふたつの上部組織となる、理事会である。むろん、もっとも立場が強いのは大学組織でも病院でもなく、この理事会であった。

「日本クラインと共同で開発を進めております人工心臓『コアハート』に関して、ご報告申し上げます」

発言を求められ、貴船は開発の次第について報告を始めた。出席者は大勢だが、いま貴船が意識を向けているのは、九人の専任理事たちであった。今しがた、心臓血管外科の出費について質問を寄越したのは、駒形《こまがた》徳治郎《とくじろう》といって、本学創業者の末裔《まつえい》だ。医者一家に生まれながら、自らは医学に進まず公認会計士となった〝はぐれ者〟だが、会計知識を武器にして、あれやこれやと大学のやり方に容喙《ようかい》してくる難敵である。

「その人工心臓の新しさはわかりますよ」

貴船の説明を受け、駒形がまた口を開いた。「ですが、先生のご出身の旧帝大と違い、ウチは私立なんですよ。つまり、何事にも財源というものがありまして、事業とするからには採算を追求しなければならない。昨年、当理事会で承認した研究開発費を使っていただくのは結構です。であれば、当初の計画通りに進めていただく必要があるかと思います。いかがでしょうか」

「開発段階で、難しい技術的な問題が起きまして。ただ、それも間もなく解決しますので今後は確実に進めて参ります」

貴船は、額に浮かんだ汗をハンカチで拭いながら応答した。胸中で渦巻いたのは、駒形に対する苛立ちだ。

お前に何がわかる。ただ、経営の数字をいじっていればいいお前に——。

「そうですか。まあ、貴船先生であれば間違いないとは思いますが、大学全体の収益も計画比を下回っておりますし、この人工心臓の開発に限らず他にも留意していただきたい点があります。特に心臓血管外科は、平均入院日数が昨年比〇・六日延びております し、手術採算も計画比を下回る状況で推移してますよね。適切な患者誘導を医師に徹底していただきたい。人工心臓の開発は結構ですが、その前にやっていただくことをきちんとやっていただかないと」

バカ者が。

貴船は、ひそかに拳を握りしめながらも、表だっては穏やかな表情で微かに頷いてみせた。

手術にも、儲かるものと儲からないものがあるのは、当たり前だ。しかし、儲からないからといって患者を拒絶しろとでもいうのだろうか。

理想を口にするのは簡単でも、実現するのは難しい。

会計士の資格を取って監査法人に入ったものの使いものにならず、親に呼び戻されて三十代半ばから理事になったという駒形は、今年六十五歳。医学も臨床も知らないこんなうつけが三十年間とんちんかんなことを言い続けても、この大学がそれなりに回っているのは、ひとえに、現場の医師たちの力があるからだ。それなのに、貴船の前任者の中には、駒形の見立てに反論した結果、理事会の意向にそぐわないという理由で左遷させられた者もいるというから、油断も隙《すき》もあったものではなかった。

「採算を考慮の上、術後の入院日数の減少。徹底してくださいよ」

駒形のひと言が総括となり、議事は次へと移っていく。

窮屈だ。

昼食を挟んでおそらくは午後三時近くまで続く理事会の席にいながら、貴船は思った。この不遇を脱するために、そして理事会に一目置かせるために貴船がすべきことは、胸部外科の世界での名声を高めること以外にない。

学長になり、さらに主要な理事としてこの会議に列する。

いまは雌伏のときだ——。

駒形のしたり顔を見据え、貴船は心の内で呟《つぶや》いた。

「先生、お疲れ様でした」

研究室に戻ると、そこに待っていたのは日本クラインの久坂であった。

「なんだ、来ていたのか」

資料をデスクに放り投げ、ネクタイを緩める様を、どこかにやついた表情で久坂は見ている。

「どうでした、理事会は。そのお顔では、また駒形理事あたりにやり込められたようにお見受けしますが」

「やり込められたわけじゃない」

貴船はむっとなった。「あの男のいっていることはな、皆、妄言だ。わかるか。で、あいつはカネの亡者だ」

カネの亡者ですか、と久坂はまたニッと笑ってみせる。

「それでしたら、あまり人のことは言えないような気がしますが。先生の場合、カネだけじゃなくて、もっと野望もおありだし」

「黙れ」

貴船はいい、不機嫌なまま反対側の肘掛《ひじか》け椅子《いす》に体を埋《うず》めると、「で？」、と話を促した。

「実は、ちょっと小耳に挟んだことがあって、もし先生がご存じなければお耳に入れておきたいと思いましてね。――一村《いちむら》先生のことです」

「一村の？」

秘書が淹《い》れてくれたお茶を一口啜《すす》りかけたその手を、貴船は止めた。

「人工弁《じんこうべん》の開発に乗り出されてるとか」

「人工弁の……？」

心臓手術に使う医療機器だ。

全身を巡ってきた血液は、右心房から右心室を通って肺動脈へ。そして肺から還《かえ》ってきた血液は心臓の左心房から左心室を通り、大動脈から全身へ送り出される。その左右の心房からそれぞれの心室、そして肺動脈と大動脈へ流れ出る血液を逆流しないようにしているのが心臓の弁といわれるものだが、ここに病変があると血液がうまく流れない。そのために、弁の代わりとなるものを埋め込む手術で使うのが人工弁である。王冠をひっくり返したような形の、見た目は単純な構造だが、実はこの人工弁に国産はない。

「なんでも福井の会社と産学協同で取り組んでおられるとか」

「ほう」

素っ気なく返事をしつつも、貴船はひそかな興味を抱いた。久坂は続ける。

「いま使われている人工弁は外国製ですからねえ。サイズ的に日本人の心臓に合わないこともあるじゃないですか。特に子供用とかはかなりニーズがあるでしょうね。一村先生らしい、いい着眼点ですよ」

ここで久坂は、自らの失言に気づいて小さく咳払《せきばら》いする。貴船の前で一村の話は禁物だ。だが――。

「それは、事業としては悪くないんじゃないか」

不機嫌になるかと思いきや、驚いたことに貴船は身を乗り出し、久坂の顔を覗《のぞ》き込んできいた。

「まあ、人工弁であれば、相当のニーズはあるでしょうね」

貴船の考えを読みあぐねつつも、久坂はこたえる。「でも、『コアハート』ほどのインパクトも革新性もないですし、医学界への貢献という意味ではとても先生の足下には――」

「だが、儲かるだろう、君」

貴船に遮《さえぎ》られ、

「それはまあ。症例も多いですし」

久坂は、手の甲で額のあたりを拭った。

両手を片膝に添えたまま、貴船は椅子の背にもたれかかっている。その頭の中で、どんな思考が渦巻いているのか、おそらく久坂には想像もつかないだろう。

「産学協同といったな、スポンサーはどこの企業だ」

「たしか、サクラダ、でしたかね。そんな名前の会社でした。繊維関係の会社だと聞きましたが、スポンサーといえるのかどうか。もし気になるようでしたら、お調べしましょうか」

「いや、いい」

貴船は、視線を空に投げたままいった。「私が調べる」

「ところで、直近の実験データをお持ちいたしました」

話をこの日の本題に向けた久坂は、持参した書類の説明を始めたが、それはほとんど貴船の耳には届かなかった。

一村の奴、人工弁とは、うまいところに目を付けたものだ――。適当に相づちを打ちながら、貴船は考えていた。

人工心臓の何分の一かのカネと時間で開発でき、おそらくは相当の需要があるはずだ。

その人工弁事業をこちらに取り込めば、目先のいい収益源となるに違いない。ひいては、人工心臓にカネと時間を掛け過ぎているという理事会の批判を躱《かわ》す、恰好《かっこう》の開発事業になるだろう。

この事業は、本学で引き受けよう。

そのためには、一村を説き伏せる必要があるのだが――。

貴船の唇が傲慢《ごうまん》な笑みに歪んだ。

7

「ヤマ、中里たち、どんな感じだ」

業界関連のパーティが開かれるホテルへの道すがらだった。東急池上線で五反田まで出、山手線に乗り換えた。会場のホテルまで、有楽町駅から五分ほどだ。ちょうどサラリーマンの帰宅時間で、ガード下に並ぶ飲食店街は人通りが多く賑《にぎ》やかだ。

「まだ苦戦しているようです」

「そうか……」

案の定だ。「この前、あのふたりにはひと言いったんだが」

「洋介から聞きました。申し訳ありません」

歩きながら、山崎はひょいと頭を下げ、表情を少し歪める。

「なにかあったか」

察してきいた佃に、「中里がその——」

苦々しく、佃が舌打ちする。「どうせ儲からない仕事だとでもいってるんだろう。だがな、世の中、儲かる仕事ばっかりじゃねえんだよ。そういってやってくれ」

「いってはいるんですが、妙にプライドが高いところがありまして。何でオレがやんなきゃいけないんだ、ぐらいには思ってるかも知れません。そもそも、ロケットエンジンのバルブをやらせてくれといってる口ですからね」

「技術的にも精神的にも、まだ早いな」

佃は決めつけた。「実力もないのにプライドばっかり高い奴ってのはホント、困ったもんだ。で、ヤマ、見てやってくれてるんだろ」

ちらりと見ていった佃に、山崎は頷いた。うかうかしていると、本当に納期までに間に合わなくなりそうだ。

「素材の扱いにちょっとした工夫が必要だと思うんですが、洋介にはそれ、指示しときました。間もなく完成するにはすると思います」

普段、率直な物言いの山崎にしては、奥歯にものの挟まったような言い方である。

案の定、少し遠慮したように、

「ただ、あんまりいい設計じゃないですね、あれは」、そういった。

「そうなのか」佃は思わず足を止める。

「自分たちの経験不足を棚に上げて中里がどういったかはわかりませんが、人工心臓のパーツとなれば、もっと耐久性を考えて設計すべきだと思いますね。生体適合性を最優先に考えているのはわかるんですが、構造的には脆弱《ぜいじゃく》すぎる気がします」

「こっちから日本クラインに提案してやったほうがいいかな」

佃はいったが、その辺りのことはさすがに山崎にも判断がつきかねたようだ。

「量産するのならと思って私も設計を考えてみたんですが、余計な提案をして責任を取らされるのは勘弁して欲しいですし」

「そりゃそうだ」

新橋方面に向かって歩いていた佃の視界に、ホテルが見えてきた。

業界団体が開く恒例のパーティだが、その顧客スジにまで声をかけてあって、客と出会う〝お見合い〟の色合いも強い。そんな場所で商売を拾うことは万にひとつだろうが、このパーティに佃が参加するのは、招かれた顧客の中に、帝国重工も入っているからに他ならなかった。

すでに開会の挨拶が終わった会場は、参加者でごった返していた。

入り口でドリンクのグラスを受け取って帝国重工で世話になっている財前道生《ざいぜんみちお》を探すのだが、なにしろ千人近い人がいて見つけるのは容易ではない。

同業者に呼び止められ、旧知の取引先と話し込み、

「佃さん――」

ぽんと肩を叩かれたとき、すでに一時間ほどが過ぎていた。

振り向くと、白ワインのグラスを持った財前がそこに立っていた。日本に冠たる財閥系大企業である帝国重工の宇宙航空部宇宙開発グループ、その部長職にある財前は、

日頃、佃がビジネスの相手にしている男である。

「先日の打ち上げ成功、おめでとうございます」

帝国重工の大型ロケットが種子島宇宙センターから打ち上げられたのは、二週間ほど前のことだ。同社社長の藤間秀樹《とうまひでき》が進める宇宙ビジネスも着々と軌道に乗ってきた印象である。

「こちらこそ。いつもお力添えをいただきまして。ただ、その件で折り入ってお話ししようと思っていたんですが――」

財前がいいかけたとき、背後からひとりの男が現れた。

財前と同じ宇宙航空部の調達グループを統括する、石坂宗典《いしざかむねのり》である。資材調達を担当している石坂は、財前と並ぶ宇宙航空部のリーダー的存在で、唐木田によると、ふたりは社内でライバル関係にあるという。

「おや、佃さん。それに財前も。これは奇遇だな」

そんなことをいって近づいてきた石坂は、背後にまたひとり、男を連れていた。

年齢は佃と同じく、五十を少し過ぎたぐらいだろうか。上等なスーツを着こなし、銀縁のメガネをかけた、いかにもインテリといった風貌《ふうぼう》の男である。

「ああ、そうだ、紹介しよう」

そういうと石坂は、男を佃に引き合わせた。「こちら、サヤマ製作所の椎名《しいな》社長だ。

ぜひ、佃さんを紹介していただけないかとおっしゃっていてね。ちょうどよかったよ」

佃の前に進み出、さっと名刺を差し出す椎名の仕草は、洗練されていて、優雅であった。

「サヤマ製作所の椎名です。お噂はかねがね。宇宙科学開発機構にいらっしゃったそうですね。今後ともお見知りおきください」

「ああ、サヤマ製作所さんですか」

佃も社名は、聞き知っている。

埼玉県狭山市に本社を置く精密機械メーカーで、佃の同業者だったはずだ。たしか、佃の父親の代から会社はあったはずだから、するといま名刺を交換した椎名直之《なおゆき》は二代目ということになるのだろうか。

「もう、狭山市のほうにはお会社はないんですか」

名刺の住所が新宿区になっているのを見て、佃はきいた。

「かつて本社があったところは製造拠点にしておりまして。本社機能は都心に出しました。そのほうが何かと便利なものですから」

「椎名社長は、NASA《ナサ》のご出身なんですよ。すばらしい技術をお持ちでねえ」

石坂はまるで自分のことのように誇らしげにいい、暗に椎名との良好な関係をほのめかした。その横で、なぜか財前が冴《さ》えない表情で成り行きをうかがっている。

「以前、雑誌でお見かけしました。「どんなことをされていたんです」

山崎が興味を示した。

「ロケット工学です。数学屋みたいなもんですよ」

軽い口調で椎名はいってのけたが、いわゆるロケットサイエンティストがどんなものかを知っている山崎は、ほう、と思わず声を上げた。「それはすばらしい」

「ただ、あんまり激務なんで、もっと楽してお金が儲かることはないかと思いましてね。いままで会社を経営してきた父も歳《とし》を取ったものですから、ひとつ会社でもやってみるかと。三年前のことです。これがなかなかおもしろい」

「そのためにMBAまで取得したというんだから、さすがだよ」

石坂は賛辞を惜しまない。「それで三年間で会社を急成長させたんだからね」

「いえ、大したことはありませんよ」

椎名は笑っていった。「特別なことはしていません。日本式だったオヤジの経営方針をやめて、自分に馴染みのある合理主義に変えてみただけです。日本の会社にはまだまだ無駄が多いですから」

果たして謙遜なのか、自慢なのか。

「ウチと同業だったと思いますが、その合理化で、それまでの製品ラインナップも変えられたんですか」

　佃がきくと、「いえいえ」、と椎名は首を横にふった。「従来扱ってきたものはそのまま継続しています。それプラス、私の専門分野を生かした製品を製造しようと。それで、ライバルの佃製作所さんにご挨拶したいなと」

「ライバル？」

　佃は思わず聞き返し、どういうことなのか、先ほどから硬い顔をしている財前を振り向いた。

「いや実は、佃さんに話そうと思ってたんだが、次回からのバルブシステムをコンペで決定することになったんだ」

　財前の発言に、佃は眉を顰《ひそ》めた。「バルブの性能も違うのに価格を争うと？」

「値段だけじゃない、性能も含めてですよ」

　そういったのは財前ではなく、椎名だ。

「帝国重工さんには、ぜひとも私のNASAでの経験を生かしてもらおうと思いましてね。弊社ではいま、NASAのバルブシステムのさらに上を行く製品を開発しております。佃さんもかつてロケットエンジンに関わっていらっしゃったとのことですが、あの業界は日進月歩です。NASAの最先端テクノロジーで挑戦させてもらいます」

「それはもう、決定事項なんでしょうか」

警戒して、佃は問うた。

「本部長の一声でね」

財前は渋い顔だ。財前らの上司、水原重治《みずはらしげはる》は優秀な男だが、かなりのワンマンだ。

「詳細はこちらからメールしておくから、まずは目を通して欲しい。このコンペで決定したバルブシステムが次期中期計画に採用されることになる」

「向こう三年間のバルブをそれで決めると」

寝耳に水の話である。

来年から始まる中期計画に搭載するバルブについては、設計を新しくしてすでに取り組んでいるところだ。仮にコンペで敗れるようなことになれば、投資の回収すら難しくなる。

まぎれもない、佃製作所の一大事であった。

「まずいですよ、社長」

財前たちと別れ、足早にパーティ会場を出ると、山崎が顔色を変えた。「あの椎名って男、ただもんじゃない。なにしろ——」

「NASAだからな」

青ざめた顔で山崎は頷く。

「どうします、社長」

「コンペになった以上、受けて立つしかないだろう」

「まあ、それはそうですが」

山崎は悲壮な表情だ。「しかし、水原本部長の決断でコンペになったということは、少なくともサヤマ製作所の評価はウチと同等レベルだということです」

椎名が日本人科学者として、宇宙工学の最先端技術に触れていたことは間違いない。

「相手がNASAだろうが、ウチだって一所懸命にやってるんだ。まずは、バルブシステムの改良をやり遂げようや。コンペで勝つか負けるかなんて、いま考えたところで仕方の無いことだからな」

「まあ、それはそうですが……」

山崎はこたえたが、有楽町のネオン街に向けられた視線は虚《うつ》ろに揺れ動いていた。


「やあ、どうも待たせたね」

約束の時間の五分前に指定された店に来ていた中里は、声がかかるや席を立ち、丁寧に頭を下げた。五反田にある歴史を感じさせる洋食屋の二階である。佃製作所の最寄り駅は、東急池上線の長原駅だ。中里が出て来やすいようにという細かな配慮に違いない。

待ち合わせ時間は、中里の仕事に合わせて午後八時と、会食にしては、少し遅めだった。

「本日はありがとうございます」

「まあ、気楽に行こう。──最初は生ビールでいいかな」

着席するなりきいた相手は、おしぼりをもってきた店員にそれをふたつオーダーして、メニューを広げた。

「何か苦手なものはあるかい」

いえ、とこたえると、生ビールを運んできた店員にさっそく何品かオーダーしてから、すぐに乾杯になった。

「今日はパーティか何かあったんですか」

会ったとき、相手の様子から酒の雰囲気を感じ取っていた中里はきいた。

「勘がいいね。いま、抜け出してきたところだ。なかなか誘いを断るのも大変でね。この予定が入っていて良かったよ」

ホッとした顔をしてみせた相手は、すでにアルコールが入っているはずなのに、瞬く間に一杯目のビールを飲み干し、すぐに二杯目を注文した。喉《のど》が渇いていた中里もそれに追随し、さらに赤ワインをボトルで頼む。アルコールが回るにつれ、中里の緊張もようやくほどけ、次第に口数が増えていった。

「そういえば、日本クラインのバルブは完成したのかい」

相手がそんな話を持ち出したのは、小一時間もした頃だろうか。

「まもなく、完成するとは思うんですけど」

中里は奥歯にものの挟まったような言い方だ。「何か問題でも」、ときいてきた相手にどうこたえたものか逡巡《しゅんじゅん》する。

「そうですねえ……。まあ、難しいことは難しいんですが。それ以前にあのバルブ、構造的な問題を抱えていると思うんですよ」

「ほう」

興味をもったらしい相手はきいた。「君には、その解決策があると」

「まあ、一応は」

酔った勢いとでもいうか、中里は自信ありげにこたえる。

「たしか、あのバルブはこんな感じだったな」

驚くべきことに、テーブルの紙ナプキンをとると、相手はボールペンでバルブの図を正確に描き始めた。途轍《とてつ》もない記憶力である。

「さすがですね。でも、ここのところが弱いので、安定しないと思うんです。たとえば、こんな感じのバルブだといいと思うんです——」

図の一点を指で示した中里は、そのナプキンの裏側に新たな図を描いてみせた。

「おもしろい発想だな。君が考えたのか」

「ええまあ」

多少、良心の呵責《かしやく》を覚えながらも、このとき中里は嘘をついた。この相手には、優秀だと思われたかったからである。

「であれば、これを設計図にして、日本クラインに提案したらどうなんだ」

「それはいまの段階ではちょっと——」

中里は言葉を濁した。「余計なことはしないで、いわれたものを作れという社の方針なんです」

「設計図はある?」

「ええまあ」

相手は、じっと中里を見つめ、「それ、私に預けてくれないか」、といった。

「預ける……」

さすがにまずいと思った中里は、思わず言葉に詰まった。「ちょっと社外には」

そういうと、

「社内だろ」

すかさず、相手は訂正してみせる。「君はもうウチの社内の人間になる。であれば問題ないはずだ。

ここが肝心とばかり、相手は衝撃的なひと言を口にする。

「君が話してくれたから、私も話すよ。日本クラインのこのバルブ、ウチが作ることになると思う」

「本当ですか」

「ああ、本当だ」

相手は頷いた。「佃製作所はいま君が手がけている試作品だけで、切られる」

まさか——。

言葉を失った中里に、その相手——椎名直之は断言した。

「残念だが、君の努力は佃製作所では実を結ばない。もし、実を結ぶとしたら我が社——サヤマ製作所でだ」

8

「コンペ?」

昨夜のパーティでのことを聞いた殿村は、トノサマバッタさながらの細長い顔の中で、大きな目をぱちくりとさせた。

「今朝一番で送られてきた通達が、これだ」

そういって佃は、帝国重工の財前からのメールに添付されてきた概要書をテーブルに置く。

慌てて一読した殿村の顔が急激に曇っていき、誰にともなく、「マズイですね」、という言葉が吐き出された。

「ロケットエンジン用のバルブシステムには受注を当て込んで巨額の資金を投入してますからね。いま見捨てられるようなことがあれば、大赤字になりかねません」

それは、いわれなくても承知だ。

「サヤマ製作所って会社、いわれてみればいろんなところで名前、聞きますね、最近」

そういったのは津野だった。「NASAのテクノロジーってのが売りなんですよね」

「実際のところ、評判はどうなんだ」

「さすがに、技術力は高いみたいですね。結構、評判はいいです」

津野はいい、ほんの僅か、声を潜めた。「強敵、現るってとこですかね」

早速、殿村が、契約している信用調査会社のオンラインシステムから、株式会社サヤマ製作所の情報をアウトプットして戻ってきた。

「創業はウチとほぼ同じですね。売上げは二十億円ほどの規模だったようですが、三年前に創業者が退き、現社長に交代してから急増しているようです」

殿村がいう通り、現社長になってからの売上げは二倍の四十億円ほどになっている。

「どうやると、こんなふうに売上げを増やせるのかな」

不思議そうにいったのは、唐木田だ。この急成長がどうにも解せないという表情だ。

「大手メーカーとの契約を立て続けに取り付けたって聞きましたけどね」

津野がいった。「椎名社長の人脈で、トップと直接交渉してるって話でした」

「もともとＮＡＳＡの日本人科学者として有名ですからね、椎名さんは」

そういったのは殿村だ。「帝国重工の上層部とも繋がっているのかも知れません」

「だとすると、コンペなんか形だけのものかも知れないな」

唐木田がいった。「ウチへの手前、形だけコンペにして、実際にはサヤマ製作所からの納品が前提になっているってことだって考えられますよ」

そんなことがあるだろうかと、佃は腕組みをして思案する。

財前は、二枚舌を使うような男ではない。サヤマ製作所で決まったのなら決まったと、最初からいうのではないか――。しかし、確証はない。

「ここは踏ん張りどころだな」

津野がいった。「何がなんでも、帝国重工との契約、死守しないと」

頷いた佃は、ふと気になったことを山崎にきいた。

「日本クラインの試作品に目処《めど》が立ったら、中里と立花のふたりも帝国重工向けのバルブシステムのほうに回してくれないか。少しでも手があった方がいい」

「わかりました」

「日本クラインには、そろそろ完成するという話はしてあります」唐木田がいった。「その上で、また社長と山崎部長にご足労いただきたいという話がありました。よろしいですか」

「もちろん。試作品の完成報告も兼ねられるよう、ヤマと相談して日程を調整してくれ」

慌ただしいまま打ち合わせが散会し、津野と唐木田、そして山崎の三人が出て行くと、後には殿村と佃のふたりだけが残った。

「まったく、いつになったら業績安泰っていえるんだろうな、トノ」

佃がいうと、殿村は心底、不安そうに眉をハの字にして見せた。

「それをお伺いしたいのは私です、社長。何がなんでも、ここを乗り切らないと——」

9

「すみませんね、わざわざ佃社長までお呼びたてをしまして」

応接室に入室してきたのは、久坂ではなく、その部下、藤堂ひとりであった。

「ああ、それが試作品のバルブですか」

テーブルに置いていた完成した試作品のサンプルを見た藤堂は、佃が何かいう前に手に取ってみたものの、一瞥しただけでそれをテーブルに戻した。

「社内の最終テストが終わりまして」

山崎がいった。「契約の個数を、近日中に納品させていただきます。量産計画について改めて――」

「そのことなんですが――」

藤堂は淡々とした表情で遮り、思いがけないことをいった。「申し訳ないですが、バルブの設計が変更になりましてね。やり直していただきたい」

佃は慌てた。

「どういうことでしょうか」

「私どもで再検証した結果、ちょっとこの設計では弱いのではないかということになりまして。申し訳ないのですが、設計を変更させていただきました」

有無をいわせぬ口調である。申し訳ないといいながらも、ただ自分たちの都合を、一方的に述べたに過ぎない。

「ちょっと待ってください」

佃は抗議の口調でいった。「設計を変更する予定があるのなら、先にウチに相談していただけませんか。ウチはこの設計で試作品を作ってたんですよ」

「そういうことはよくある話ですから」

あっけらかんとして、藤堂に反省の色は欠片《かけら》もない。

「よくある話だからはないでしょう」

呆《あき》れて佃は言葉を荒らげた。「ウチもそれなりのコストを使って試作してるんですよ。じゃあウチは、とっくにボツになって使う予定のないものを、作っていたということですか」

「ですから――」

藤堂が見せたのはむしろ、うんざりするような態度だ。「弊社に限らず、組織が大きくなると様々な単位でプロジェクトを進めているわけです。こういうことはまま発生することじゃないですか」

「お言葉ですけどね、ウチにしてみれば、こんなバカげたことは初めてですよ。藤堂さんは、いったいいつ設計変更のことをお聞きになったんですか」

「つい最近ですね」

さらりと返事がある。

「設計を変更するっていうのは、製造現場にしたら大変なことなんですよ。製造畑ならそれはおわかりでしょう。ちょっとこういうのは、勘弁してもらいたいんですよね」

返事はなかった。

感情のない目に見据えられ、人間というより、ロボットと話をしているような不思議な感覚に見舞われたとき、

「要するに応じられないと、そういうことですか」

藤堂からそんな言葉が洩《も》れてきた。

「いまそれをどうこういうよりも、何かおっしゃることがあるんじゃないですか」

腹を立てていった佃に、

「一応、こちらの試作の代金はお支払いしますよ」

という返事があり、ますます怒りに油を注がれる。

「カネの問題じゃないでしょう」

そういって相手を見据えた佃の隣では、山崎が憮然《ぶぜん》とし、言葉も発せないままだ。

その山崎の前に、藤堂がクリアファイルに挟まった書類をさっと差し出した。

「新しい設計図です」

その設計図を広げ、山崎は無言のまま凝視している。なおも藤堂は続けた。

「条件その他もそこに書いてありますから、それでお願いします」

バカにしている。

金額と納期を見た途端、浮かんだのはそんな言葉だ。

「ちょっと待って下さい、藤堂さん」

佃はいった。「こんな金額でできるわけないでしょう。しかも、この納期で。ふざけないでもらいたい」

「おや、そうですか」

藤堂が薄ら惚《とぼ》けた返事を寄越した。「できるという会社はあるんですけどね」

「なんですって」

この期に及んであいみつをとるつもりか。あまりの対応の酷《ひど》さに佃は、

「もう結構」

席を蹴《け》った。「私どもは、これ以上、お付き合いできません。久坂さんにそうお伝え願えませんか」

山崎とともにさっさと応接室を後にしたが、藤堂には、引き留めようとする気配すらなかった。

「とんでもねえ会社だな、日本クラインってのは」

エレベーターに乗り込むなり吐き捨てた佃は、何か考え込んでいる山崎に気づいて、

「どうした、ヤマ」、そうきいた。

「いや、別に」

難しい顔でまたもや黙り込む。

「佃さんじゃないですか」

声がかかったのは、一階ロビーに降り立ったときであった。

「椎名社長──」

立ち止まった佃に、椎名はさも愉快そうな笑みを浮かべて見せる。

「どうされました。何か不愉快なことでもありましたか」

問われた瞬間、佃の脳裏に藤堂の言葉が蘇《よみがえ》った。

──できるという会社はあるんですけどね。

まさか、サヤマ製作所のことでは──。

疑念を抱いた佃の前で、椎名は自信に満ちた笑みを浮かべる。

「日本クラインさんはコストが厳しいですからねえ、合理化が徹底していないと、なかなかビジネスをさせてもらえません。あ、失礼。釈迦に説法ってやつですか。ではまた──」

部下をふたり引き連れた椎名は、愉快そうに笑うと颯爽《さつそう》とエレベーターの中へと消えていった。

第二章　ガウディ計画

1

日本クラインとの打ち合わせは、その日の午後三時から、アジア医科大学内の会議室で開かれていた。

出席者は全部で十一名。日本クラインからは久坂と藤堂の二人。大学からは貴船教授と准教授の巻《まき》田《た》英《えい》介《すけ》、後は先端医療研究所から、人工心臓に関与している研究員が七名――。

月に一度開かれるいわば定例会で、この一ヶ月間に行われた実験データの発表と検討が主要なテーマだ。ここでの話し合いでチームのコンセンサスや方向性を決め、豚や羊といった動物実験段階までできている人工心臓「コアハート」を臨床試験まで引き上げるのが、当面の課題となっている。

「あの、ちょっとよろしいでしょうか」

真野が発言を求めたのは、一通りの検証を終え、日本クライン側から開発上の問題点をいくつか指摘された直後のことである。

「先日から安定性に問題があったとされていたバルブの件ですが、佃製作所への試作発注を撤回されたそうですね。それはどういう理由なんでしょうか」

「コアハート」の最大の売りは、ダウンサイジングである。

体内への埋め込み式でなく、体外にあって体内と連結したチューブで血液を循環させるタイプの人工心臓の場合、大きければ大きいほど患者の日常生活に邪魔になる。

初期の人工心臓は、それこそクルマのバッテリーほども大きく、さらに大きな駆動音をまき散らしていた。体にぶら下げて歩くのにも苦労し、映画館や音楽会にも行けない。結果的に患者の行動範囲を狭めることとなっていたのである。

「コアハート」は、細かなアイデアと日本の精密機械技術の粋を集め、かつてなく小さく軽量で、しかも静音性に優れた設計が特徴だ。

だが、この性能を実現するのは容易ではない。

まず、使用する軽量素材によっては耐久性が犠牲になりかねない。それが人工心臓である以上、動作の安定性は絶対条件である。たった一度の動作不良が人の命を奪うことになるからだ。

そして、特に難しいのがバルブであった。いってみればこれは、心臓弁の役割を担うキーパーツである。

開発の初期段階で日本クラインでは早々に内製を断念し、外注に回したものの不具合が続き、実績と技術力を評価して佃製作所に試作品を依頼した――はずであった。

難しいパーツを佃製作所にオーダーすると知ったときの真野は、同社の元社員として少々誇らしかった。それだけに、昨夜遅く、江原からかかってきた一本の電話はショック以外の何物でもない。

――日本クラインの試作品、ウチは降りることになったから。一応、知らせとくよ。

設計変更に佃製作所側が対応できなかった、というのが江原の話だが、そもそもそんな設計変更自体、真野にとっては初耳であった。

「残念だが、あの会社は使いづらくてね」

そう切って捨てたのは、久坂だ。

「御社から依頼された試作品は納品段階になっていたと聞いたんですが。先方との打ち合わせもなく急に設計変更するというのはいかがなものかと――」

「所詮《しょせん》、下請けでしょ」

ふっ、と短い笑いを吐きながらいったのは藤堂である。「試作の代金は払うわけだから、なんの問題もないじゃない」

「試作品だけでは赤字だったと聞いています。量産があってようやく回収できると。結局、こちら側の一方的都合で佃製作所を振り回したような恰好になってますよね」

「おい、真野君――」

研究所で上司になる吉田が小声で割って入った。「下請けの件は日本クラインさんの領分だから、お任せするのがスジだぞ」

「スジは承知していますが、突然の設計変更を押し付けるというようなやり方では、引き受ける下請けはいなくなってしまうと申し上げているんです」

そのとき、

「下請けは他にありますから、ご心配なく」

真野に冷ややかな視線を向け、藤堂がいった。

「佃製作所に代わって、サヤマ製作所という会社に試作と量産は依頼しました」

藤堂の後を継いで発言した久坂の言葉は、真野にではなく貴船に向けられていた。

「この会社は、NASAで経験を積んだ椎名直之という男が率いている、テクノクラート集団でしてね。技術的にも社会的評価も、佃製作所よりも数段、上だと思いますね」

「それほどの会社が受けたんだ。君らの発注方法に問題があったはずはない。その佃なんとかって会社がダメなんだろう」

　貴船が発したそのひと言で、真野の主張は無力化されたに等しかった。

「おい、日本クラインはこのプロジェクトのスポンサーなんだぞ。あんなことというなよ」

　その会議がはねた後、部屋を出た真野の腕を摑んだ吉田は、抑えた声でそう叱《しか》りつけた。

「スポンサーだからって、連中がやってることはムチャクチャですよ。佃製作所はこの数ヶ月、赤字覚悟で試作品の開発をしてきたのに、一方的な設計変更で、しかもとんでもない条件を提示してきたっていうんですから」

「だからなんだ。そういう会社なんだよ、日本クラインは。だけど、カネはある」

　吉田は、絶望的ともいえるひと言を発した。「いいか。睨まれるようなことするなよ。資金を引き上げられたらどうするつもりなんだ」

　真野は黙り込む。

　医療機器の開発に必要なのは、何はともあれ資金だ。

　プロジェクトが発足してから厚労省の承認を得るまで五年や十年といった年月がかかるのは当たり前で、その間に莫大《ばくだい》なカネが要《い》る。

開発資金は、人工心臓の場合十億円は下らない金額に上り、それだけの金額を大学の研究開発費で賄うことは難しく、かくして大手企業とのタイアップは医療機器開発にとって欠かせぬ条件となっていた。

「君もさ、うちの研究所でやっていこうと思ってるんなら、空気読めよ。いいな」

吉田はそう言い放つと踵《きびす》を返し、何事も無かったかのように離れて行った。

ふざけるなよ。

心中で吐き捨て、為《な》す術《すべ》もなく歩きだした真野に込み上げてきたのは、佃製作所に迷惑をかけてしまったことへの消しがたい悔恨だ。同時に、この組織に対する嫌悪感も。それは真野の中でどうしようもないほど膨らもうとしている。

自分の将来が見通せない。

本当にこの組織に骨を埋めることができるのか。いや、それだけの価値があるのか――。

懊悩《おうのう》する真野の元へ、北陸医科大学の一村隼人《はやと》から一本の電話がかかってきたのは、間もなくのことであった。

2

「社長、このたびはご迷惑をおかけして、すみませんでした」

　社長室のソファにかけた真野は、そういうなりテーブルに額をこすりつけんばかりに頭を下げた。

「別にお前が悪いわけじゃねえだろ」

　佃はいい、ちょうど運ばれてきたコーヒーを真野に勧める。

「サヤマ製作所のほうで量産まで発注するという話も聞いています。私から日本クラインには抗議したんですが、まったく聞く耳もたずといったふうでして」

「けったくそ悪い話だな。下請けなんぞ、人間とも思わない奴らってのがいるんだ。日本クラインもその口だ」

　腹の虫が治まらない佃は決めつけ、「頭にくるな、まったく」、と殿村に同意を求めた。

「そういう会社には今後、近寄らないことです」

　殿村はいい、「それはそうと、真野君のほうも、このことで立場が悪くなったりしてないかい」、と気を遣《つか》う。すると――。

「いえ、もう研究所の立場も関係はないんで」

　真野は気になることをいうと、背筋を伸ばして改めて佃と殿村に対峙《たいじ》した。

「実は、お詫《わ》び方々、もうひとつご報告があって参りました。せっかくご紹介いただいた研究所なんですが、今月いっぱいで退職させていただくことになりまして」

なにっ、といったまま佃は真野の顔を穴の空くほど見つめた。

「辞めるってお前、まさか癇癪《かんしゃく》起こして飛び出しちまったんじゃないだろうな」

「いえ、違います」

真野のこたえに、佃はなおも納得がいかず、「だったらなんだ」、と改めてきいた。

「以前、一緒にやっていたドクターに誘われたので、そっちの大学に移ろうと思います。福井にある大学なんですが」

北陸医科大学の先端医療研究所に勤務することに決めたと、真野はいうのであった。

「福井とは、また随分、遠いところへ行くんだな」

社長室から、真野と親交のあった若手社員たちを誘って近くの居酒屋に出向いた佃は、改めていった。

「その、誘ってくれた医者っていうのは、どういう人なんだ」

そう尋ねたのは江原だ。

「一村隼人といって、元はアジア医科大学で貴船研究室に所属していた人です。まだ四十歳ぐらいの若手なんだけども、めっぽう腕の立つ医者でして。随分、オレのことをかわいがってくれて、前から来ないかって声をかけてくれてたんです。ただ、家族のこととかもあってずっと迷ってたんですが、今回のことで吹っ切れました」

真野には妻と、小学生の娘さんがひとりいたはずだ。

「話の腰を折るようですまんが、そんな腕の立つ医者がなんで福井なんだ？」

気になる部分にズバッと突っ込んだのは、津野である。嫌味がない男というのは、こういうときに得だ。

「一村教授は、もともとは貴船教授の後継者といわれたほどの人だったんですが、あることで貴船教授と軋轢《あつれき》ができてしまったんです」

「軋轢って、どんな」

津野がきくと、

「それが、人工心臓の件でして」

イミシンに、真野はいった。「実は、いま開発中の『コアハート』の中心となっているアイデアは、一村さんのものだったんです。ところがそれを、貴船先生は、自分の実績として発表してしまいまして」

「要するに、師匠が弟子の発明を横取りしたってことか」

津野の質問に、真野は頷く。

「それに抗議して飛ばされたと――？」

佃がきくと、「いえ」、真野は首を横に振った。「一村さんはさっぱりした人で、それについては仕方がないって諦めてました。だけど、そういう噂ってのはどこからともなく広がってしまうものでして。いや、どこからともなく、というのは違うな。出所はおそらく、病院のほうだと思いますけどね」

奇々怪々の舞台裏を真野は繙《ひもと》いていく。「大学病院長に永野浩一郎《ながのこういちろう》という人がいまして、貴船教授と並ぶ学長候補といわれてるんです。おそらく、永野陣営から意図的に流されたのではないかと。貴船先生もそのままではやりにくいので、一村さんを北陸医科大学へ厄介払いしてしまったというわけなんです」

「ドロドロだな、病院ってところは。オレには勤まらんわ」津野が呆れていった。

「間違ってるのは貴船教授なんじゃないのかよ」

正義感の強い江原は憮然《ぶぜん》としている。「誰もそれを正せないってことか」

「それが、白い巨塔と呼ばれる所以《ゆえん》さ。ここでは力のある者が正義でありルールなんだよ。それが嫌なら、こびへつらってでも偉くなるしかない。ただし、医学の世界で認められるためには、一筋縄ではいかない不文律のようなものがある。その最たるものが旧帝大を頂点とする学会のヒエラルキーだ。貴船教授も旧帝大卒で、それどころか胸部外科学会の学会長だ。それに対して一村さんは、若い上に九州の国立大学医学部出身で、いわば外様でさ。客観的に見て、一村さんに勝ち目はない。だから、一村さんは余計な反論をすることなくさっさと身を引いて、声をかけてくれた北陸医科大学の教授職をとったというわけさ」

「お前がなんで研究所を辞めたくなったか、よくわかった」

津野がいった。「それに比べりゃ、ウチなんか単純というか、風通しが良すぎて寒いぐらいですからねえ」

「バカいってんじゃないよ」

津野の軽口を佃は笑い、改まって真野にきいた。「で、お前、福井に行って、なにするつもりだ」

「一村さんからは、いま着手している人工弁開発を一緒にやらないかといわれてるんです」

「人工弁？　なんだそりゃ」

尋ねた江原に簡単に説明し、真野は続けた。「たしかに人工心臓の開発も重要だと思いますが、こういう医療機器のほうがニーズがあると思うんです。それに、人工心臓と比べたらまだ資金的な負担も軽いですし、開発も楽かと。それに、バルブに携わってきた佃製作所での経験も生かせると思いまして」

感心して聞いた佃は、「その、一村という医者は、なかなかのアイデアマンだな」、と思うままを口にした。

「アイデアマンであると同時に、一流の心臓外科医ですよ、彼は」

真野は、心底、一村に惚れ込んでいるようだ。

「そんな男と仕事をするってわけか。それはおもしろい」

佃はいった。「今回のことは残念だったが、決断するきっかけになったんなら無駄じゃなかったってことだ。がんばれよ、真野」

3

「やあ、一村君か。どうだ元気でやっているかね」

スマホの向こうから届く貴船の声は、その電話をしていること自体を面白がっているような響きがあった。

「ありがとうございます。なんとか、やっています」

一村はこたえた。北陸医科大学にある、四畳半ほどの狭い研究室だ。貴船は、用事もないのに電話をしてくるほど暇な男ではない。さらにいうと、追いやった部下のその後を思いやるような思考回路を持ち合わせてもいない。

「ちょっと小耳に挟んだんだが、君、人工弁の開発をしてるんだってな」

予想外のひと言が貴船から出てきた。広いようで狭い業界だ。果たしてどこから聞きつけたか知らないが、貴船の情報網にはいつも驚かされる。

「ええまあ」

曖昧《あいまい》にこたえた一村に、「相手はどこだ」、と貴船はきいた。「そっちの地場産業とか聞いたがね」

「株式会社サクラダという会社です」

一村はこたえる。

「聞いたことがない。医療関係か」

「いいえ。繊維関係、ですかね」

あえて、一村は正確にはこたえなかった。貴船が何を企《たくら》んでいるかはわからないが、余計なことをいって詮索《せんさく》されたくはない。

「ほう。繊維」

電話の向こうで考えるような間が空き、「カネはあるのか」、といういつものひと言が発せられる。

貴船にとって、医は算術だ。

「ピーピーいってますよ」

北陸医科大学は歴史の浅い私立校で、貴船のいるアジア医科大学とは比べようもない。実際のところ、サクラダとの研究開発も、経産省の補助金を頼りにするなど、いつも資金繰りと相談だ。

「そっちの研究費では何かと不自由するだろう。これは君のためにいっているんだが、もし共同で開発したいということであれば、ウチとしても前向きに考えてやってもいいと思ってる。日本クラインか、どこかはわからないが、ウチと組んだ上で、その研究開発にカネを出すという企業を探してはどうかね。君にとってもいい話じゃないか。検討してみてくれないか」

思いがけない話に、一村は思わず返答に窮した。

たしかに、開発費は喉から手が出るほど欲しい。だが、貴船との共同開発が意味するところは、手柄の横取りだ。

いや、それよりも問題なのは、功名のためにともすれば本質を見失いがちになる貴船の強引さかもしれない。安全性の軽視に繋がりかねない性急な進め方こそ、貴船と袂《たもと》を分かつことになった最大の理由である。

「ありがとうございます」

胸の内はさておき、一村は丁重に返した。「ただ、いまのところ、小額とはいえ本学からも予算をいただいていますし、補助金もありますから、なんとかなっております。お気遣いいただき、ありがとうございます」

電話の向こうに、再び、間が挟まった。

「そうか。だがな、一村君、医療機器の開発に必要なのは、ただカネだけじゃない。

お墨付きだって必要なんじゃないのかね。カネのない三流大学と、地場の中小企業。そんな連中が開発した製品を、ＰＭＤＡは簡単に認めないよ。これははっきりといっておく。もう一度、よく考えてみなさい」

ＰＭＤＡ——独立行政法人医薬品医療機器総合機構（Pharmaceuticals and Medical Devices Agency）は、医薬品や医療機器の審査機関だ。国内の全ての医薬品、医療機器は、開発段階からＰＭＤＡの助言という名の指導と評価を受け、最終的に厚労省が判断、認可するシステムができあがっている。

ところがＰＭＤＡの担当官は審査の専門家であっても、その道の学者ではない。従って、ＰＭＤＡ内での所見形成にとって、学会での論文、意見書などが大きな影響を与えることが少なくないのが現状だ。逆にいえば、学会の重鎮である貴船の意見は、場合によってはＰＭＤＡの所見を左右するほどの重みがあるということである。

「ありがたいお言葉をありがとうございます」

一村は慎重に言葉を選んだ。「その節はぜひ、よろしくお願いします。ただ、いまの段階で先生のお手を煩《わずら》わすのもいかがなものかと。まずは私どもでできるところまで進めてまいりたいと思います」

「なるほど。ただね、私も移り気なところがあるもので、こうして声掛けはしたものの、気の変わらないうちに頼むよ」

貴船はいった。「それが、君と私のためだと思う」

君と、は余分ではありませんか——。

そのひと言は胸の内でそっと呟き、

「肝に銘じます」

一村は丁重にこたえると、貴船との話を終えた。

4

「社長、ちょっとよろしいですか」

殿村が社長室のドアから顔を出したのは、真野を囲んで呑んだ翌日のことであった。目を通していた書類から顔を上げた佃は、手振りでソファを勧め、自分もテーブルを挟んだ反対側の椅子にかける。

そのテーブルに広げられたのは、先月の試算表だ。

「赤、か」

数字を見て、佃は顔をしかめた。

「新型バルブの開発費が思いの外、嵩《かさ》んでまして。それと、日本クラインの試作品は、それ単体で完全に赤です。中里も立花も、この三ヶ月、かかりっきりでしたからね」

佃は小さく舌打ちをして、「あれは、オレのミスだな」、と認めた。「量産を当てにしたとはいえ、赤字なのに妥協したのはマズかった」

「ちょっと気になるのは、中里です。結構、不満を口にしてるようですが、大丈夫でしょうか」

「ああ、聞いてるよ」

日本クラインとの取引打ち切りが決まった後、それを告げたときの中里の目は感情を映さない鏡のようであった。憤りでも苛立ちでもない、あえていえば無力感さえ漂う眼差《まなざ》しの中で、反論のひとつもなかった。

「周囲には、もう辞めるといっているそうです」

「本当に辞めるつもりじゃないだろうな」

佃は驚いて、殿村の生真面目《きまじめ》な顔を見据えた。

「元来が批判的な男ですから、ただそういってるだけなのかも知れませんが」

その中里の性格はわかっているし、潜在的な能力もあると思う。必要なのは経験だ。だからこそ試作品を任せたわけだが、思わぬ形で裏目に出てしまった。

「まあ今回のことは仕方が無い。今後、奴に任せられるいい仕事があれば、それなりにやらせてやろうと思う」

そういうと佃は試算表を見、「それより、問題は業績のほうだな」、と改めていった。

ふいに浮かんだのは、椎名の顔だ。

日本クラインとどんな交渉をしたかは知らない。だが、結果的に日本クラインはサヤマ製作所を選んだ。どんな条件を提示したかはともかく、結局のところ佃は仕事を横取りされ、負けたのである。

いや、日本クラインとの取引はまだいい。問題なのは、帝国重工だ。受注前提で取り組んできた新バルブだが、コンペとなれば話はまるで違う。見込んでいた受注を失えば、開発費を回収する見込みはたたない。主力の小型エンジンもパッとしない現状で、佃製作所の業績は一気に悪化しかねない。

「何がなんでも受注しないと。大げさではなく、社運がかかっています」

殿村も必死だ。

「わかってる」

佃も腕組みして、天井を睨み付ける。「なんとか突破しないとな」

福井に行った真野から、会いたい、との連絡を受けたのはその数日後のことであった。

5

秋雨前線の影響で、どんよりとした曇り空の広がる日の午後である。午前中まで、音もなく細かな雨が降っていたが、それが止《や》んだと思ったら強い日差しとともに湿度がぐんと増してきた。

作業場にいた佃を殿村が呼びに来たのは約束の午後二時少し前のことであった。応接室で佃を待っていたのは三人の男たちだ。

「お忙しいところ、お時間をいただきありがとうございます」

立ち上がって頭を下げた真野は、すぐに同道したふたりを紹介した。

「こちらが、北陸医科大学の一村隼人先生です」

長身の男が、佃に名刺を差し出した。一村です、と名乗る表情が柔らかい。大学の教授職のはずだが、一村には学者臭さがなかった。佃もかつて研究職だったが、人なつこそうな笑みを浮かべる一村の雰囲気は、自分が知っている研究職ともどこか違う爽やかな印象を運んでくる。

「こちらは、協力していただいている桜田さんです」

株式会社サクラダという社名は、桜田の名字そのままだ。福井市内の住所が書かれた名刺には、塔を模したロゴが印刷されていた。

「ああ、それはサグラダファミリアです」

年齢は五十代後半だろうか。桜田章《あきら》は、いかにも福井の人らしい、人の良い笑みを

浮かべた。サグラダファミリアは、有名なスペインの教会のはずだ。どうしてですか、と問うた殿村に、

「桜田という名前からの勝手な連想ですよ」

と桜田は笑った。「以前バルセロナに行ったときに見て、圧倒されまして。十九世紀から建築が始まって、いまだ続いているというところも気に入りました。斬新《ざんしん》なアイデアで、こつこつと何かひとつの理想に向かって前進するのは、我々が目指す究極の形ではないかというのでロゴに採用してるんです」

「なるほど」

佃は頷き、「ところでサクラダさんは、何のお仕事をされているんですか」、ときいた。

「ウチは編み物の会社です」

「編み物？」

桜田の返事に、佃も殿村も、そして山崎までもが一緒になって聞き返した。それほど意外な返事だったからだ。

「失礼があったらお許しください。セーターとか、そういうものですか」

殿村がそう尋ねたのも無理はない。

「いえ、服やバッグといったものは作っていません。その素材を提供しているんです。

たとえば、クルマのシート素材とか、編み物というのは工業製品の様々なところに利用されているんです」

桜田はそういって、もう一枚、新たな名刺をくれた。株式会社桜田経編《たてあみ》という社名が印刷された会社だ。

「この会社がいわば親会社で、サクラダは一村先生との開発のために新たに作った子会社なんです。私がサクラダの社長を務め、親会社である桜田経編の経営は弟に任せています」

「もともと、桜田さんは心臓関連の医療技術に興味を持っておられて、それで相談に来られたんです。そこからですよ、この話がスタートしたのは」

医療分野で何か貢献したいと考えていた桜田と、一村の創造性。それがタッグを組んだ。それ自体、おもしろい話だと佃は思う。

「社長、実は本日、お願いがあって参りました」

真野が口火を切り、本題へと移っていく。「先日、お話しした通り、いま私は一村先生と桜田さんとともに、人工弁の開発に携わっています。これがその試作品なんですが――」

真野がカバンから幾つかの試作品を出して並べた。手に取ってみると、太めの指輪のようなリングの内側に、開閉する金属弁がついている。

繊維で包まれたリングの内側、芯《しん》の部分は、ステンレスのような金属だ。

「表面は医療用の特殊繊維を編んだものなんです」

桜田がいった。

「編んだ？」

佃は問い返した。「私の浅薄な知識で恐縮ですが、心臓弁の代用品というのは豚の弁とかじゃないんですか」

以前、真野から人工心臓のアイデアをもらったとき、勉強して得た知識である。

「現状の手術ではそうです」

一村が後を受けていった。「ただ、生体適合性や血栓や感染症、様々なリスクを考えると、我々が開発しているこの特殊素材のほうが優れています。この素材は医療用の特殊繊維で編んでいますが、これが患者の心臓の一部として動き始めると、編み目の部分に細胞が入り込んで、実際に臓器の一部のように適応していきます」

心臓病といっても様々なものがあるが、一村の話だと、こうした弁の病変に苦しんでいる患者の数は、日本国内で二百万人にも及ぶという。

「とくに、先天的な心臓疾患をもって生まれた子供には、現在医療現場で承認されている人工弁では大きすぎます」

一村はいった。「人工弁はほとんどが海外で生産されたものなので、サイズは大柄な外国人に適合したものになっている。つまり、国内の患者さんには適合しないものもあるということです。でも、国産の精密機械の技術力をもってすれば、必ず世界最先端のものができるはずです。重度の心臓弁膜症で苦しんでいる子供たちに合ったサイズの人工弁を作ってやれば、どれだけ子供たちに夢や希望を与えられるか。この開発には、苦労するだけの意義があると思うんです」

熱く語る一村の目は、まっすぐに佃を見ている。

そのとき、

「社長、このプロジェクトに参加していただけませんか」

真野がいい、お願いします、と頭を下げた。

「ちょっと待てよ、真野」

それまで黙って聞いていた佃は、制するように右手のひらを真野に向けた。

「参加って、いったい、ウチにどうしろというんだ」

「人工弁の弁葉とそれを収容するリングの芯になるパーツを作っていただけませんか」

佃は思わず考えこんだ。

「ひとつ、ききたいんですけども、実際、ここに試作品があるわけですが、この試作品はどちらのお会社が製造されたんでしょうか」

殿村が尋ねる。真野から出てきたのは、佃も知らない社名だ。

「その会社はもう製造しないということですか」

重ねてきいた殿村に、三人は気まずそうに言葉を呑む。

「その試作品は、失敗作なんです」

真野はいった。「その人工弁では、血栓ができてしまう。何度か改良してもらったんですが、もうこれ以上はできないということで」

「降りられた、と」

殿村のひと言に、真野が頷いた。佃はもう一度、失敗作だというその試作品を手の中で転がしてみた。隣ではやけに真剣な顔になった山崎が、ポケットから取り出したルーペで覗《のぞ》き込んでいる。

「血栓ができると、どんな問題があるんですか」殿村が質問した。

「たとえば、血栓が脳の血管に詰まって脳梗塞を引き起こしたりするんです」

一村がこたえる。

「だけどな、真野。私が見たところ、この試作品の作り、そんなに悪いわけじゃないと思う」

山崎がいった。「そこそこのものだよ。作り手が変われば血栓ができないという、なにか根拠でもあるのか」

「正直なところ、確信はありません」

と真野。「ですが、内輪の加工方法や合金の種類、さらに弁との接着部分の処理方法で、血栓を防ぐ方法があると思うんです」

「その、降りた会社はなんていってるんだ」

「そこまでの試作はもうできない、と。中小というより、零細に近い会社でしたし」

雲を摑むような話だ。大企業ならともかく、なけなしの利益に甘んじている小さな企業に、コストを使って試行錯誤をするだけの体力があるとは思えない。

「その会社にしてみれば、致し方ない決断だったろうな」

佃はいった。

「ですが、佃製作所であればできると思うんです」

真野は熱く訴える。「この会社に育った私にはわかります。もし、この技術を完成させることができるとすれば、私の知る限り、佃製作所だけです」

だが、佃は返事をしなかった。

山崎も、押し黙ったままである。

落ち着かなげに咳払いした殿村が、「経理の立場からおききしますが、仮にウチが参加した場合の条件は」、と肝心なことをきいた。

「この人工弁から上がる収益を、北陸医科大学と弊社、そして佃製作所さんで均等に分配するイメージで考えております」

こたえたのは桜田だ。

「それはつまり、製品化されるまでは持ち出しということでしょうか」

殿村は表情を強《こわ》ばらせて尋ねる。

「経産省の補助金もありますから、全額というわけではありません」

桜田はいったが、その補助金とて大した額がでるわけでもあるまい。

「医療機器として承認されるまで、どのくらいかかると考えていらっしゃいますか」

資金繰りにも関わる問題故、経理担当の殿村は真剣だ。

「いままで三年ほど研究を続けてきました。まもなくPMDAの事前相談を受けようというところですので、臨床試験に持ち込むまであと一、二年はかかるかも知れませんん」

と桜田。

「臨床試験を経て、厚労省の承認を得るまでの期間は」

「それはやってみないことにはわかりません」

桜田のこたえに、殿村の表情はどんどん曇っていく。

「社長」

真野が体を乗り出した。「この人工弁には、佃製作所のバルブシステムのノウハウが生きるはずです。私たちのプロジェクトに力を貸していただけませんか。お願いします」

一村と桜田も揃って頭を下げる。

「話はわかった」

佃はいった。「いずれにせよ、社内で検討する時間をいただけませんか。その上で、また改めて返事をさせてもらいます」

丁寧に頭を下げて辞去していく三人を見送った後、佃はふうと長い息を吐いた。

さて、どうしたものか。

「トノ、あとでみんなを集めてくれるか。この話をどう思うか、意見を聞きたい」

6

「絶対に反対ですね。論外ですよ」

唐木田は、嚙みつかんばかりの勢いでいった。「命の大切さだとか、医療の重要性とかいう話はわかりますよ。ですが、ビジネスとして考えた場合、リスクが高すぎます。もし、この人工弁で医療事故が起きたらどうするんです？　あるいは、訴訟になったら？　巨額の賠償金を支払うことになるかも知れないだけでなく、事と次第によってはウチの信用を大きく傷つけることになる」

唐木田のいうことにも一理ある。医療訴訟の可能性はゼロとはいえないだろうし、仮に何らかの事故が起きた場合、製造者として責任を追及されることは十分、あり得るからだ。

「リスクがあることは承知ですが、それほどのことかな、と思いますけどね」

真野たちが残していった試作品の人工弁を指先で弄《もてあそ》びながら、津野がいった。「実際のところ、技術的にはどうなんです」

「簡単そうに思えるが、意外に難しいんじゃないか」

山崎がいった。「人工弁の芯になる合金についても検討が必要だし、開閉する弁葉については素材と形状の両方を組み合わせて最適なマッチングを突き詰めていくのに手間がかかる。しかも、それには実験が伴う」

「医療用の合金ともなると、正直、ピンと来ないしな」

佃の指摘に、その通りです、と山崎は頷いた。

「動作の安定継続性を確保できるかどうかという問題もあります。実験を積み重ねて、正解を見つけるのに果たしてどれだけかかるか」

「開発費はどうですか」

殿村が尋ねた。

「ざっくりと見ても、この手のものなら一億円程度は見ておく必要があるんじゃないですか。相当、周到に準備する必要がありますから」と山崎。

「で、最終的に承認されたとして、この人工弁って、一個幾らで売れるんだ？」津野がきいた。

「八十から九十万円ぐらいですね」

殿村はすでに下調べをしていた。「医療機器については厚労省が値段を決めてましたて。勝手な値付けができないようになっているんです」

「だったら、開発費がかかったからといって値段を上げて回収するわけにはいかないってことかよ。いよいよ難しいな」

唐木田が鼻に皺《しわ》を寄せる。「メーカー側からすれば、それ自体が参入障壁だ」

「私からもひとつ、よろしいですか」

改まって、殿村がいった。「まず、このような医療機器の場合、常に訴訟リスクがあります。一旦、訴えられ、裁判で負けでもすれば、それまでの利益なんかあっという間に吹き飛んでしまうでしょう」

さらに、と殿村は続ける。「承認問題もあります。厚労省の承認を得るといっても、実際の審査はＰＭＤＡが行っています。ここの審査が厳しいそうで、ああだこうだと難癖をつけられている間に、二年や三年はあっという間に過ぎてしまう。一方でヨーロッパなどでは承認のシステムが違うために、向こうの医療機器のほうがどんどん新しくなり、ようやく日本で承認されたときには、技術的に周回遅れになって製品が陳腐化している危険性もあるんです」

いわゆるデバイスラグだ。

「ただし、いい情報もあります。最近、医療機器承認に対する考え方が変わってきて、迅速化する動きがあるということです。従来のＰＭＤＡは、審査担当が少なく、さらに医療機器よりも医薬品のほうが手厚い布陣だったんですが、この頃は審査担当を増員し、医療機器にも手厚く対応しようということのようでして」

「手厚くなったからといって、承認が早くなるとは限らないよ」

唐木田はそう決めつけるや、「いまウチがやらなきゃならないのは、こんな医療機器じゃない。バルブですよ、バルブ！」

声を張り上げた。「目下の最重要課題は、帝国重工向けのロケットエンジン用バルブの継続受注です。万が一、ここで受注できなかったら、今まで投じた開発資金、どうやって回収するんですか。人工弁どころじゃない。これこそが会社の一大事だと思うんですがね」

唐木田の主張は、思わず全員が頷いてしまうほど、至極もっともであった。

打ち合わせの席に沈黙が訪れ、

「この状況下でウチがやる仕事じゃないってことか」

おもむろに佃はいった。「真野には申し訳ないが、断ろう。みんなそれでいいか」

反論は出ない。

「真野には、オレから電話するよ」

佃はいうと、短い打ち合わせのお仕舞いを告げた。


真野と連絡を取ったのは、その日の午後九時過ぎのことである。

「そうですか……」

電話の向こうから洩《も》れ出てきた真野の吐息は、細く消えそうな気配だった。

「申し訳ないが、いまのウチでは君らの事業に参加できるほどの余裕がないんだ」

「でも社長、このままだと計画そのものがダメになってしまうと思うんです。なんとか、考え直していただくわけにはいきませんか」

「バルブシステムそのものはともかく、医療機器というところがネックでね」

佃は、夕方開いた検討会の内容について話した。「唐木田さんの意見ももっともだと思う。この話は、ウチがやるには荷が勝ちすぎる」

「でも、心臓弁膜症で苦しんでいる人たち、とくに子供たちにとって、これはなんとしても必要なものなんです」

真野の声は悲痛だった。「たしかにロケット部品も大切だと思いますけど、社会貢献だと思って、助けていただけませんか」

社会貢献、か。

佃は胸苦しいほどのギャップを感じた。佃が抱えている現実と、その言葉の高邁《こうまい》さとの落差だ。

「貢献できるものなら、いくらでも貢献するよ」

佃は、込み上げてきた自己嫌悪をこらえた。「だけどな、ウチも商売だ。綺麗事《きれいごと》だけでビジネスはできないんでな」

「要するに、儲からないということですか」

真野の問いに滲《にじ》んでいるのは、微かな侮蔑の色だ。

「平たくいえばな」仕方なく、佃はこたえる。

「二百万人もの患者が待っているのに、ですか」

真野はなおもいった。「救えるのに。手を差し出せば、病気を治してやれるんですよ」

「真野、ちょっと聞いてくれ」

心のあちこちに、重苦しく苦い雨が降り注ぐのを感じながら、佃は改まった。「いまウチが最優先にしなきゃならないことは他にある。まず我々が生き残ることだ。お前がいうように、人工弁を作るための技術がもしかするとウチにはあるかも知れない。だけど、それだけでは生きていけない。会社を経営していくというのは、そんな簡単なことじゃないんだ」

握りしめたスマホの向こうが、静まりかえった。

「そうですか」

やがて硬い声が耳に届いた。「ご検討いただき、ありがとうございました。感謝します」

真野との電話を終えた佃は、切ったばかりのスマホを握りしめ、深い溜息をついた。

7

「真野のやつ、どうでした？」

取引先での打ち合わせが長引き、会社に戻らず、そのまま山崎とふたりで自由が丘の馴染みの店で呑んでいる。

「まあ、がっかりしてたな」

出てきたアジの唐揚げを口に放り込みながら佃はこたえた。

「でしょうね」

「何か、あるのか」

その顔を見てふいに察した佃がきくと、「大学時代の友人に、人工弁のことをきいてみたんです」、と山崎は意外なことをいった。

「そいつにいわせると、それはやるべきだっていうんですよ」

佃は、焼酎《しょうちゅう》のグラスを傾ける手を止め、山崎を見た。山崎は続ける。「アドバイスしてくれた友人も外科の医師なんですが、実際に、適合する人工弁があれば使うだろうし、相当のニーズが見込めるはずだと。こんなことをいうのはなんですが――」

グラスを見つめていた山崎は、ちらりと視線を上げた。「儲かるんじゃないかって」

「リスクを代償にしてだろ」

佃がいうと、山崎は戸惑うように瞳を揺らした。

「唐木田さんの主張が間違っているとはいいませんが、少なくとも人工弁に関しては、そこまでのリスクはないんじゃないですか。いや、これが人工心臓を作るなんていう話なら別ですよ。カネもかかるしリスクも高い。でも、人工弁であれば、手術の難易度もそれほど高くはないし、実際にウチがもっているバルブのノウハウも生きる。もし、医療分野で収益の柱を作るとしたら、これ以上のものはないかも知れない。そんな気がしてきたんですよ。それともうひとつ――」

山崎の目の中で、小さな光がぽつりと灯《とも》った。「あの一村という医師――ゴッドハンドといわれているそうです」

「ゴッドハンド……」

　佃は思わず、繰り返していた。たしかに、凄腕《すごうで》だとは真野から聞いてはいた。それと、全くの第三者から聞くのとではまるで違う。山崎は続ける。

「アジア医科大学の貴船教授は、胸部外科学会の、いわずと知れた権威だと。ですが、彼はいわば理論的後ろ盾に過ぎず、貴船教授の〝指導〟の下に、幾度となく難手術をこなしてきたのは、あの一村という男だそうです」

「ヤマ、お前の友人って誰だ」

「東大医学部の、佐伯《さえき》という外科医です。彼らからすれば、一村教授は地方医学部出の取るに足らない人物のはずです。それでも、佐伯が一目置いてるんですよ。苦虫を嚙みつぶしたような顔で。これは本物です」

「ふうん」

　佃はいい、居酒屋の椅子の背にもたれかかった。

　おもしろい。

　同時に浮かんだのは、この件に猛反発した唐木田の顔だ。奴のいうことも、ごもっとも。だが、医療機器としてのリスクを測り損ねていたとすれば、話は別だ。

　さて、どうするか——。

思案する佃に、「今度、福井に行く用事がありましたよね」、とそろりと山崎はいった。「毎日スチールの工場、見学することになってるじゃないですか」

「そういや、あの会社の工場、福井だったな」

主要取引先の一社、毎日スチールと共同開発しているエンジンの量産計画について工場と打ち合わせして欲しいといわれたのは先週のことである。

「ついでに、どんなものか見て来ませんか。現場を見ないとわからないこともあると思います。最終的な結論をだすのは、それからでも遅くはないかと。意外なビジネスが落ちているかも知れませんよ」

考えてみれば、社内で打ち合わせたものの、上っ面の議論だけで済ませてしまった気もする。

「少々、拙速だったか」

佃は、反省しつついった。「もう少し深く検討すべきだった気もするな。よく調べてくれた、ヤマ」

「いえ、私もちょっと気になったんで、佐伯にきいてみただけです」

山崎はいった。「真野には私から電話しておきます。よろしいですか」

「頼む」

福井行きは、翌週だったはずだ。

一旦、消えかけたビジネスの灯が、思いがけず再び点灯する。佃自身、科学者だから迷信や占いを信じるわけではないが、この話には簡単には没しない、不思議な〝縁〟があるのではないか。どうにもそんな気がしたのであった。

8

佃が、福井を訪ねたのは、予定通り、その一週間後のことであった。鯖江《さばえ》にある毎日スチールの工場で打ち合わせをこなし、その後市内に一泊。「ぜひ、サクラダさんの工場を見てください」、という真野の勧めもあって、翌日、市内にあるサクラダを訪ねた。

「いまさら工場なんか見たって無駄じゃないですか」

この訪問にそもそも批判的な唐木田は、工場に向かうタクシーの中で皮肉に顔をしかめた。「編み棒をもったオバチャンがずらっと並んでるのが関の山ですよ」

「まあ、それならそれでいいじゃないか」

佃は宥《なだ》めた。「せっかく福井まで来たんだ。とりあえず、真野がどんなことに関わっているのか、見てやろうや」

だが——。

いま佃の横で、唐木田は呆《ほう》けたような顔で工場を見下ろすステップで立ち尽くしていた。

少し高いところから、佃と唐木田、そして山崎が見下ろしているのは、体育館ほどもあるだだっ広い工場だ。

二本ある通路の両側に巨大な編み機がずらりと並び、無数に折り重なる振動音を空間に発している。グリーンに塗られた床に降り立った佃の前を、編み上がったロールを積んだ無人の台車が通り過ぎていった。

ロールの積み込み、倉庫に運ばれた後の収納まで、すべてが全自動で動く、先端工場だ。

「すごいな、こりゃ」

いままで数多くの先端工場を見てきた佃だが、中堅企業レベルで、ここまで自動化された工場を見ることになるとは思わなかった。

「ここは、親会社の桜田経編の工場です」

三人を案内している桜田が説明した。人工弁を開発するサクラダは、桜田の話によると、「カッコつけても仕方が無いので最初に申し上げますと、ウチは親会社である桜田経編が稼いだ資金でなんとか経営をまかなっている〝赤字企業〟なんですわ」

あけすけというか、ざっくばらんな男だ。

「これだけの設備ができるんですから、資金は潤沢でしょう」

そう尋ねた佃に、「いやいや、全然です」、という返事がある。「医療ってのはカネがかかるんです。親会社の儲けを無尽蔵に突っ込むわけにいきませんしね」

編み物工場としては最先端を行くという工場内を抜けた佃らは、資材置き場を通り抜け、その向こうに広がる別フロアへと出た。

「ここがウチの専用フロアです」

案内された部屋には、一際大きな編み機が一台、置いてあった。

「さっきの編み機とは種類が違いますね」

「ベースになる編み機そのものはドイツから輸入しております。それをウチ独自のノウハウで改造していまして。ただ、その部分は企業秘密でお話しできないんですが」

そこに、他社では真似《まね》のできないサクラダの付加価値があるらしい。

「この機械は、自己資金で？」

興味深げにきいたのは、唐木田であった。

「当初の支払いは自己資金でまかないましたが、その後経産省の補助金が出ましたので、負担額は半分で済みました。とはいえ、ウチとしてはかなり思い切った出費です。仕事になるかわからないわけですから」

それでも買ったのは、親会社の桜田経編の業績が順調というだけでなく、桜田本人の執念によるところが大きいに違いない。

「いまは止まっていますけど、この編み機は、今回の計画の象徴だと思っています」

桜田はいった。「なんとか、この編み機を稼働させてください、佃さん。そのためには、佃さんの技術が必要なんです」

唇を結んだままその言葉を受け取った佃は、ふと編み機の上に掛けられたボードに気づいた。〝GAUDI〟と書かれている。

「ガウディ？」

「我々が開発している人工弁のコードネームです」

桜田は少し照れくさそうにいった。「計画全体は、ガウディ計画と呼んでいるんです」

「ガウディ計画か。いい名前ですね」

佃はいった。おそらく、桜田がロゴにしている、サグラダファミリアからの連想だろう。「ひとつ、お伺いしてもいいですか。心臓疾患で苦しんでいる人たちを救おうというこの事業の目的が尊いことはわかります。ですが、本社の経営を弟さんに任せてまで、あなた自身がこの事業に専心される理由はなんですか」

「罪滅ぼしですよ」

桜田からこぼれたその意外なひと言に、佃だけではなく唐木田も、そして山崎も驚き、続きを待つ。

「娘がいたんですが、仕事が忙しくて親らしいことはほとんどしてやれませんでした。旅行に行ったことも、家族で食事をしたことも、数えるほどしかありません。娘は重い心臓弁膜症で苦しんでいまして、亡くなったときはまだ十七歳でした。それが五年前のことです。こんなことをしても娘は帰ってきませんが、この事業は、私のせめてもの罪滅ぼしです。娘のような子供、患者を救えるのなら、私のできることは何でもやろう。その覚悟で、この事業を進めています。私にはいま希望がないんです、佃さん」

桜田は悲しげな笑みを浮かべた。「あるのは、決して消えない永遠に続く後悔だけです。その中で、この事業を成功させることだけが、唯一の救済なんです」

沈黙する機械にいま、桜田章という男の情念の揺らぎを見た気がした。夢でも損得でもない。この男を突き動かしているのは、亡くなった娘に対する愛情であり、後悔だ。

すうっと胸を上下させながら、唐木田が、瞬《まばた》きも忘れるほどの目で桜田を凝視している。山崎は、グレーで統一された編み機の、物いわぬボディを見つめたまま動かない。

「よくわかりました。どうもありがとうございます。大変、勉強になりましたし、あなたの情熱も胸に沁《し》み入りました」

佃は思いのままを口にした。

いままでの自分は、ロケットエンジンへの夢を追いかけてきた。夢こそが、仕事の原動力であり、人を強くする——そう思ってきた。

だが、それだけじゃなかった。

耐えがたい情念に突き動かされ、為す術もなく突っ走る。そうせざるを得ない、駆り立てられるような動機というものがあったとは。

この桜田という男に降りかかった不幸は、佃の胸に突き刺さるようだ。

でも、その逃げ場のない苦しみの中で、桜田は必死でもがき、前へ進もうとしている。

逆に、この男にとって、ビジネスのリスクはさほど重要ではないかも知れない。そんな危うさすら、佃は感じないではいられなかった。

仕事をする意義も、収益を追求する姿勢も、この男の動機とはリンクしない。

この男は、ただ失った家族と、残された者の人生のためだけに、この編み機が本格稼働する日を目指している。

「どうだ」

そのとき佃は、唐木田に問うた。山崎の意見は聞かなくてもわかっている。

返事はなく、唐木田が向けてきたのは悲痛なまでの眼差しであった。

「仕事ってのは、いろいろですね」

やがて、その口から出てきたのはそんな言葉だ。「桜田さんとウチとでは仕事をする理由がまるで違う。人の数だけ、仕事をする意味があるのかな」

「そうかもな」

佃はいった。「だからこそ、おもしろいんじゃないか。――なあ、やってみないか」

ぽつりと、呟くように吐いた佃に、唐木田からの反論はない。無言の賛同だ。

このやりとりを見守っていた桜田が、そのとき体をふたつに折った。

「よろしくお願いします」

「こちらこそ」

佃はこたえ、桜田に右手を差し出した。

ロケットから人体へ――。

佃製作所の、新たな挑戦が始まった。

第三章　ライバルの流儀

1

「また、不良が出ただと」

その一報に接したときの椎名が浮かべたのは、驚きというよりも不愉快そのものの表情であった。「いったい、どういうことなんだ、それは！」

報告してきた開発部のマネージャー、月島尚人《つきしまなおと》を怒鳴りつける。

日本クラインから受注した、人工心臓のバルブである。

「あんなもの、できないはずはないだろう」

再び声を張り上げた椎名は、萎縮《いしゅく》するようにデスクの前に立ち尽くす月島に言い放った。日本クラインが貴船教授と人工心臓を開発しているという噂を椎名にもたらしたのは、実は帝国重工に勤務する友人であった。

持つべきものは、大企業の重要ポストに就いている友人である。米国の一流大学で一緒だった友人たちのネットワークは世界中に張り巡らされ、国内での結びつきも強い。大抵のことはこのネットワークで解決できる、というのが、椎名の偽らざる感想であった。ビジネスもプライベートも、である。

「よくも、こんなくだらない報告を上げてくるな。恥ずかしくないのか」

冷ややかに睨み付けられ、月島は、何か言おうとするのだが、唇が微かに震えただけで言葉は出てこない。それでも引き下がることなく立ち尽くしているので、

「まだなにかあるのか」

そう吐き捨てるようにきくと、

「あ、あの、社長――」

喉でつっかかっていた声が出てきた。「何度も設計図通りに作っているんですが、どうしてもうまくいきません。ためしに、変更前の設計で試作してみたんですが、やはりうまくいかないんです。佃のバルブはどんなふうになっていたのかと思いまして」

「だったら、分解してみろ！　日本クラインから預かった分があるだろう」

その許可をもらいに来たのか。ようやく意図に気づいた椎名は、まどろっこしさに

苛立ち、一礼して下がっていく月島の姿がドアの向こうに消えると、「なにやってるんだ、まったく」、とひとり感情を爆発させた。

サヤマ製作所を父から継いだのは、わずか三年前のことだ。

順調な業績は、ひとえに人脈を駆使した椎名の手腕の賜《たまもの》だが、倍増した売上げの中味はといえば、大手企業の量産工場、要するに下請け企業としての裾野を広げたにすぎない。社長になって、まずは中小から中堅への脱皮を目指した椎名だが、その実態は薄利多売だ。そしていま、椎名が経営の命題に掲げたのは、NASAで培った技術力を生かした付加価値の追求である。わかりやすくいえば、ひたすら手を動かす仕事から、頭を使う仕事への転換ということだろうか。

その意味で、日本クライン上層部とのパイプをうまく使って受注したバルブシステムは、サヤマ製作所の将来を左右する重要な試金石といっても過言ではなかった。

絶対に、失敗するわけにはいかない。いや――失敗するわけがない。

バルブ製造は、もともと、父の代から手掛けており、ノウハウもある。試作には一ヶ月もあれば十分だと思っていたのに、いざ蓋《ふた》を開けてみると、その一ヶ月が過ぎてなお不良の山を築いているというまさかの事態である。

「まったく……」

鋭い舌打ちをした椎名だが、実は次の一手はすでに打っていた。バルブシステムに通暁《つうぎょう》したエンジニアの引き抜きだ。技術的な壁は遠からず越えられるに違いない。

事務所の時計を見上げ、上着をとって工場を出た。駐車場に停《と》めたクルマに乗り込み、関越自動車道を都内に向かって走り出す。

新宿にある本社ビルの地下駐車場まで多少の渋滞に巻き込まれて一時間ちょっと。その後、徒歩で西口の高層ビルのひとつまで行き、向かったのは高層階にある和食の店だ。案内された座敷には、日本クラインの久坂と藤堂のふたりがいて、椎名は入り口で正座をするとひどく丁重に、招かれた礼を述べた。

「いやいや、椎名先生——いや、椎名社長、気楽にいこうじゃないですか」

久坂はそんなことをいい、椎名に上座の席を勧めた。

「やあやあ、待たせたね」

そんなことをいいながら、約束の時間に少し遅れてきたのは、アジア医科大学の貴船教授だ。

「先生、ご挨拶をさせていただけますか」

座布団を降りると、椎名は改まって名刺を貴船に差し出した。「サヤマ製作所の椎名でございます」

それを右手で受け取り、

「ああ、君の噂はかねがね耳にしているよ」

貴船はいった。「ＮＡＳＡで働いていたんだってな。技術力の高さではトップクラスだそうだね」

「トップクラスではなく、トップを目指しております」

椎名はすかさず返し、「これは失礼」、と貴船をにんまりさせる。

すぐにビールが運ばれての乾杯となった。

「本日は、『コアハート』の顔見せ会ということで、お集まりいただきました」

久坂が口上を述べ、軽くグラスを打ち鳴らす。「貴船先生と弊社、そしてサヤマ製作所。最先端の技術を持つ三者で、世界の医療を切り拓《ひら》いて参りましょう」

貴船は、「期待しているからな」、とご満悦の表情だ。

「先だって、バルブ部分を設計変更致しまして、椎名社長にはいま試作品をお願いしているところです。あれはもう目処《めど》は立ちましたか」

期せずして、痛いところを久坂はついてくる。

「狭山工場のほうで進めておりますので、いましばらくお待ちください」

苦戦しているとは思えない、にこやかな表情で椎名はこたえた。

「羊での実験データが揃ったところで、ＰＭＤＡからは最優先で臨床段階への許可が下りることになっているから、頼むぞ。技術もそうだが、これは時間との勝負だ」

「コストがかかっていますからな」

と久坂。このプロジェクトも、一般的なビジネス同様、投資回収リスクを抱えている。学会の重鎮である貴船にしても、医療ビジネスとしての側面は否定することはできない。いや、それどころか、貴船こそ、これをビジネス以外の何物でもないと考えているのはすぐにわかった。

時間がかかればカネもかかる。一刻も早い実用化が、コスト回収の最善策なのだ。

「ところで久坂君、一村が進めている人工弁の開発、あれはどうなんだ。その後、何か聞いてないか」

ふいに貴船がいい、椎名を驚かせた。偶然であるが、その話なら最近、椎名も耳にしたばかりだ。

「いえ。なにか聞いてるか」

首を横にふった久坂が問うたのは、横に控えている藤堂である。口数は少ないのに、その表情や目つきから、妙な存在感を放っている藤堂は、

「人工弁本体を作っていた会社が資金難もあって離脱し、いまその代わりの会社を探しているという話は小耳に挟んでおります」

そう話した。

「へえ、そうだったのか。さすがに詳しいな、誰にきいた」

久坂が尋ねると、

「北陸医科大学に出入りしている者に聞いた話ですので、間違いないと思います」

そんなこたえがある。

「じゃあ、新しいメーカーが現れるまで、開発は棚上げか」

そういった貴船は少し考え、

「もし、日本クラインにその話を持っていったら作ってくれるか」

と唐突にきいた。「久坂君は、人工弁は儲かるといったよな」

「ええ、申し上げました。もちろん、私どもでも製造可能ですが——」

こたえた久坂は、遠慮がちに貴船を見ると、「もしかして先生、その人工弁開発を引き取ろうと——？」

貴船は少し気まずそうな顔をしてみせたが、「一村が困っているようなら、助けてやろうと思ってな」、と恩着せがましいひと言を口にする。

「儲かりますからね」

という、どうやら余計なひと言を付け加えたのは藤堂だ。それに対して、「おい」、とたしなめるように久坂がいったとき、

「その件ですが、少し状況が変わっているようですよ」

と椎名が口を挟んで、三人をきょとんとさせた。

「君は、北陸医科大学とも関係があるのか」

驚いて問うた貴船に、「いえ、そうじゃありません。その関係者からたまたま噂を耳にした程度です。――その人工弁開発、佃製作所が引き受けたそうです」

「えっ、あの佃が？」

微妙な空気が、久坂と藤堂の間に流れた。

「以前、佃製作所にいた人間が、北陸医科大学の研究所勤務になって、佃製作所にその話を持ちかけたんだそうです――ああ、そうそう、以前、アジア医科大学の先端医療研究所にいたと聞きましたが」

「真野、か」

針のようにテーブルの一点を見つめながら口にしたのは、藤堂であった。

「佃製作所というのは、最初に試作品を依頼した会社です、先生。その後、量産込みでこちらの椎名社長のところに転注したんですが、会議でそれをとやかくいったのがいたじゃあ、ありませんか」

「ああ、あの男か」

久坂の説明でようやく貴船も思い出したらしかった。

「しかし、佃だってそんなに資金が潤沢というわけではないでしょう」

久坂はいった。「いくらなんでも、三流医大とそれまで医療分野での経験のない中小企業グループだけで医療機器を開発しようというのは無理じゃないですかねえ、先生」

「だろうな」

貴船は何事か思案して、前方の空間を睨み付けている。

「先生のお力添えがあるのなら話は別でしょうが」

久坂が続ける。「そういえば先生、北陸医科大学の萩尾《はぎお》学長と旧知ではないですか。たとえば、ひと言、助言して差し上げる、というのもおもしろいかも知れませんよ。さぞかし、一村先生も感謝されるでしょう」

「久坂君。一村はもう私の下を卒業した男だよ。果たして私にそこまでする筋合いがあるのかな」

だが——。

その言葉とは裏腹に、貴船の目の中を何かが駆け抜けていったのを、椎名は見た。貴船には底知れぬ野心がある。だがそれは、決して褒められた類《たぐ》いの野心ではなさそうだ。

学会の権威といっても、こんなものか——。

「まあ、ひとつどうですか、先生」

その思いと裏腹な笑みを椎名は浮かべ、貴船のグラスにビールを注《つ》ぎ入れた。

2

医薬品メーカーが二十社ほど参加して開催される展示会のレセプション会場は、大勢の来客で賑わっていた。

飯田橋にあるホテルの大広間だ。

開演は午後六時。先程、得意のスピーチで会場を沸かせた貴船は、入れ替わり立ち替わり挨拶に来る業界関係者と名刺を交換しながら、目当ての人物が現れるのを密《ひそ》かに待っていた。

パーティ客の合間を、萩尾一誠《いっせい》のずんぐりとした体がのたりのたりと、揺れながら縫い進むのを見つけたのは、ようやく名刺の交換にも一段落ついた頃である。

その姿を目で追い、グラス片手に近くまで行くと、

「萩尾先生。お久しぶり」

背後から声をかけた。

「おおっ、貴船大先生」

いつものことだが、大げさに驚いてみせた萩尾は、「元気そうで」、とちょび髭《ひげ》の生えた顔に笑みを浮かべ、片手を差し出す。

応じた貴船は、

「どうですか、大学のほうは。聞くところによると順調そうですな」

と差し障りのない話題を振り向ける。

「お陰様で、といいたいところだけど、ご多分に洩れず、ウチも大変ですよ」

参った、といいたげに頭の後ろに手をやりながら萩尾は笑った。朗らかで屈託のない表情は、貴船にはない爽やかな印象を見る者に与える。

かつて萩尾とは同じ大学病院で同僚だったことがある。

「ウチにいた一村君がお世話になっています。開発資金とか、お困りなんじゃないですか。彼はいろいろとアイデアを出すタイプだから」

貴船が早速、話を本題に振り向けると、

「いやいや、よくやってくれてますよ」

萩尾はいい、「ウチの心臓血管外科は彼でもってるようなものですから」、と手放しで褒めた。「ただ、おっしゃるように、台所は火の車でね。大先生のところがうらやましいですよ」

大先生——萩尾が貴船のことをそう呼ぶのは、実は同僚だった頃からだ。半ば尊敬、半ば揶揄《やゆ》しているように聞こえるのは、気のせいだろうか。年齢こそ同じだが、上昇志向の強い貴船に対して、萩尾はあくまで実直、地道にいくタイプだ。いつも笑顔で柔和な萩尾だが、本音の部分で貴船をどう思っているかわかったものではない。狐と狸の化かし合いである。

「それなんですがね、彼が進めている人工弁の開発、もしよろしければウチで資金援助を検討してもいいと思いまして。他ならぬ一村君のことだし、うちの理事会も協力は厭《いと》わないでしょう」

浮かべていた笑みが萩尾の顔から消えていき、代わりに生真面目な素顔が覗いた。

「ほう、資金を出してくださる？」

髭にビールの泡がついているのにも気づかず、「それはどうも」、と萩尾は礼を口にした。それからふいに視線を斜め左に落として考え込むと、

「それは一村君から申し出があったんですかな」

と再び顔が上がった。

「彼はなかなか遠慮深い男ですからねえ。自分から願い出ることはないと思うんです」

萩尾は、貴船の表情ではなく心を読もうとでもするかのような視線を向け、

「であれば、一村君と話してもらえませんか」

そんな返事を寄越した。

本来なら、学長である萩尾が一村と話して、資金提供の件を検討すべきだろう。だ

が、萩尾はそうはせず、貴船に一村本人と話してくれと頼んでいるのである。

うまい逃げ方だった。

萩尾が中に入れば、貴船との間に波風が立つ。萩尾の北陸医科大学は、貴船のアジア医科大学からすれば、弱小系列の一細胞に過ぎない。なまじ間に入って、余計なことに巻き込まれるのは得策ではないと判断したのだ。

同時に、この件について、貴船の思惑を見切ったということでもある。

「一村君が是非に、ということでしたら、私も検討いたしましょう。それでよろしいですかな」

本来は萩尾を説き伏せようとした貴船だったが、うまく逃げられた。

仕方なく、貴船はこたえた。「では、萩尾先生の頭越しで恐縮だが、一村君と直接話をさせてもらいます」

「いいでしょう」

ひょいとビールのグラスを掲げながら軽く一礼すると、萩尾はまたふらふらと会場内を漂い始めた。その姿が見えなくなるまで見送った貴船は、もう用はないとばかり、さっさと会場を後にしてタクシーに乗り込む。後部座席のシートで腕組みをしてしばらくは車窓を流れる夜景を見ていたが、やがて瞑目《めいもく》しはじめた。

電話ではなく、一村となら、会って話せばなんとかなる。

そういえば来月、横浜で学会があったなと思い出したが、思案の末、それではダメだと思い直した。

「福井まで行くか」

わざわざ足を運ぶところに意味がある。貴船の申し出を断ることなどできるはずもない。

「もらったな」

目を閉じたままの貴船から、低い笑いが洩れ始めた。

3

福井から帰京した佃がまず着手したのは、社内にこの計画を進めるプロジェクトチームを作ることである。

三年ほど前から着手されているとはいえ、量産まで順調にいっても数年はかかる事業だ。

一方、その後のリサーチでもはっきりしたことだが、実用化された暁には——もちろん、リスクはありつつも——収益の柱に育つ可能性が高い。

このプロジェクトを任せるのは、能力だけではなく、リーダーシップと責任感のある社員でなければならない。

「中里にやらせたいんだが、どうだ」

あれこれと検討した結果、佃が具体的な名前を出したのは、福井から帰った翌日のことであった。

「この前の日本クラインでは、ちょっと申し訳ないことになっちまったが、今度は大丈夫だ。同じ医療用だし、その意味では経験が生きるんじゃないか」

「それはいいと思いますね」

山崎もふたつ返事だ。「最近、ちょっと腐ってましたから。これでやる気になってくれれば」

「日本クラインには、ハシゴを外されたようなもんだったからな」

赤字覚悟の開発も辛いが、せっかく作った試作品をライバル企業にさらわれるのはもっと辛い。中里にしてみれば、やりきれない思いだったに違いない。その製造過程で、きついことを言ってしまったことも、佃が気にしていないといえば嘘になる。

その場で、中里の下につく技術開発部のサブメンバーとして立花、営業第二部の江原、まだ若い同じ営業第二部の川田《かわた》の名前を挙げていく。いずれも、これからの佃製作所を引っ張っていく若手たちだ。

メンバー全員を会議室に集めたのはその日の夕方のことであった。

「みんな聞いてると思うが、北陸医科大学の一村先生の発案で、当地の株式会社サクラダという会社と一緒に、心臓手術に必要な人工弁の開発に乗り出すことにした。そこでお前らでプロジェクトチームを組んで、この案件を進めてもらいたい」

四人にしてみれば、突然の話である。佃の話に、まずは四人とも驚いたように押し黙り、緊張した空気になったものの、「あのう、なにやればいいんですか」、というひょうきん者の川田の軽い質問で、ふっと現実が舞い戻ってきた。

「まあ、これを見てくれ」

そういって佃は、サクラダから借りてきた人工弁の試作品を全員に見せた。「要はこれを作るわけだ」

「もうできてるじゃないですか」

呆《あき》れたようにいった川田に、「いや、まだ未完成だ」、と佃はいった。「この人工弁は試作品だが、いわば失敗作だ」

「どこが失敗なんですか」

そうきいたのは技術開発部の立花であった。大学院を出た後入社して五年、バカ正直で冗談の通じないところはあるが、仕事ぶりは堅実で手抜きがない。

「それがわからない」

佃がいうと立花の目が点になり、黙して続きを促してくる。「実験すると、血栓ができやすいことだけはわかっている。克服しなければならないのは、技術的な正確性はもとより、血栓を防ぐ構造の解明と生体適合性だ。要するにトライアンドエラーの繰り返しになると思う」

「それって、時間とカネがかかりますよ」

すかさず指摘したのは、江原だ。

「医療機器開発だから、ある程度のことは覚悟している」

佃は、人工弁の医学的な意義を説明し、さらに開発に踏み切るまでの経緯について詳《つまび》らかに語り始めた。

なぜ、それをやるのか——？

長く苦しい開発をしているとき、その問いの答えさえわかっていれば、迷うことはない。

そして、その答えは単純明快なほうがいい。

今回の場合、その答えとはまず、人の命を救うため。そして、企業である以上、当たり前のことだが、儲けのためだ。

「いまのウチは小型エンジンが主力だが、将来的にこうした医療機器をもうひとつの収益の柱にできたらと思っている」

「そうできると、社長は本当に信じてるんですか」

皮肉な口調でそうきいたのは、江原である。この男には遠慮がない。そして嘘もない。裏表なく、誰に対しても同じ態度で接する。

「ああ、信じてる。だから、君らに頼んでるんだ」

四人からの返事はない。もとより、社長がやれといったからといって、単純に、はいそうですか、というような連中ではないし、そういう社風でもなかった。納得できないことはするな、と誰あらん佃自身が常日頃いい続け、そういうふうに社員を育ててきた。それは研究者だった頃からの佃の信条である。

「どうしてそう信じられるんですか」

淡々とした口調で立花がいった。佃はひたすら熱く、社員たちは冷めている。これも、佃製作所ではよく見かける光景である。

「時間とカネがかかる上に、さらに風評被害を怖《おそ》れて大手企業が参入に足踏みしている。だから、ウチに商機がある。そしてもうひとつ、この人工弁の弁葉の部分には、いままで積み上げてきたバルブシステムのノウハウが生きるはずだ。つまり、ウチは他社に比べ技術的優位にある」

咀嚼《そしやく》するような沈黙があり、「絶対確実ではないけれども、そうなる可能性はたしかにありますね」、という、立花のムカツクほど冷静な評価が出てきた。

「そうだ。要は信じられるかどうかだ。その可能性と、自分たちの技術力を」

佃は四人を順番に見ていった。「お前ら、自分たちの技術力に自信ないのか」

「ありますよ、そりゃ。だよな」

江原がいい、技術開発部のふたりに問うと、反応を待たずに佃を振り向き、「名前は」、ときいた。「プロジェクトの名前が要るでしょ。なんて名前なんです」

そのときを待っていたかのように、佃は四人を見据えていった。

「ガウディ計画」

四人がそれぞれ、口の中でもぞもぞと反芻《はんすう》している。

「で、ガウディ計画のリーダーなんだが、中里――お前に頼みたい」

「私？」

中里は肩を揺すり、けっ、と吐き捨てるように笑った。「またですか」

皮肉屋で態度も悪い。技術者としてのポテンシャルは埋もれたままだが、だからこそ、このプロジェクトで成長して欲しい。そう佃は思う。しかし、

「やってくれるか」

問うた佃は、いつもと違うなにかを感じて、相手の目を凝視した。態度が悪いのは普段通りだが、それ以上に〝気持ち〟を感じない。気のせいだろうか。

「ちょっと考えさせてくれませんか」

案の定、中里はそうこたえた。

「まあ、いいだろう。明日ぐらいまでには返事をくれ。サブリーダーは江原、頼む」

諒解《りようかい》、とこちらはふたつ返事だ。

「それじゃあ、当面のスケジュールについて――ヤマ、頼むわ」

山崎が佃の後を継いで説明を始めた。


「まったく、こまっしゃくれた奴らだよなあ。冷めてるっていうか」

新プロジェクトチームとの一時間ほどの打ち合わせを終え、社長室に戻った佃は、山崎にこぼした。

「みんな、社長が教えたんじゃないですか。納得できないことはするなって」

分厚いメガネのつるを中指で押し上げ、山崎もニヤニヤしながらいってのける。

「納得できないことはするなとはいったが、冷めろとはいってないぞ、オレは」

佃は理屈っぽく反論し、「で、連中、納得したと思うか」、そう真顔できいた。

「したと思いますよ」

山崎がいう。「あんなもんです」

だが、

「中里は」

そうきいた佃に、山崎は押し黙った。「あいつはちょっと心配ですね」

「何かあるのか」

「もともと、会社に不満はあったと思うんですが、日本クラインの試作品を任せた頃から、ちょっと方向性を失っているというか――うまく説明できませんが」

「だから、任せたんだよ、このプロジェクトを。立ち直るきっかけになればいいと思って」

「その前向きの発想を、受け止められるかどうか、ですね」

ここから先は中里個人の問題だ。

仕事を続けていれば、自分の思い通りにならないことは多々あるし、理不尽なこともある。だからといって、

「いじけて何になる」

佃はいった。「人間ってのはな、マイナス思考に陥るのは実に簡単なんだよ。それに比べたら、プラス思考のいかに難しいことか。苦しいときこそ、人の真価が問われるんだ」

それは山崎に、というより、いまここにいない中里に向けた言葉であった。

がんばりどころだぞ、中里。

佃は心の中でいった。

オレだって、そうやって生きてきたんだ——と。

4

おい、行こうぜ、と誘ったのは、江原だった。一旦それぞれの部署に戻って区切りのいいところまで仕事を片付け、会社を出たのは午後七時半過ぎのことだ。

いつも行く蒲田の焼き肉屋の二階で、四人はいま、小さなテーブルを囲んでいる。

「どう思います、江原さん。ガウディ計画ってやつ」

生ビールでの乾杯の後、そうきいたのは川田だった。

「唐木田部長は当初、大反対だったらしいけど、正直、やってみる価値はあるんじゃないかな」

江原はいい、中里を見ると、「お前、リーダー引き受けろよな」、といった。「やっぱりこういうのは、技術開発がプロジェクトの中心だからな」

だが——。

「オレは、やらない」

きっぱりといった中里に、「なんでだよ」、と江原は即座に聞き返した。「この前のことがあるからか」

日本クラインの一件である。あの後、中里は相当、荒れていた。「あれは、どう見たって日本クラインのほうが悪いだろう」

「オレはそうは思わない」

中里は、鋭く言い返す。「あの仕事は、ウチよりもずっといい条件で、サヤマ製作所に発注されたんだ。つまり、交渉次第では、そういう条件を引き出すことができたってことじゃないか。結局のところ、仕事なんて受注してナンボの世界だろ。日本クラインには日本クラインの事情ってものがあるわけで、要するに交渉力がなかったってことだ」

「すまんな、そりゃ」

日本クラインからオファーを取り付けてきたのは江原である。自分の交渉力がないといわれているも同然の中里の意見に、江原は不機嫌になった。

「別に江原のことを、責めてるわけじゃない。ああいう交渉は、トップ営業じゃなきゃ無理だ。つまり社長が商売下手だってことを証明したようなもんだ。試作品まで作ってるのに、みすみすトンビに油揚げをさらわれたんだからな。そんなことだから、佃製作所はいつまでたっても鳴かず飛ばずなんだよ」

「そうかな、業界での評判は高いと思うけど」

反論した川田に、「もっと伸びたはずだっていってるんだ、オレは」、と中里は厳しい評価を下した。「おかげで、こっちは三ヶ月の重労働がパーだ。なあ、洋介」

黙って聞いていた立花からは、「そうですね」、というどっちつかずの返事がある。

「お前、腹立たないのかよ」

中里にいわれ、

「腹立てても仕方が無いですからね」

立花の冷静な口調に、だからお前はダメなんだよ、と中里は肩をすくめてみせた。

テクノクラート集団である技術開発部の中で、立花は、まだ若いこともあってどちらかというと目立たないバイプレーヤー的存在であった。堅い性格に口下手と来ているから、どんな集まりでも話題のまん中から外れたところにいるのが立花の特徴だ。

「じゃあ、お前、どうするんだよ。降りるのか、このプロジェクトから」

江原が問うと、

「降りる」

驚いたことに、中里は生ビールのジョッキをとんとテーブルに置いて断言した。

「そして、オレは会社も辞める」

「おいおい、またかよ」

江原が派手に呆れて見せた。「辞める辞めるって、お前、いつもいってんじゃん」

「いや。今度は本気だ。明日、辞表を出すから」

真顔でいった中里を、江原はまじまじと見つめた。その顔からすっと笑みが抜け落ちていくと、笑えない冗談でも聞かされたような顔になる。

「嘘、だろ」

「本当だよ」

中里はいった。「本当は今日、出そうと思ったんだが、あんなプロジェクトの集まりに呼ばれちまったんで、出しそびれた」

「冗談いうなよ、中里。お前さ、ウチ辞めて行く当てなんか、あるのかよ」

「まあな」

ジョッキを再び口に運びながら中里はこたえた。「おそらく来月でお前らともお別れだ。転職先からは、できるだけ早く来てくれっていわれてるんでな」

「来月？」

黙って聞いていた立花が顔を上げると、そこには微かな怒りの表情が浮かんでいた。

「会社を辞めるのは中里さんの勝手ですけど、来月って急すぎるじゃないですか。いま抱えてる仕事、どうするんです」

「なんせ急な話だったんでな」

中里は、運ばれてきたハラミを網に載せながらいった。「仕方ないだろ」

「無責任ですよ、それは」

よ」

「責任持ってやった仕事だって、反古《ほご》にされるんだぜ。その程度の仕事ってことだ

「ぼくが迷惑します」

頑固なところを見せた立花に、「あ、そう」、と中里は端《はな》から取り合わなかった。

「じゃあ、お前も辞めたら」

「ふざけないでください」

硬い声を出した立花を、「よせ」、と江原が制し、

「要するに、お前が真剣に考えた末の結論だってことか。冗談でもなんでもなく」

と中里に問う。

「当たり前じゃないか。オレだって家族がいるんだ。一時の気の迷いで転職なんかできるわけないだろう。オレは新しい会社で、自分の能力を試したい。やりたいようにやらせてもらうのが条件だ」

「新しい会社って、どこなんですか」

中里の顔を覗き込み、遠慮がちに川田がきいた。

「どこだっていいだろ」

中里は軽くかわす。「お前らには関係ない」

「そうか。まあ、せいぜいがんばれや」

江原が突き放したようにいい、むしゃくしゃした気分を飲み下すかのように、ジョッキを一気に傾けた。

5

「一村君、久しぶりだな」

声をかけたとき、一村はちょうど手術を終えて研究室に戻ったところであった。

水曜日の午後三時である。

この日の一村のスケジュールは、秘書を通じて北陸医科大学に電話を入れ、それとなく調べさせた。

心臓血管外科の手術日は毎週水曜日で、この日も一村は午前九時から手術室に入ってつい先ほどまで、六時間近くかけた手術を終えてきたばかりのはずだ。

研究室に戻ってきた一村は、ソファに貴船がかけているのを見て、目を丸くしている。

「貴船先生――！　どうしてここに」

「いや、電話ではなんだから、君と直接話をしたくてね。こうして待たせてもらった」

そういうと、手振りで自分の前の肘掛け椅子にかけるように勧めた。

「人工弁の件ですか」

勘のいい男である。

「そうなんだ。実は、私も以前から人工弁を作ってはどうかと考えていてね。君が一足先に開発していると聞いて驚いたよ」

「ああ、そうでしたか」

一村は応じたが、表情には隠しようもない戸惑いが見て取れる。それには構わず、貴船は続けた。

「先日、萩尾学長と会ったんだが、そのとき君の話になってね。開発資金に窮しているから、是非力になって欲しいということだった」

多少の脚色を施して話した貴船は、「それでこうして、福井くんだりにまで足を運んで来たというわけだ」、と暗に圧力をかける。

師であり、学会の重鎮である貴船が、わざわざ出張してものを頼みにくる。その段階で、貴船の申し出を断ることがどういうことになるのか、一村にわからないはずはない。

「お気遣いをいただきありがとうございます」

一村は恐縮した体《てい》で頭を下げた。

「君も知っての通り、医療機器は厚労省の認可を得るまで長い時間とカネがかかる。私が開発するのなら、日本クラインがスポンサードして、なおかつ共同開発チームにも加わるそうだ。いい話だと思わないか」

「せっかくのご提案なんですが、これはウチの大学が推進しているプロジェクトでも、ひとつの目玉になっております」

「萩尾学長がいいといってるんだから、いいだろう」

さも心外という口調でいい、貴船は勝手にここに来る間に練ってきたプランを口にする。「北陸医科大学とアジア医科大学の共同事業という形にすればいいんだ。PMDAだ厚労省だとなると、実績のあるウチが主幹事になったほうがいいからそうさせてもらい、開発段階のものを引き継ぐ。開発者チームの主要メンバーとして君と大学の名前も残る。君は、心臓弁膜症で苦しんでいる患者のために開発しているのであって、功名心を満たすためにやっているわけではないはずだ。であれば、どのやり方が一番実用化の近道か考えたほうがいい」

我ながら付け入る隙のない完璧なプランだと、貴船は内心、自賛した。

このプロジェクトを受け入れれば、理事会で人工心臓開発の採算を責められている貴船の立場は一変するだろう。医学界へのインパクトでは、「コアハート」に遠く及ばないが、比較的簡単に儲かる人工弁は、いかにも理事会が飛びつきそうな好案件だ。

ここで収益を稼いで理事会に認められれば、病院長の永野と争っている次期学長選をほぼ手中に収めたも同然ではないか。

ところが――。

どうだといわんばかり、相手の言葉を待つ貴船に、

「せっかくのお話ですが、遠慮させていただきます」

という予想外のひと言が発せられ、貴船は表情を消した。

「どういうことだね、それは。君にとって、こんないい話はないだろう」

「いいお話であることは承知しております」

一村は、膝《ひざ》の上で組んだ手に落とした視線をふいに上げた。「しかし、このプロジェクトは自分の手で最後までやり抜くことに意義があると考えています」

「患者の命を後回しにするというのか」

貴船は、卑劣なものを見る目で指摘した。「君は、いつからそんな医者になった」

「もちろん、患者の命は最優先いたします。ですが、ご存じのように本学はまだ設立して浅い、未熟な大学です。本学にいま必要なのは、実績なんです。独自に始め、そして独力で実用化にまで漕ぎつける。後に続く者の目標となる実績です。この辺りのことをご理解いただけませんか」

「随分、了見の狭いことをいうじゃないか」

貴船は侮蔑の面持ちになる。「たしかに、この学校にはそういう実績が必要かも知れん。しかしだな、こんな好条件を出すといっている協力者がいるのなら、このプロジェクトに関しては共同開発とすべきだと思う。独自開発にこだわるのなら、探しても協力者が出てこない別の案件でいいじゃないか」

「いえ、私はこのプロジェクトでやりたいと思っています。せっかくですが」

頑《かたく》なな目線を一村は投げてきた。貴船に向かって、それ以上の反論は聞かぬとでもいいたげな目だ。

貴船の腹の底から、一村に対する熱い怒りが込み上げてきたのはこのときであった。

「私がわざわざこんないい話を持ってきたのに、君はそれを袖《そで》にするというのかね」

憮然と頬を震わせた貴船に、

「申し訳ありませんが」

小さく頭を下げただけで、一村は応じる気配もない。

「後悔するぞ。師匠の親心を踏みにじるつもりか」

貴船は立ち上がると同時に、言い放つ。

「大変、ありがたいと感謝しています、先生」

自分も腰を上げて気をつけの姿勢をとった一村は、体をふたつに折った。「ですが、本件については、私にやらせてください。お願いします。それに——」

ちらりと上目遣いになって、貴船を見た。「これはあくまで、私のアイデアです」そのひと言に、それこそ許しがたい侮辱を貴船は感じた。

人工弁に関しては自分も考えていたといった貴船の発言の完全否定であり、傍若無人の自己主張である。

「そうか。じゃあ、勝手に進めるといい」

怒りに満ちた声でいうなり、「どうなっても知らんからな。失敗して、後で泣きついてきても遅い。恥を掻くぞ」

「ありがとうございます」

貴船の捨て台詞《ぜりふ》を、一村は受け流した。

一体、何様だと思っている。

――必ず、潰してやるからな。

いま貴船はそう決意するやさっと踵《きびす》を返し、お茶を替えに来た職員が驚くほどのスピードで、研究室を後にしたのであった。

「社長、ちょっとよろしいでしょうか」

顔色を変えた山崎が佃に声をかけたのは、プロジェクトチームを発足させた翌朝のことであった。

「おお、どうぞ」

デスクワークから顔を上げた佃は、山崎の背後にもうひとり、中里の姿を認め、いつにない気配を感じた。

「実は、中里から退職したいという申し出がありまして」

なにっ、といったきり佃は言葉を失い、まじまじと中里を見据える。

まだ何もいっていない内から、中里が浮かべているのは慰留の一切を受け付けない、という決意だ。

「辞めてどこへ行く。オレは、お前に期待してプロジェクトチームのリーダーに指名したんだぞ。わかってるのか」

「ありがとうございます。でも、もう十分なんで」

中里が浮かべたのは嘲笑《ちょうしょう》にも似た笑みであった。

「もう十分って、どういうことだ」

硬い口調できいた佃に、

「報われない仕事をやらされるのはもう十分だと、そういうことです」

「おい、そういう言い方はないんじゃないか」

山崎が注意したが、それも意に介さない態度で中里は続けた。「ぶっちゃけていいますけど、佃製作所の将来性に疑問を持ってしまったんですよ。この前の日本クラインだってそうじゃないですか。一生懸命やったって、技術があったって、それを生かすこともできない。いままで、この会社を信じてがんばってきましたけど、報われたと思うことは一度もありませんでした」

佃にとっては、衝撃ともいえるひと言だ。

「たしかに、ウチは中小企業で、お前の要求を全て叶《かな》えてやれないかも知れない。だけども、オレはいつもお前らのことを考えてきた。もし、報われないと思ったのなら、すまん、それはオレの責任だ。もういっぺん、考え直して、オレたちと一緒にやってみないか」

かろうじて、佃は慰留する。だが、

「もう十分に考えて考え抜いた上での結論ですので」

返ってきたのは、にべもない返事だ。「もう次も決まっていますので、来月一杯でということにしていただけますか」

ちらりと、山崎が佃を見た。

「私も説得したんですが……」

悔しそうな山崎の表情は少し上気して、ここに来るまでに相当やりあっただろうと、それとなく察せられる。

「その、新しい会社では、お前の希望が叶うのか」

佃は、尋ねた。

「じゃなきゃ、転職なんてしませんよ」

そんなやり取りが繰り返された挙げ句、

「わかった」

ぽんと、佃は両膝を叩いた。「であれば、もう止めない。だけどな、中里、ひとつだけ聞いてくれ。どこに行っても楽なことばかりじゃない。苦しいときが必ずある。そんなときには、拗《す》ねるな。そして逃げるな。さらに人のせいにするな。それから――夢を持て。オレがお前に贈ってやれる言葉はこんなことぐらいしかない」

心に届いたのかどうか。中里は、じっと佃を見たまま動かない。

「新天地では、何がなんでも成功してくれ。ウチでできなかった分までな」

そういうと、佃は悔しさに唇を噛んだ。


「社長、すみませんでした」

中里を先に退室させ、居残った山崎が詫びた。「もっと早い段階で、あいつの気持ちに気づくべきでした」

「お前のせいじゃないよ、ヤマ」

いま肘掛け椅子の中で呆けたように、佃は呟く。「オレのせいさ。この会社じゃ夢がない――そう思われちまったら、オレの負けだ」

言葉に出すと、自己嫌悪が込み上げてくる。しばし、社長室に重たい沈黙が訪れた。

「あいつ、どこへ行くんだ」

ふと気になってきいた佃に、山崎は表情を歪《ゆが》めた。

「それが、サヤマ製作所だそうです」

聞いた途端、やり場のない怒りが佃の中で爆発した。ライバル企業に転職する中里に対してでも、サヤマ製作所に対してでもない。日本クラインでの仕事を取られ、社員まで奪われる。

その怒りの矛先は、紛れもない自分自身、だ。

「ちきしょう！」

肘掛けを力任せに叩き、天井を睨み付けた。

「しかし、社長。どうしましょうか、中里の後任の件なんですが」

山崎がいった。「技術開発部内の仕事は何人かで分担するとして、例のプロジェクトの件は、リーダーを他に探さないといけません」

「洋介はどうだ」

頭を肘掛け椅子の背に乗せ、天井を向いたまま考えていた佃は、ようやく顔を前に向けていった。

「立花、ですか……」

山崎は渋い顔をしてみせる。「入社年次からいって、江原や川田より下になりますが、やりにくくないですかね」

「かといって、技術開発部もいま手一杯だろう。——例の件もあるしな」

——例の件。

ロケットエンジンのバルブ開発の途上で出たアイデアを、佃は、次々と実現させようとしていた。〝例の件〟は、そのうちのひとつだが、山崎との間でならそういえば通る。

技術開発部には、大きく分けてふたつの仕事があった。ひとつは、佃製作所の主力ともいえる小型エンジンの開発。もうひとつが、ロケットエンジンのバルブなどを製造する〝その他〟の仕事だ。人工弁開発は後者に含まれるが、一方で帝国重工のバルブ開発など手の抜けない仕事も多く抱えている。

中小企業の多くは慢性的な人材不足で、資金繰りと同様、人繰りにも窮しているのが常だが、佃製作所にしてもそれは例外ではなかった。

「当面は帝国重工向けのバルブ開発で人手が取られていますからね。それが終われば、こっちにも人を割けるんですが」

「洋介でいいんじゃないか」

もう一度佃がいうと、

「少々、頼りないですが」

といった山崎が新しいアイデアを出した。「加納《かのう》を下に付けましょう」

「なるほど、アキちゃんか」

加納アキは、入社三年目の女性エンジニアだ。大学院の修士課程を修了した後、家庭の事情で研究を断念したのだが、その後指導教授の紹介で佃製作所に入社したいわゆる〝リケジョ〟である。少々おっちょこちょいなところが玉にキズだが、粘り強さはピカ一だ。明るい性格も、真面目一辺倒の立花のパートナーとしてはバッチリである。

「それはいい。頼む」

佃はいうと、静かに瞑目し、気持ちが落ち着くのを待った。

6

「貴船先生、実験データを拝見しましたが、実に順調で結構なことです。我々も安心して見ていられます」

滝川信二《たきがわしんじ》はいい、アルコールで赤くなった顔をほころばせた。丸い小顔に、小さな目とすぼめた口が、イタチのような動物を連想させる男だ。

　銀座のとあるビルに入っている、会員制レストランの個室である。ちょうど前菜が終わり、スズキのポアレが運ばれてきたところであった。それまで呑んでいたスプマンテから白ワインに代え、少し黄味がかったワインがグラスに注がれたところである。

「お陰様で。やはり、日本クラインの技術力は頭ひとつ抜け出ている印象だな。それに、新しく加わったサヤマ製作所もＮＡＳＡ仕込みのハイテク業者らしい。頼もしいことですよ。これで欧米とのデバイスラグは解消するどころか、逆に日本のほうが先を行くだろう」

　そうなれば新時代の幕開けである。そして、実際にその幕を開ける役目を果たすのが、いま目の前にいる滝川らＰＭＤＡの審査担当者たちだ。滝川は、かつて外資系の医薬品メーカーで長くエンジニアをしていた経験のある男であった。前職時代、貴船のアジア医科大学病院が臨床試験を多く受け入れていたことから、何かと親しくなった相手である。その男がＰＭＤＡに転職し、今度は逆に医療機器を審査する立場になるのだからおもしろい。おかげで何かと便宜を図ってもらえる。情けは人のためならず、だ。

「いまの実験データであれば、まもなく臨床ということになるんじゃないのかね」

　貴船の〝押し〟に、滝川は慌ててナイフとフォークを置くと、ナプキンで口元を拭《ぬぐ》った。「もちろん、そうさせていただく方向ですので、ご安心ください」

それは、この夜、貴船がもっとも聞きたかったひと言だ。そのために、他の客と顔が障《さ》すことのない高級レストランに滝川を招いて接待したのである。

「臨床データのサンプリング数については、今度の面談でこちらから提案するよ」

後で問題にならない程度に、臨床試験は少なければ少ないほうがいい。そのほうが時間を短縮でき、実用化が早まるからだ。

「できるだけ前向きに検討いたしますが、先生、ご安心ください。ＰＭＤＡも昔と変わってきていまして、データさえ揃っていれば、最短なら半年ほどで厚労省の承認が得られてもおかしくはありません」

「クラスⅣの医療機器でも大丈夫か」

肝心なことを、貴船はきいた。ＰＭＤＡの分類で、医療機器は、患者の命に関わる度合いによってⅠからⅣまでの四つのカテゴリに分けられている。人工心臓は、もっとも審査が難しいクラスⅣだ。故障や不具合が即、患者の命に関わるからである。

「客観データで実証できれば、あとは厚労省内の事務手続きのみですから」

滝川の発言に満足して頷いた貴船は、「ところで、話は変わるんだが」、とこの夜滝川を食事に誘った、もうひとつの目的へと話を進めた。

「君が私のところに出入りしていた頃はまだいなかったから知らないと思うが、以前、私の下に一村という男がいた。いまは北陸医科大学にいるんだが」

「一村先生の名前だけでしたら、存じ上げています」

意外なことに、滝川は知っていた。

「その彼がいま人工弁を開発しているらしいんだが、功を焦ったか、福井の地場産業を抱き込んで、少々危なっかしいものを製造しているらしい。もし、事前面談の申し込みがあれば、気をつけてやってくれないか」

「地場産業、ですか」

滝川はそのひと言に興味を抱いたらしかった。「医療機器の開発は技術力勝負ですし、小さな会社ではそもそも無理があると思いますが」

「私もそう思う。そんな会社では、何かあったときの補償など到底無理だ。入り口のところからして危なっかしいことこの上ない」

「なるほど。実は貴船先生だからお知らせしますがね」

ふいに、滝川はイタチ顔を寄せて声を潜めた。「その一村先生が手掛けている人工弁の事前面談、すでに申し込まれているんですよ」

「ほんとうか」

動かしていた手を止めた貴船の目が、きらりと光った。「だったら審査担当者によく言い含めておいてもらえないか」

「それには及びません、先生。担当は私ですから」

そういうと、滝川は、意味ありげな笑いを浮かべた。「一村先生からの申し出に関しては、先ほど申し上げたようなことを私も思っておりました。貴船先生のアドバイスをいただき、ますます気持ちを強くした次第です」

「正しいものは正しい。危ないものは危ない。それだけのことだ」

念を押すようにいった貴船に、そのとき憎々しげな笑みが浮かんだ。

7

「ガウディ計画から、中里が抜けることになった」

再び、プロジェクトチームのメンバーを会議室に集めたのは、中里の退職が決まった日の午後五時過ぎのことであった。「代わりにアキちゃんに加わってもらうことにしたから。よろしく頼む」

「よろしくお願いします！」

本来なら緊張のひとつもして良い場面だが、加納は脳天気な笑顔だ。

「頼むぞ、江原。技術開発部のメンバーも手探りだと思うから、なにかとサポートしてやってくれ」

チーム最年長の江原にいうと、「いや、いい人選だと思いますよ」、と歓迎したものの、「それでリーダーは誰がやるんですか。山崎部長ですか」、ときいた。

「いや、洋介に頼みたい」

驚くというより、少々拍子抜けといった顔で、「は？」、江原が口をぽかんとあけた。

立花には、朝、山崎と打ち合わせをした後にリーダーの件は伝えてあったが、いまテーブルの反対側でかしこまっている。

「洋介にアキちゃんか。なんか、技術開発部の凸凹コンビって感じだなあ」

「あ、それは失言ですよ、川田さん。私たち、すごいの開発しますから！」

すかさず、加納が突っ込む。

加納の参加で、ガウディチームの雰囲気がいっきに明るくなった。中里と立花のコンビだったら、こうはいかなかっただろう。そういう意味では、加納を加えた山崎の人選は正しかったことになる。

こういうプロジェクトで開発を任されるのは初めてだと思うが、誰だって最初から実績があるわけじゃない。遠慮なく、思い切りやってくれ──加納には、そう含めおいた。

「まずはこのメンバーで、試作品を完成させる。そこまでは、立花と加納の仕事だ。そこから先のマーケティング営業は、江原たちの得意とするところだ。将来、収益の柱になる重要なプロジェクトだ。相手に不足はないと思う」

「いいですねえ」

腕組みをして聞いていた江原は、にんまりとした。「社長の考えはわかりました。ただ、何しろ売り物ができない内は、オレたちにはどうすることもできないからな。頼むぞ、おふたりさん」

「よ、よろしくお願いします。なんとか——」

どこか気圧《けお》された様子でいいかけた立花の声を、

「まかせてくださいよ」

吹き飛ばさんばかりに、明るく加納がいった。「できあがったもの見て、びっくりしないでくださいよ」

右手の拳をぐっと握りしめる。

「わかったわかった」

さすがの江原もそれには苦笑し、「で、具体的にはいつから動き出すんですか」

「近々、一村先生と桜田社長が来社される」

山崎がいった。「そこからがスタートだと思ってくれ」

「長丁場になると思うが、ここはひとつ、がんばろうや」

そういって佃が会を締めようとしたとき、

「ところで社長、ひとついいですか」

と江原が小さく挙手をした。「さっき小耳に挟んだんですが、中里の転職先、サヤマ製作所って、ホントですか」

佃は山崎とちらりと視線を交わし、「そうらしいな」、と江原に頷いた。

「それって、マズくないですかね」

真剣な顔で、江原は指摘する。「日本クラインだけじゃなく、帝国重工のバルブシステムでもサヤマ製作所はライバルなんですよ。内情を知ってる中里にそんな転職を許して大丈夫なんですか」

その点が気にならないといえば嘘になる。

「一応、佃製作所のノウハウ部分に関しては、競合他社に就職した場合も秘密を守る旨の同意書には捺印《なついん》してもらうから」

山崎の説明は、佃が聞いていても、ただの上っ面だ。江原に納得した風はない。

「日本クラインの件があってから、サヤマ製作所について情報収集したんです」

もってきた手帳を開けながら、江原は続けた。「短期間に急成長した椎名社長の手腕を評価する声がある一方で、強引なやり方に批判的な話も出ています。ビジネスのためには手段を選ばないとか。中里は、サヤマ製作所に引き抜かれたんでしょう。だとすると、サヤマ製作所の目的は、ウチの技術ですよ」

「中里には、そのヘンのことはクギを刺してあるから」

山崎が応じた。

「でも、悪意の転職ってのもあるんじゃないですか。それに、ウチの同意書、罰則規定すらないんだから」

腕組みをしたまま、ふたりのやりとりを聞いた佃は唇を噛み、

「オレは、そうは思いたくない」

念ずるようにいった。「中里は、自分がやりたいことをやるために新天地を選んだんだ。ウチの技術を盗み出すとか、そんなことをする奴だとはオレは思わない。そんなこともわからない男だとしたら、きちんと教育してこなかったオレが悪い。そう思ってる」

「人が好《よ》すぎませんか、社長」江原が憮然とする。

「かもしれん」

佃は、認めた。「だけども、社員を信じられなくなったら、社長なんかやってられないんだよ。オレはお前たちのことだって、心から信用してる」

さすがの江原も、そのひと言には押し黙るしかないようだった。

とはいえ——。

散会の後、佃の心に、簡単には消えない染みが、じわじわと広がるのがわかった。

第四章　権力の構造

1

　ガウディ計画がいよいよ始動したのは、この冬一番の寒波が関東地方を覆った金曜日のことであった。

　身を切るような寒風の朝で、ニュースによると日本海側では大雪のところもあるという。

　この日は、福井から、一村と桜田、そして真野の三人が上京することになっていた。そもそも飛行機が飛ぶのかと、前途多難を象徴するような幕開けである。

　午前中は、三人とも別の用事を済ませ、事前の知らせでは佃製作所への来社時刻は午後三時となっていた。

コートの前を閉め、これは雪でも降り出すんじゃないかと恨みの目で冬空を見上げた佃だったが、天気ばかりはどうにもならない。

「社長、飛行機、無事に飛ぶようです」

社長室でデスクワークをしていた佃に、真野から連絡が入ったと殿村が伝えてきたのは九時過ぎのこと。

最寄りの東急池上線の長原駅まで、佃自らが一村たちを迎えに行き、会社に案内したのは午後三時を少し回った頃であった。そしていま——。

会議室には社員のほとんどが集まり、何か新しいことを始める前の高揚感と人いきれであふれかえっていた。

一村たちとの初回の打ち合わせに、手が空いている者はできるだけ参加するよう、佃が呼びかけたからだ。

簡単な自己紹介で、どっと沸いたのは真野のときだった。

「元佃製作所の真野と申します」

というひと言に、会議室のあちこちから冷やかしの言葉が上がったのだ。「そしていまは、北陸医科大学先端医療研究所の真野です」

と続けた真野は、マイクを持ったまま立ち上がると、「みんなにきちんと詫びを入れてなかったよね」、そういうや、「いろいろご迷惑をおかけしました。すみません」、と体をふたつに折った。

真野が、佃製作所を退職するきっかけとなったとある〝事件〟のことである。

「もういいよ、そんな昔の話」

笑っていったのは江原だった。「なあ、そうだよな」

拍手が起きて、真野は泣き笑いのような顔になる。もう誰も真野のことを怒ってはいない。あれから四年が経《た》ち、真野の気持ちを理解し、許すのに必要な時間が経過したのだ。

そして、また真野と仕事ができる。

それを誰よりも喜んでいるのは、佃自身なのかも知れなかった。

最初から悪い奴はいない。不満やすれ違い。ちょっとした勘違いが思わぬ事態を招いてしまうことだってあるのだ。

ガウディ計画の概要と意義について、一村の講義が始まった。

プロジェクターを使った実にわかりやすい内容だが、その話が最も胸に迫ったのは、外科手術の生々しい写真ではなく、最後に登場した子供たちの写真だった。

全快して退院するときの笑顔。術後、数年して何かのついでに訪ねてきたという親子の写真。最後は、サッカー少年に成長した男の子のビデオレターだった。

——先生、ありがとう。先生のおかげで、ぼくは大好きなサッカーを続けることができました。

なぜこの仕事をするのか。なぜこの開発を請け負うのか。

一村の言葉、写真の一枚一枚、そしてビデオレターの子供のひと言ひと言が、社員全員の胸に沁《し》み渡り、やる気とエネルギーの糧《かて》になっていく。

一村の話が終わったとき、自然と拍手が起こった。

これは、単なるビジネスじゃない。

綺麗事かも知れないけれど、人が人生の一部を削ってやる以上、そこに何かの意味が欲しいと、佃は思う。

いま、このガウディ計画という新しい挑戦において、佃製作所の全員がその意味を共有したはずだ。

「このチームでの最初のチャレンジは、ＰＭＤＡとの事前面談になります」

一通りの説明を終えた一村がいった。医療機器審査の最初のステップだが、数週間後に初回となる面談の予約が入っているという。

「研究開発から実用化までのロードマップを作成していますが、それまでに御社のチームも含めて実現可能性を精査したいと思います。よろしいでしょうか」

立花が生真面目に頷いた。先ほど自己紹介のときにも相当緊張していたようだが、いまもなお表情は強ばっている。

「事前面談というのは、どういうものなんですか」

そんな問いを立花が発したのは、自由が丘の和食の店に場所を移してからのことである。「ＰＭＤＡに、我々の計画を聞いてもらう機会とでもいえばいいんですかね、先生」と桜田。

「そうですね。ただ、この面談で方向性が決まるといっても過言ではないと思います。最初が肝心といいますか」

季節の鮟鱇鍋《あんこうなべ》を前にしつつ、一村はいった。佃製作所の役職も含め、テーブルを囲んでいる十人ほどが箸を動かしながら、その話に耳を傾けている。

事前面談は、医療機器の開発者と、それを審査する側であるＰＭＤＡが初めて顔を合わせる場である。

「我々の開発意図や内容が好意的に捉えられれば、その後の審査も上手くいきますし、ここでミソがつくと、後々に尾を引くようなことになりかねません」

「相手はどんな人たちなんですか」立花がきいた。

「ＰＭＤＡの審査チームは、プロパーの審査役と、医療機器メーカーＯＢなどで構成された専門員たちです」

「審査役と専門員って、どっちが偉いんですか」

加納がきいた。

「審査役は、いってみれば正社員みたいなもんだから、こっちのほうが地位的には上ですね」

と一村。「ただし、審査役は若くて実務経験に乏しいこともあって、現場経験のある専門員の意見に引きずられることもあると思う。年配の専門員に遠慮する審査役もいるだろうし、実審査の力関係というのは微妙なところだろうね」

その話を継いで、「厚労省の承認を目指して開発を続ける以上は付き合っていく相手になりますから、良好な関係を築いたほうがいいようなんです」、と桜田。

「だけど、そもそもその連中が保身の塊で、けんもほろろに難癖をつけて案件を通さないという話を以前、聞きましたけど」

唐木田の話に、「ひどいじゃないですか、それ」、と加納が頰を膨らませる。

「結局、PMDAも含め、役所の連中にとって最も大切なのは、患者の命じゃなくて自分自身なんじゃないですかね」

と唐木田。「誰が死のうと、関係ない。下手《へた》に承認して後で問題になり、出世に響くぐらいなら、承認しないほうが遥かにいいというわけです」

「かつてそういわれていたことは否定しません」

一村はいった。「その挙げ句、どんな状況が生まれたかというと、いわゆるドラッグラグやデバイスラグといった、世界との格差です。欧米で新薬が使われ、新しい医療機器が普及して患者の命が助かっているのに、日本では厚労省の壁が立ちはだかって、欧米なら普通に受けられる治療が受けられない。そんな状況が長く続いてきました」

「で、現状はどうなんですか」

と殿村。元銀行員の殿村にしてみれば、役所や大企業の論理は馴染みでもあるし、興味もある世界だろう。

「いまは、かなり改善されたと思います」

一村はいった。「厚労省の認可姿勢に対する相当の批判があり、それが重い扉を開かせた一面は否定できません。それでも、審査の実態は昔と比べたらずっと協力的になっているといえるんじゃないでしょうか」

「ウチにとっては追い風ですね」

山崎が、期待を表情に出した。審査の迅速化は、チーム全体のコストダウンに繋がる。

「その事前面談には、先生も出席していただけるんですか」

立花の隣から、不安そうにきいたのは加納だ。

「もちろんです」

一村は力強く頷いた。「アイデアを出した医師が出るのと出ないのとでは、審査担当者の心証がまるで違いますからね。必ず、成功させましょう」

一村はそういうと、ビールの入ったコップを掲げた。全員がそれに応じ、懇親会は次第に決起集会の様相を呈してくる。

このまま順調に突っ走ってくれ――。

佃はそう祈った。

2

そのPMDAとの事前面談が開かれたのは十二月半ばのことであった。

場所は、地下鉄国会議事堂前駅から徒歩数分の、霞が関のビル内だ。一村と桜田、佃製作所側からは、佃と山崎の他、立花と加納の四人が出席している。

事前面談の約束は午前十一時半。いまその五分前だ。

案内された部屋の窓からは、冬の晴天の下に輝くばかりの霞が関のビル群が見えたが、佃にその景色を楽しむ余裕はなかった。医師として、いままで何度か面談の経験がある一村ですら緊張した面持ちで持ってきた資料に視線を落としている。

「お待たせしました」

ドアがノックされ、時間とともに入室してきたのは全部で八人。名刺交換が始まった。

リーダーとなる審査役は山野辺敏《やまのべさとし》という四十代前半の男だ。専門員という肩書きを持つ担当者は全員が年配の男性で、医療機器メーカーOBなどで構成されているという一村の話を裏付けている。

「それじゃあ、早速、説明してもらいましょうか」

司会進行役を務めているのは、おそらく年齢的に最古参と思われる滝川という男であった。協力的になったとは聞いているものの、気のせいか、滝川のイタチ顔が佃たちに向けている目はそれとはほど遠い印象である。

一村が、この人工弁開発の意義と現状について掻《か》い摘《つま》んだ説明を始めた。

淀《よど》みのない、理路整然とした説明だ。臨床経験から開発計画を発案し、実験に至るまでの過程を話した一村の後に、桜田から、新しい素材開発についての簡単な補足をしたところで、「ありがとうございます。だいたいのことはわかりました」、というひと言が山野辺から発せられた。

質疑応答が始まった。そのどれも基本的なものばかりで、身構えた佃が、危なっかしいと思えるようなものはない。

これなら乗り切れるか——。

そう思いかけたとき、

「まあ、基本的なことは別にいいですよ」

それまで黙っていた滝川が、一段と大きな声で割って入った。かけていた老眼鏡を外した滝川は、配付された資料の上にペンを置くと、佃たちを睨《ね》めるように眺める。

「つかぬことをお伺いするんですけどね、この開発に携わるのは、本当に皆さんだけなんですか」

「とおっしゃいますと」

発言の意図が読めずにきいた一村に、「大丈夫かなと思いましてねえ」、と滝川は疑問を口にする。

「ご存じだと思いますが、こうした医療機器にはリスクがつきものでしてね。万が一、何かあった場合、あなた方にその責任が取れるかどうか心配しているわけですよ、私は。北陸医科大学はともかく、サクラダさんはベンチャーでしょ。それに佃製作所は、大田区の中小企業だ。こういっちゃなんですが、吹けば飛ぶようなところばかりじゃないですか。これで医療機器開発っていうのは、いくらなんでも荷が重いんじゃないの」

口調も馴《な》れ馴《な》れしくなった滝川は、「どうなんですか」、と顎を突き出すようにしてテーブルの反対側にかけている佃たちに問うた。

「現時点で補償云々の話は置いて考えるわけにはいきませんか」

一村がいっても、「先生、それはないんじゃないですか」、と呆れたといわんばかりの態度だ。

「医療機器の開発者は、しかるべき社会的基盤がなければいけないと思います。特にクラスⅣとなればなおさらだ。そこらへんの中小企業が簡単に手出しできるような話じゃないんだから」

小馬鹿にした発言に、思わず口が出そうになって、佃は思い止《とど》まった。腹が立ったが、余計なことをいって場をぶち壊してもまずい。

「サクラダさんで開発する新しい素材はいま特許申請している最先端の技術です」

失礼な滝川の物言いにも、一村は怒りを表すことなく、誠意のある態度を貫いていた。「佃製作所さんも、帝国重工のロケットエンジンのバルブを製造している技術力ある会社なんです。企業規模は小さくても、大企業にもない技術を持っています。こういう会社こそ、臨床で求められている新しく高度な医療機器を開発するに相応《ふさわ》しいと思います。どうぞ、ご理解いただけませんか」

「じゃあ、詳しい財務諸表でも出してよ」

一村の説明など滝川は鼻で笑った。「医療機器の審査云々の前に、皆さんの会社の内容、教えてくれませんかね。株式公開してないでしょ、二社とも。良い会社だといわれたところで内容なんてわからないし、社名も聞いたことがないんだから。まずは、その辺りの身体検査をしてからだね」

滝川は、提出した資料を片手で持ち上げた。「こんなペーパー、作ろうと思えば誰だって作れますよ。審査の本質っていうのはね、何を作るかという以前に、誰が作るかなんだ」

会議室が気まずく静まりかえった。

どこでどう口を挟んでいいかわからず、佃をはじめ、佃製作所の四人は沈黙したままだ。

リーダー格の山野辺は、硬い表情でやりとりを聞いているが、特に意見をいうわけではない。

専門員という立場だが、どうやらこのメンバー内での発言力は、この滝川という男の方が強いらしい。

取り付く島もない。かくして——。

一旦ひび割れた関係を取り繕う間もなく、ＰＭＤＡとの事前面談は終了したのであった。

「協力的なはずじゃないんですか」

ＰＭＤＡの入ったフロアから出、同じビル内にあるカフェに入ってから、山崎がきいた。「なんですかね、あの滝川という専門員の態度は」

まったく同感である。

「申し訳ない」

一村が詫びた。

「いや、先生が詫びるスジじゃないですよ」

佃は右手のひらを見せていう。「素晴らしいプレゼンだったと思います。それがまったく無駄になったことにも、腹が立つ」

「同感です」

桜田も悔しそうに、うなだれた。緊張して臨んだだけに、いま佃が感じているのはひたすら後味の悪い疲労感だ。佃の隣では山崎が難しい顔で押し黙り、青ざめた立花の表情には、ショックの色がありありと浮かんでいる。さすがの加納も意気消沈し、表情が暗い。

「専門員の滝川という人のほうが、リーダーの山野辺審査役より威張っているんですからね。おかしいでしょう」

呆れたように、山崎がいった。「そんなに滝川氏は経験豊富な専門員なんですか」

「絶対、そんなわけないですよ」

加納が決めつけた。「経験豊富なら、私たちのこと、あんなふうにいうわけないですもん」

その通りだと思う。

「どうします、先生。これ、うまくいくんでしょうか」

桜田の顔には、手に取れるような焦燥がこびりついていた。

「まだ一回戦ですから」

一村はみんなの気持ちを鼓舞した。「順調な滑り出しとはいえなかったと思いますが、ならば時間はかかっても外堀から埋めていくしかありません」

「具体的な方策ってあるんでしょうか」

桜田は、すがるような眼差しだ。必死さが伝わってくる。

「いかに外国製の人工弁に、ニーズのある小児に適するサイズがないかをまとめた論文を、いま学会誌に提出しています。それが掲載されれば、今回の事業に対する賛同者も増えてくれるでしょうし、そういう声が大きくなれば、人工弁に対する現場の要求として、ＰＭＤＡだって無視できないと思うんです」

たしかに、外堀から埋めるような話だと佃は思った。

だが、そんなふうにしないと埋められないというのは、ＰＭＤＡが抱える構造的、あるいは人的な問題がある証拠ではないかという気もする。その問題を埋め合わせるのは、結局のところこちら側の仕事になる。

ニーズやコストといった判断基準ではなく、保身やメンツを優先する相手ほど、理不尽でやりにくいものはない。

いったい何のための審査なのか——。

病気で困っている人たちのためか、それとも出世をもくろむ個人のためか。

医療機器の安全性や実験データ云々の話であればまだいい。会社の大小など、とどのつまり、製造物の性能とは何の関係もないことのはずだ。

あの男が、審査担当である以上、この話は進まないのではないか。

「もう一度、出直しましょう」

桜田の言葉に頷きながら、佃は、心の中に広がる暗雲を払拭《ふっしょく》することはできなかった。

3

「社長、どうでしたか。事前面談は」

会社に戻ると、佃の帰りを待ちかねていたように殿村がきいたが、佃の浮かない顔に気づくや、期待の表情が怪訝《けげん》なそれへと変わった。

「どうもこうもないよ」

山崎と一緒に社長室の応接セットに体を埋めた佃は、重たい溜息を吐《つ》く。「医療審査の壁にぶつかった」

「どういうことなんですか」

佃の反応に、殿村が驚いた。

「PMDAの審査担当が、まるで非協力的というか、敵意すら感じるような対応だったんですよ」

山崎もまた疲れ切った表情でいい、事前面談の状況を殿村に説明する。

「なんですか、それは」

殿村もまた憮然とし、「そんなことだから、デバイスラグが起きるんですよ」、と憤《ふん》懣《まん》やる方ないといった表情だ。

「あ、それと、先ほど春山《はるやま》事務所というところから、こんなものが届きました」

そういって殿村が出したのは、ファックスで送られてきた簡単な書類だった。

春山事務所は、桜田が雇っている医療機器申請のコンサルタントである。所長の春山とはまだ会ったことはないが、大手の医療機器メーカーで長くPMDA相手の申請手続きに関与してきた男らしい。

おそらく、面談の状況について桜田から報告したのだろう、春山が送ってきたのは、滝川という男の簡単なプロフィールだった。迅速な対応である。

それによると、滝川信二は、今年五十四歳になる男で、東北地方の国立大学理学部を出て、外資大手のゼウス製薬に入社。新薬の開発に長く携わり、その後ＰＭＤＡに転職したとなっている。

佃と一緒に書類を覗き込んでいた山崎が、むっとした顔を上げた。

「あの男、そもそも医療機器は専門外じゃないですか。薬品畑ですよ」

「ふざけた話だな」

いまいましげに佃は吐き捨てた。「門外漢が、わかった顔をして何をいうかと思えば、会社の規模が小さいだのなんだのって。こんなことしてたら日本で真面目に医療機器を作ろうなんてのはなくなっちまうだろうが」

そのとき、なおも資料を見ていた山崎が、

「社長、ちょっとこれ見てください」

備考欄に、春山が知るかぎりの滝川に関する情報が手書きされている。山崎が指し示した箇所には、「――アジア医科大学の貴船恒広学部長とは医薬品開発時代からの知り合いで心臓の医療材料に関する造詣《ぞうけい》は深いと思われる」、そう記されていた。

「心臓の医療材料に造詣ってか」

「ええ、その造詣ってのがどれぐらいのものかはわかりませんが、このアジア医科大学の貴船先生って、一村先生の師匠じゃなかったですか」

あ、と佃は顔を上げ、山崎をまじまじと見た。

「貴船先生経由で、あの滝川という男に根回しすること、できませんかね」

佃は唸《うな》って腕組みをした。

「真野の話ではいろいろあったそうだからわからないが、頼んでみる手はあるだろうな」

佃は腕時計を見た。いま一村と桜田も羽田空港にいる頃だ。

さっそく一村の携帯に電話をしてみると、すぐに出た。

「先ほどはお疲れ様でした。実はいま、うちのほうに春山事務所から滝川氏のプロフィールが届いたんですが」

「こっちにも、春山さんから連絡があったところです」

内容については一村たちの耳にも入っているようだ。

「そのときお聞きになったかどうかわからないんですが、あの滝川氏は、アジア医科大学の貴船先生と懇意のようなんです。たしか、貴船先生は一村先生の師匠でしたよね。もし可能なら、そちらから根回ししてもらうというわけにはいかないでしょうか」

「それなんですが、ちょっと難しいと思うんです」

空港のラウンジにいるのか、一村の声の背後に搭乗案内の声がかぶっている。「私も春山さんからの情報で貴船先生と関係があることは初めて知ったんですが、逆にそれでピンときたことがありまして」

やはり、何かある。

「あの事前面談、ああなるように仕向けたのは、貴船先生じゃないかと思いまして」

「それはいったい……」

意外な話に、思わず佃は聞き返していた。

「詳しいことは福井に帰ってから電話させてもらいます。すみません」

「どういうことなんです、社長」

一村との通話を終えると、山崎がきいた。

「わからない。わからないけれども、どうやらこの貴船先生と一村先生との間に、埋められない溝があることだけは間違いないようだな」

「ドロドロですね、医者の世界ってのは」

冷ややかにいった殿村は、嫌悪感を滲《にじ》ませる。「まったく、バカげてます」

「そのバカげた世界に、オレたちは足を突っ込んじまったってわけだ」

その世界には、一般の世界の人間には見えない壁がある。

果たしてどうすれば、その壁を壊すことができるのか、あるいは乗り越えることが可能なのか。いまの佃には見当もつかない。

「それと社長。五時から、中里の送別会ですのでお願いします」

そのとき殿村がいい、「わかった」、と溜息混じりに佃はいった。

4

「長年、お世話になりましたが、このたび、一身上の都合で退職することになりました」

送別会といっても、試作品を作る製造部のスペースに社員が集まり、中里の挨拶を聞き、ビールと簡単なつまみで飲み食いするぐらいのものであった。

その後、親しい連中だけで二次会に繰り出すらしいが、そっちの方は幹事の若手社員に三万円ほど会費を渡しただけで、佃は出席を見送ることにした。会社に不満があって辞める以上、佃がいたのでは、いいたいこともいえないに違いないという配慮からである。

冒頭、山崎による退職の報告とともに、中里の挨拶が始まっている。

「次の職場では、佃製作所で培った技術とノウハウを生かして、いままで以上にがんばって参りたいと思います」

しらけた雰囲気が場に流れた。いまやほぼ全員が、中里の次の職場がライバルのサヤマ製作所だと知っている。そこで佃製作所の技術とノウハウを生かされてはたまったものではない、という思いもあるだろう。

普段なら、社員全員が集まる送別会だが、いまこの場に来ているのは技術開発部の人間と営業部の若手ぐらい。津野も唐木田も、姿を現していない。中堅どころでは、せいぜい江原が、仏頂面で話を聞いているぐらいだ。

「まあ、がんばれよ」

いまひとつ盛り上がりにかける会も一時間ほどでお開きになり、佃はそう中里の肩をぽんと叩いて送り出した。

「お世話になりました」

そういった中里は、むしろさっぱりした表情で、荷物を纏《まと》め、二次会へと去っていく。

「ヤマ、お前は行くのか」

技術開発部のフロアから出ながらきくと、後で顔ぐらいは出そうと思っています、という返事があった。「上司が二次会に行かないのでは、他に示しがつきませんから」

「まあ、それはそうだ」

佃がそんなことを思ったとき、ポケットのスマホが鳴りだした。

一村からだ。

「先ほどは失礼しました。いま大学の研究室に戻ったところです」

「大学に？　それは忙しいですね」

大学病院の教授は激務だと、以前、医学部の知り合いから聞いたことがある。なんなくこなしているように見えるが、一村も睡眠時間を削り、日々、様々なものと戦っているに違いない。

「お忙しいのに、わざわざすみません」

気を遣った佃に、「いえ、これはお話ししておく必要があることだと思いますので」、と一村はいった。

「実は、我々が開発している人工弁に関して、貴船先生から共同でやらないかという話をいただいていまして」

「共同で？」

初めて聞く話である。一村は話を続けた。

「ただ、私はそれを断りました」

「どうしてですか」

佃はきいた。アジア医科大学との共同開発であれば、ＰＭＤＡの面談も上首尾で終えられた可能性がある。

「貴船先生のオファーは、単に我々を利用しようとするだけのものだからです」

一村が語ったのは、貴船が置かれているアジア医科大学での立場だった。理事会、病院、そして大学、その三つどもえの権力争いの構図である。

「貴船先生に研究を渡したら、私は名前ぐらいは共同開発者の端っこに載せてもらえるでしょうが、成果の大半はアジア医科大学にもっていかれるでしょう。経済的な果実もです。むしろ、貴船先生の目的はそれかも知れない」

「だからといって我々の事前面談をあんな形で妨害するんですか」

佃は、憤りを感じた。

「貴船先生は、私が泣きついてくるのを待ってるんですよ。なんとかしてくれ、と。理不尽な話ですが、これがいま我々が直面している現実なんです」

もちろん、これが医学界全体に共通した権謀術数だとは佃も思わない。貴船という特殊な性格の権力者だからこその、状況なのだろう。だが、そのために犠牲になっているのは、この開発を待ち望んでいる多くの患者たちだ。

「わかりました。とりあえず、貴船先生からのルートはないと、そういうことですね」

「我々があの人の軍門に降《くだ》らない以上は」

一村の言葉をたしかめ、佃は通話を終えた。

5

「そんで中里さん、サヤマ製作所に行って、なにすんですか」

川田が尋ねたのは、二次会で行った駅前商店街の居酒屋でのことだ。かなりアルコールも回って、最初はしらけ気味だった座も賑やかになってきている。

普段はひょうきんな川田であるが、酔っ払っていたこともあって、その言葉にはほんの僅かに棘があった。

「バルブの開発だ」

「それって、ウチと同じじゃないっすか。マズイんじゃないですか」

遅れて参加した山崎の耳に届いたのは、その川田の言葉であった。

「ああ、部長、こっちこっち」

加納が気を遣い、わざわざ中里の隣に空けてあった席に案内する。

テーブルを囲んだ部員たちの背中を通って座るのと、

「何がマズイんだよ」

と中里が硬い声で応じたのは同時であった。

「なんだ。なにやら、不穏な雰囲気だな」

茶化してみせた山崎に、加納も苦笑するしかない。

「中里が、サヤマ製作所でバルブ開発するっていうんで、それはないだろうって話をしてたんですよ」

そういったのは、ちょうど向かいに座っている江原だ。いまひとつすっきりしない顔でちらりと中里を見た江原は、ぶすっとして酒を口に運ぶ。付き合いのいい男だから二次会にも参加はしているが、気にくわないのは顔に出ていた。

「他になにやれっていうんだよ。オレに掃除洗濯でもしてろっていうのか」

開き直った中里に、

「何も、ウチと競合することしなくていいじゃないですか」

川田がいった。「そんなことしたら、みんなそのためにサヤマ製作所が引き抜いたんじゃないかって、勘ぐっちゃうでしょう」

そのとき、中里の目から光が消えた。

「だからなんだよ」

出てきたのは、それを暗に認める低い声だ。

「お前、いい加減にしろよな」

江原がけんもほろろにいった。「カネ目当てで、オレたちを裏切るつもりかよ」

「なんとでもいえ」

中里は肩を揺すって笑ってみせる。「サヤマ製作所の将来性に、オレは賭けたんだ。もし、お前らの中にも行きたいって奴がいたらオレにいってくれよな。佃製作所にいたって、給料も知名度もイマイチだしさ。サヤマ製作所なら——」

「ふざけないでください」

鋭く遮《さえぎ》る声がしたのはそのときだ。

いま立花が、もの凄い形相で、中里を睨み付けている。普段大人しい堅物が、こんなにも感情を露《あら》わにするのを、山崎は初めて見た。

「ぼくたちは、この佃製作所で一生懸命働いてるんですよ。ぼくはこの会社が好きだし、仕事も気に入ってるし、ずっとこのまま働けたらいいなって思ってます。中里さんがサヤマ製作所に行きたいんなら、行けばいい。だけど、ここでがんばってるぼくらの気持ちを踏みにじるようなこと、いわないでください」

「けっ。愛社精神ってやつかよ」

中里はせせら笑った。「結構なことだ。だけどな、お前はかすみ食って生きていけるのか」

「中里さん、いままでかすみを食べてたんですか」

なおも言い返した立花を、「もういい。よせ」、と江原が制した。

「なあ、中里。お前のこと、みんな信頼してきたんだからさ、最後ぐらい、オレたちになんかいいこといってけよ。じゃないとさ、みんなお前のこと、嫌いになっちまうぜ」

「面倒くさいこというなあ」

中里はこれ見よがしに嘆息し、

「じゃあいわせてもらうが」と続ける。

「佃製作所の技術は、価値の割に安売りしてると思う。それだけは確かだ。待遇はともかく、技術とノウハウだけは自信もっていいんじゃねえの」

上から目線——。再び、場がしらけていく。

中締めになって、パラパラと何人かが帰り始めた。

「お先に失礼します。せいぜい新天地でがんばってください」、と怒りの口調でいい、立花も席を立っていく。

「なんだよ、シケた送別会だよなあ」

自嘲《じちょう》した中里に、「お前、バルブってなんのバルブやるんだ」、と気になった山崎がきいたのはそのタイミングだった。

いま残っているのは江原と加納。他の数人は少し離れたところで呑んでいる。

「別になんでもいいじゃないですか。それいうと、情報漏洩《ろうえい》になっちゃうんで」

中里は言葉を濁したが、

「日本クラインか」

と構わず、山崎は続けた。

返事はない。

「だとすると気をつけろよ。あの設計な、そのままだとちょっとマズイことになる」

意表を衝《つ》かれたように中里の視線が山崎に振れたが、すぐに笑みが浮かんだ。

「またまた。脅かしても無駄ですよ、部長」

山崎の忠告を、中里は笑い飛ばした。「佃製作所の試作品が断られたからって、それはないでしょう」

そうか、とだけいって、山崎はそれ以上のことはいわなかった。いまの中里に何をいっても無駄だ。

二次会はそれから間もなくして、本当のお開きになった。

店を出ようとする山崎に、「もう一軒行きませんか」、と誘ったのは江原である。

「アキちゃんもどうだ」

「あ、私も行っていいんですか。行きます行きます」

飲み会とあらば、たいていの場合、加納は参加する。とはいえ、酒を呑むわけではなく、いつもオーダーするのはウーロン茶だ。

駅前で中里と別れて別の居酒屋に向かうと、そこに立花と川田が待っていた。

「なんだ、ガウディチームで飲み直しか」

席につきながらいった山崎に、「洋介から、ＰＭＤＡの話、聞きました」、と厳しい顔で切り出したのは江原だった。

「このプロジェクト、本当に続けるんですか」

単刀直入の問いかけに、山崎は思わず押し黙る。

「部長がどう考えているのか、本音がききたいんです」

立花がきいた。

「お前はどう思う」

山崎がきくと、「難しいと思います」、とはっきりとした返事があった。突然の重たい話に、加納が目を丸くしている。

「なるほど」

山崎はいい、頰を膨らませて溜息をつくと、視線を上に上げて考え込む。

「厳しい状況であることは事実だな」

「社長はどう思われてるんですか」

江原がきいた。

「社長も、困ってるよ。ただ——」

山崎がいった。「あの人は、諦《あきら》めないだろうな」

全員がまじまじと山崎の顔を見つめる。

「だから、いまがあるんだよ。この佃製作所が」

山崎はいった。「いろいろな壁が世の中にはある。楽にうまくいく仕事なんてないさ。だからといって、逃げたら何ひとつ、残らない。実績も評価もだ。それを一番わかってるのは、佃航平《こうへい》という男なんだよ。この困難な状況でどうするか。ここから先が、佃製作所の真骨頂のはずだ」

返事はなく、ただ、山崎の言葉を斟酌《しんしゃく》するような沈黙が流れた。

6

「一村先生、学会誌編集室からお電話です」

秘書からの電話は、手術を終えた午後一時過ぎにかかってきた。

おそらく、先日提出した論文の掲載に関することだろう。

手術記録に目を通しながらコンビニの弁当を食べていた一村は、「回してください」、そういうと口に入れていた焼き鮭《ざけ》の切り身を慌てて飲み込んだ。

「一村先生、胸部外科学会の西尾《にしお》です」

電話の相手は、学会誌の編集を専門にしている男で、一村とは馴染みだった。

「先日お寄せいただきました、『小児における心臓弁膜症と国産人工弁に関する一考察』の論文、大変、すばらしい内容だったと思います。査読をお願いした先生方には賛同される方も何人かいらっしゃいました」

学会の論文は、査読者がスコアを付け、最終的に編集会議で掲載の可否が決まる。一村の論文が、査読時点で高い評価を得ているという話を、先日、伝えてきたのは、他ならぬこの西尾である。

「そういうこともありましたんで、私としても当然、掲載されるべきものと考えておりましたんですが、昨日、編集会議に諮《はか》らせていただいたところ、今回は見送りという結論になってしまいまして」

受話器を握りしめていた一村は、信じられない思いで西尾の話を聞いた。

長くこの学会にいて、数限りない論文を読んできたから、自分が書いたものが掲載されるレベルなのかどうかぐらいはわかる。事実、一村自身、他者の論文を査読することもあるぐらいだ。

今回はとくに好反応でもあり、掲載は当然だと、自分でも決めてかかっていた。

まさか、の結果である。

「否決された理由はなんです」

「賛成された先生もいらっしゃったんですが、その――」

電話の向こうで西尾は困惑したような声を出した。「一部の先生から、論文のテーマが古いのではないかという指摘がありまして」

「いったい、あの論文のどこが古いんですか」

思わず、一村は声を荒らげた。西尾はあくまで事務方に過ぎず、掲載に関する決定権はないことはわかっているが、納得がいかない。

「お気持ちはわかります。ただ、何人かの先生がそれに賛同されたということでして――」

俄《にわか》には信じがたい話だった。いや、あり得ない。

「そんなわけで、今回の掲載については大変申し訳ないんですが……ご了承ください。お送りいただきました論文と抄録の扱いですが、当方より返送の手続きを――」

「そんなものは、そちらで処分してください」

そういって、一村は受話器を置くと、呆然《ぼうぜん》とブラインドのかかった窓を見つめた。

心の内に押し寄せる荒波に翻弄《ほんろう》され、ともすれば我を見失いそうになる。到底納得できる話ではないが、冷静に考えてみると、ひとつの真実が目の前に浮かんでくるのがわかった。

胸部外科学会の学会長には様々な権限があるが、その最たるものは人事権である。学内の人事、系列病院の人事、そして学会誌関係の人事――。掲載の可否を最終決定する編集会議に裏から手を回せば、思い通りの結果を導き出せる。

サクラダの事務所に、一村は電話をかけた。

「論文の掲載、拒否されました」

告げた途端、えっ、といったきり桜田が言葉を失う。やがて、

「一村先生、私たちがやっていることは、果たして正しいんでしょうか」

桜田から発せられたのは、自らの方向性を見失いかけた者の苦悩そのものであった。

第五章　錯綜

1

中里が、サヤマ製作所に入社したのは、佃製作所を退職した翌々日のことであった。

新宿にある高層ビルの二十階にある本社オフィスで社長の椎名から開発部配属の辞令をもらうと、午後には埼玉県狭山市内にある同社工場の開発用のブースで、バルブの試作品を手にしていた。

「これをやるのか、オレが」

中里が感じたのは、皮肉な循環だ。かつて自分が関わったものが、再び自分の前に現れる。

日本クラインから発注された「コアハート」に搭載するバルブだった。当初試作していたバタフライ式バルブではなく、新たに引き直された設計図に基づく試作品だ。

「これを設計したのは、君なんだってな」

着任の挨拶で、早速、開発部マネージャーの月島にそう声をかけられ、中里は、胸を刺す微かな痛みを感じた。

いまさら、違うともいえない。

月島が率いる開発部は、総勢二十名。佃製作所の技術開発部よりも大人数だが、そのほとんどが中里のように外部から引き抜かれた人材だった。

サヤマ製作所では社長の椎名が標榜《ひょうぼう》する実力主義が徹底されており、基本給は抑えられている代わり、会社貢献度によってはマネージャークラスを超えるボーナスを手にすることができる。

いってみればここは、腕に自信のある傭兵《ようへい》のたまり場だ。サヤマ製作所という、いかにも日本の中小企業らしい名前を冠してはいるが、ここの本質は外資系並みの弱肉強食といっていい。それこそが、活力の源泉であり、成長の源なのだと、椎名が豪語している通りである。

日本クラインから依頼されたバルブの試作チーム、中里に任されたのは、そのリーダーとしての役割だ。

当初、短期間で完成させ納品する予定が、月島にいわせれば、「まだ改善の余地があるという社長の指示」によって、研究開発を継続しているという。

「改善の余地があるのはわかりますが、実際にいままでの試作品はすでに納品されているんですか」

「もちろん」月島はこたえる。

「じゃあ、どこを改善するんです」

「耐久性だ」

月島の指示は明瞭《めいりょう》だった。「六ヶ月、百八十日の動作保証を実現しろ、というのが現在、このチームが取り組んでいる課題だ」

「百八十日——」

日本クラインの設計仕様で決められた保証期間は九十日。つまりその倍の保証期間ということになる。

「それにどんな意味があるんですか」

「患者の負担を軽くすることができるだろ」

五十代半ばの月島は、多忙な職場故の疲労感を滲《にじ》ませた顔で、面倒臭そうにいった。

椎名に見込まれ、開発部門の責任者を任されているだけあって、事前に知らされた経歴は、華々しいものであった。外資系企業の開発部門を渡り歩き、専門とする機械工学分野での実績も申し分ない。

ただ、機械工学といっても幅広く、どちらかというと大型機械の動力関連が月島の専門領域のようであった。だからこそ、NASAにいた椎名の目に止まった、ということもいえるだろう。バルブシステムは本来、月島にしてみれば専門外のはずである。

「人工心臓を必要としている患者には二通りある」

月島は、指を二本立てた。「ひとつは、心臓移植を前提とした患者。そしてもうひとつは、年齢制限その他の理由によって心臓移植が不可能な患者だ。人工心臓ともなると交換するといっても簡単じゃないからな。患者にとっては肉体的にも精神的にも、そしてなにより経済的な負担になる。一度取り付けたら、心臓移植のその日まで、あるいは何らかの理由で亡くなるその日まで永遠に動き続けるというのが人工心臓の理想的な形だと思う。それに一歩でも近づけたい」

「なるほど」

中里は、深く納得して頷《うなず》いた。

やりがいのある仕事である。

いわれるがままに試作品を作り、挙げ句、取引を打ち切られる。佃製作所時代のあの苦労は、人生の浪費以外の何物でもなかった。だが、ここには実を結ぶ現実がある。

「頼むぞ、中里君」

月島は、ぽんと中里の肩に右手をおいた。「君の専門分野だろ。世界をアッといわせるバルブを作ってくれ」

いうことも大きい。

「がんばります」

中里は目を輝かせた。「サヤマ製作所に転職して本当によかったと思います」

感銘を受けた中里に、

「当たり前だろ」

月島は当然とばかりに頷く。「佃製作所なんかとは、比べるべくもない。ここだけの話だが、いまに帝国重工のロケットエンジンバルブもウチのものに替わるからな」

「本当ですか」

中里は驚いて、思わずそうきいた。

「まもなく帝国重工が視察に来る。次期打ち上げのロケットから、ウチのバルブが搭載される可能性は高いね」

「そうなんですか」

佃製作所の社員が聞いたら魂消《たまげ》るに違いない。

「佃がなんぼのものかは知らないが、ウチはなにしろＮＡＳＡだからな。実力が違うよ」

ニヤリと、自信に満ちた笑いを浮かべた月島は、

「まあ、がんばってくれ」

中里の肩をポンと叩くと、フロアのどこかに悠然と見えなくなった。

2

こんな店があるのか、と誰もが驚くようなひなびた一軒家は、銀座の裏通りに建っていた。

民家を改造したイタリアンで、よく見ると控えめな看板が出ている。

その二階の部屋には、いま四人の男がテーブルを囲んでいた。畳の上にテーブルと椅子を置く和洋折衷のスタイルだ。

「本日は、視察をいただきまして、ありがとうございました」

改まった口調で丁重に頭を下げたのは、サヤマ製作所の椎名であった。「ご覧になっていかがでしたか」

「すばらしかったよ、実に」

そう答えたのは、帝国重工の石坂だ。石坂の率いる調達グループは、百万点といわれるロケット部品の選定、納入を一手に引き受けている。

「あの工場のレイアウトには痺《しび》れましたねえ」

石坂の横から、銀縁のメガネの痩せた男が陶酔したようにいった。こちらは富山敬《とみやまけい》治《じ》。同社宇宙開発グループで財前の下にいる男だ。

「評価担当の富山さんにそういっていただけると、心強いですね」

下座の、入り口に近い席で月島が満面の笑みを浮かべた。

「あれは、NASA時代に視察した最先端の工場レイアウトを参考にしたものでして。ウチにいらっしゃる方は、たいてい、あの研究開発棟の光景に驚かれるんです」

巨大な空間に無数の繭《まゆ》のように研究者ひとりひとりにブースを配置し、その中央にミーティングスペースを設けている。中二階の高さから見下ろす館内の光景は、まさに壮観。様々な精密機械を手がけるサヤマ製作所の頭脳である。

この三日間、富山が率いたチームが、工程管理から財務までを評価し、この午後、講評とともにその作業が終了したところであった。

「さすが、急成長しているだけの会社だと全員の評価も上々でした。技術力も中堅工場としては比類の無いレベルで、工程や品質、さらには人事に及ぶまで管理体制も申し分ないと思います。いいお会社ですね」

富山はまさに絶賛である。

「ありがとうございます」

恭《うやうや》しく礼をいった椎名は、

「我々の工場が目指すものは、世界最高水準です」と胸を張った。「開発する全ての部品、精密機械で世界のトップを目指す。そのために、目に付いた研究者を積極的に会社に招き、技術力の向上を図っています。会社というのは、ひいては人ですから」

「まったくその通りだね」

共感の言葉とともに、石坂が頷いた。「君の会社のような規模であれ、ウチのような大企業であれ、企業とはまさしく人だ。いくらコンピュータ管理のシステムを導入したところで、それを運用する人間がダメなら、その組織はダメなんだ。データも評価も、人よりも前に進むことはない。だから、まず人――。優れた人材がいれば、成果はおのずとついてくるものだからね」

「今日の評価を踏まえて、エンジン燃焼テストに進んでいただくわけですが、具体的なスケジュールを早急に詰めさせていただけませんか」

石坂の後を継いで、富山がいった。「燃焼テストをするにあたって、御社のバルブシステムに合わせた調整も必要となりますから」

「余計なお手間を取らせて恐縮です」

さも、申し訳なさそうに、椎名は頭を下げた。「その代わり、性能は、現行のどんなバルブシステムをも上回るものだと確信しております」

世界のロケットビジネスの総額は十二兆円――。

藤間社長の肝いりで強力に推進されている帝国重工の〝スターダスト計画〟は、この巨大市場に切り込もうとしている。だが、現在のところ、国際的な視点で見た日本製ロケットの位置づけは、まだ低いところにあるといわざるを得ない。

衛星の打ち上げ分野では、ロシアを含めた欧州や中国が大きなシェアを独占し、国内企業の衛星すら、海外勢に奪われているような現状なのだ。その背景にあるのは、競合ロケットとのコスト差である。

帝国重工が製造する大型ロケットの打ち上げ費用は、コストを削減してもなお百億円から百四十億円。これに対し、欧米企業の打ち上げ費用は、二割ほど安いといわれている。

ロケットビジネスは勝つか負けるかの、どちらかだ。衛星打ち上げや商業利用などの受注が多く、打ち上げ回数が増えれば増えるほど、製造コストは下がっていく。つまり、打ち上げの実績が減れば、その分コストは上がり、コストが上がるとさらに実績が遠のくスパイラルになるのである。

「期待していますよ、椎名社長」

石坂がいった。「いまウチに必要なのは、打ち上げ成功の実績だ。まずは、衛星打ち上げなどの実績を積み上げないことには、いくら部品単体のコストを下げたところで、先行ランナーには追い付けない」

かつてNASAに所属していただけあって、その辺りの事情に椎名は詳しかった。

「我々の技術は、欧米、ロシア、中国よりも遥かに上をいっていると自負しております。きっと、帝国重工さんにも納得していただけるでしょう。とはいえ、今回のコンペでは競合もありますので、ここで大口を叩くわけにはいきませんが」

「本気でいってるのかね」

ニヤリとして、石坂がいった。「佃製作所は所詮、大田区の町工場だ。ただ問題なのは特許を持っているというぐらいでね。ご存じの通り、過去にはバルブの不具合で打ち上げが失敗したこともあるほどで、バルブシステムはいわばロケットエンジンのキーテクノロジーだ。その部品で、ウチが主導権を取れなかったのは正直なところ、痛恨の失敗だった」

石坂の横で、富山の表情から色が失《う》せた。当時、その特許で先を越されることになるバルブ製造を担当していたのが、この富山だということまでは、椎名も知らない。

「キーテクノロジーに関して、ウチは元来が独自開発路線でね、あなたからの共同開発という提案は、まず第一にウチの方針と合致している」

それは、椎名がしかけた戦略的な提案であった。

サヤマ製作所には、バルブシステムに関するノウハウはあるが実績はない。打ち上げ実績があって評価が定まっている佃製作所の製品と比べてのビハインドを、〝現行製品も含めて共同開発にする〟――そんな提案をすることで、魅力的なものに変えたのであった。

「製品に関しての自信はありますが、実績がありません」

椎名は謙虚に認めてみせる。「実際に御社のロケットエンジンに搭載したこともない以上、お互いに協力してより良い物を開発していくというスタンスのほうが、双方の将来に寄与するだろうと思います。特許を盾に技術を独占したところで意味がありませんから」

その最後のひと言で、神妙な顔で耳を傾けていた富山が顔を上げ、大きく頷いた。それこそ、佃製作所への痛烈な皮肉である。

「この富山の前でいうのもなんだが、あれは、開発グループの暴走みたいなところがあってね。自社で開発すべきテクノロジーが、あろうことか外注になってしまった」

石坂は、暗に宇宙開発グループを率いる財前のことを腐《くさ》した。「結局のところ、スケジュールを遅らせるわけにはいかないという理由で押し切られてしまったが、社長だって、それでいいと思っているわけではないんだ。君の提案は、ウチにとって渡りに船だよ」

「長い付き合いになると思いますが、全力でやらせていただきます」

もはや受注を確信した口調で、椎名は、深々と頭を下げた。

3

帝国重工の石坂と椎名たちが会食をしている頃、同じ銀座の別の店で対峙しているふたりの男がいた。

老舗《しにせ》の鰻屋《うなぎや》が出した分店の二階座敷では、午後八時からの遅めの会食が始まったばかりである。

鰻とキュウリの酢の物をアテにしてビールで乾杯した貴船と滝川のふたりだが、時候の挨拶もそこそこ、「それで、決まったかね」、と貴船がきいた。

「はい、決まりました」

と滝川。

笑みを浮かべた貴船は、黙ってビール瓶を持つと、三分の一ほど空になった滝川のコップに注いでやる。

その日、ＰＭＤＡでは、「コアハート」に関する会議が行われたのであった。

動物実験でのデータを踏まえ、ついに、念願の臨床へ踏み出すことが決まったのだ。実用化への大きな一歩である。

「デバイスラグだなんだという話が出ると、必ず我々が悪者ですわ」

半ば自嘲しながら、滝川は嘆いてみせた。「ですけど、いままで自分のことは棚に上げてPMDAや厚労省のせいにしていた連中に、この成果を見せてやりたいですね。周回遅れだの、博物館行きだの、人工心臓に関する低評価の全てを、『コアハート』が振り払ってくれると思います」

「人工心臓の市場は、ヨーロッパが日本の七倍、アメリカは十倍だ、滝川君」

貴船は目を細めて将来の一点を見据えた。「この人工心臓が実用化されれば、おそらく莫大な利益を生むことになる。問題は、いつ実用化されるかだが」

じろりと視線をむけられ、

「いろいろ大変ですねえ、先生も」

滝川は、気の毒そうな顔をしてみせる。「これは医学界にとって大変な功績になるはずなのに、そういうことが門外漢には理解できないんでしょう」

その門外漢とは、要するにアジア医科大学の理事会を指す。滝川もまた、付き合いが古いだけに貴船の置かれた状況を知悉《ちしつ》していた。

「まったくだ。そもそも、理事たちのいうことはもっぱら足下の利益でね。リスクがあって投資の回収に時間がかかるというだけで、研究開発を白い目で見る。そんな及び腰で何ができる」

強弁する貴船の額が照明にてかっている。

「まったく同感です。先生にはぜひ、医学界に風穴を開けていただきたいものです」

「そのためには君の力が必要だ」

「もちろん。私にできることなら」

滝川は調子よくいうと、貴船のコップにビールを注ぎ入れ、「乾杯しましょう、先生」、そういって右手を高く掲げた。

4

「社長、帝国重工から、燃焼試験のリスケの話が来たんですが」

ちょうど技術開発部で若手とともに新型エンジンの設計を検討していた佃は、山崎の思いがけない報告に驚いて顔を上げた。

「リスケ？」

リスケジューリング——。要するに、スケジュールの見直しだ。エンジンの燃焼テストのような大がかりな試験で、直前になって変更されることは珍しい。

「何か、トラブルでもあったのか」

尋ねた佃に、「トラブルといっていいのかどうか」、と山崎は含みのある返事をした。

「小耳に挟んだんですが、サヤマ製作所のバルブが間に合わないとのことでした」

「誰から」

「富山さんです。それで、本来、サヤマ製作所に割り当てていた試験日に間に合わせて欲しいと。一週間の前倒しでです」

佃は、小さく舌打ちをした。

「こっちの都合も聞かずにか」

「そうなんです」

「気にくわねえなあ」

佃のひと言に、山崎も憮然として頷く。

燃焼試験のスケジュールに合わせて、佃製作所の技術開発部内での作業工程は着々と進んでいる。遅れるのならともかく、早めるのであれば、準備もまた前倒しにしなければならない。残業になってしまうだけでなく、佃社内で予定していた事前スケジュールにも影響が出る。

「コンペですから、ウチとしても事前の準備は万全にして臨みたいところなんですが」

警戒した顔で、山崎がいった。

「向こうのケツをこっちが拭《ふ》いてやるような話だな」

佃はいい、「どうする、ヤマ、対応できるか」、ときいた。

「できなくはないですが、ウチで予定していた評価試験の全てをこなすのは無理ですね」

「富山氏じゃ話にならない。財前部長にいって、後にズラしてもらうか」

「それなんですが、富山さんはそれは無理だっていうんです」

「どういうことだ」

むっとして佃はきいた。

「次回のロケット打ち上げまでのプロジェクト管理上、こうした試験スケジュールは動かせないというんですね」

「ふざけた話だな」

吐き捨てた佃は、その場でスマホを取り出すと、登録している富山の連絡先にかけた。

五回ほどコールした後、はい、という短い返事があった。

「先ほど、山崎にご連絡いただいた件、なんとかなりませんか」

単刀直入に佃は切り出す。

「なんとかとは、なんです？」

気取った口調で、富山はいった。とぼけた野郎だ、という苛立ちはぐっと抑え込み、

「予定通りお願いしますよ」、と佃は自分なりにドスを利かせた声でいってみる。

返ってきたのは、

「申し訳ないですねえ」

という、さも申し訳なさそうな返事であった。「そうしたいのは山々なんですが、ちょっとこちらの予定が変わりまして」

「そんな簡単に予定が変わっちゃ困るんですよ。こっちは、その試験スケジュールに合わせて段取りしてるんですから。そもそも、予定が変わった理由はなんです」

「あれ、いってませんでしたか。サヤマ製作所のほうで少し後にズラしてくれという話がありましてね」

「それは、サヤマ製作所さんの都合でしょう。ウチには関係ないじゃないですか。そもそも、予定された試験に間に合わせるのは常識なんじゃないんですか」

「もちろんです。ただ、サヤマ製作所さんの納入遅れは、ウチからの部分修正をお願いしたせいもあるもんですからね」

富山はいった。「とはいえ、プロジェクトの期日は決まっているんで、試験スケジュールも動かせない。これは、財前部長も承認していることですから、佃さんには申し訳ないが、先ほど申し上げたリスケをお願いするしかないんですよね」

一方的な話である。

「御社からサヤマ製作所さんへの部分修正は、いつお願いされたんです」

「三週間ほど前ですかね」

しゃあしゃあと、富山はいってのけた。

「だったら、そのときにウチにも知らせていただくべきだったんじゃないんですか」

佃が抗議すると、

「その時点ではスケジュール通りにいけるという予測だったもので」

富山は言い訳をしたが、佃に詫びるでもない。

「つまり、うちは試験の前倒しを呑むしかないということですか」

佃はきいた。「前倒しに応じられない場合はどうなりますか」

「そのときには、御社のバルブは使えませんねえ」

当然だといわんばかりに、富山はいった。

「くそったれ」

通話を終えて毒づいた佃に、「もしかすると、意図的なものじゃないですかね」、と山崎がいった。「帝国重工社内では、サヤマ製作所を採用すべきだという声が結構あるようです」

「共同開発だからな」

それは佃の耳にも入っている。「しかし、いくら共同開発だろうと、バルブの性能が悪ければ帝国重工にとって命取りになる。彼らもそのことはわかっているはずだ」

「わかってますかね、あの富山さんが」

意味ありげに、山崎はきいた。富山は、いままで何かにつけて嫌がらせをしてきた男だ。

「わかってるさ。帝国重工がサヤマ製作所にどんな修正を指示したかはわからない。だけど、それがあの男に、ウチに対する恰好の嫌がらせの材料を与えたわけだ」

富山が口にしたのは、佃製作所を困らせるための建前論に過ぎない。帝国重工の技術者としてのプライドの高い富山は、バルブシステムの特許でメンツを潰されたことをいまだに根に持っているのだ。

「つまらないエリート意識だよ」

佃は吐き捨てた。「だけど、自尊心を満たそうとする一方で、それがプロジェクト全体をリスクに晒《さら》していることは軽く考えているんだから呆れたもんだ。ところが、ウチのエンジン燃焼試験で不具合が出ても、評価を下げるのはウチの方で、富山さんじゃない」

「いいですね、それで飯が食えて。さすが大企業だ」

山崎にしては珍しく、嫌味を口にした。「こっちは必死で開発しているっていうのに」

そういいつつ、山崎が視線を向けた先は、フロアの片隅にある立花たちのシマだ。片やロケットエンジン、片や医療機器。揃って厳しい状況にあるのだから大変である。

「どうだ、調子は」

近づいて声をかけると、ルーペ越しに試作品を観察していた立花が、血走った目を向けてきた。髪をひっつめにして作業している加納にも、疲労が滲んでいる。

「見てください」

これで幾つ目かわからない試作品の人工弁を佃に手渡した。

小指が通るか通らないほどの試作品は、ダブルラッセルという高度な技術を使って編まれたサクラダの医療用繊維に包まれている。

編んだ目はルーペ越しではないとわからないほど細かく、ムラがない。

「もう少し、目を細かくしたいという話でした。体内で細胞が入り込むのにはそのほうがいいと一村先生からのアドバイスもあったそうです」

「なるほど」

立花は、テーブルに積み上がっている実験データを佃に見せた。

「生体適合性の部分はクリアできる見通しはついています。あとは弁葉の工夫と実際の手術時の操作性の問題、そして血栓対策ですね」

「血栓なら薬で溶かすことができるんじゃないのか」

言ってしまってから、その程度のことは一村とすでに検討したはずだと佃は気づいた。

「ある程度は抗凝固療法《こうぎょうこりょうほう》で対応できると思います。ただ、薬は飲み忘れることもあるでしょうし、一生、飲み続けなければいけない。やはり、血栓が生じない構造を探し当てるしかないと思うんです」

立花の表情には苦悩すら滲んでいた。辛抱強い、理詰めの男だからこそ、悩んでいる。

「開発には、必ずそういうブラックボックスがある」

佃はいった。「理詰めや数式で解決できる部分は実は易しい。ところが、あるところまで行くと理屈では解き明かせないものが残る。そうなったらもう、徹底的に試作品を積み上げるしかない。作って試して、また作る。失敗し続けるかも知れない。だけど、独自のノウハウっていうのはそうした努力からしか生まれないんだ」

黙って耳を傾けている立花と加納のふたりに、佃は続けた。「スマートにやろうと思うなよ。泥臭くやれ。頭のいい奴ってのは、手を汚さず、綺麗にやろうとしすぎるキライがあるが、それじゃあ、ダメだ」

ふたりから返事はない。佃の言葉を頭の中で反芻し、自分たちなりに受け止めようとする沈黙が作業テーブルに落ちた。

5

株式会社サクラダは、福井駅からだとタクシーで二十分。バイパス沿いの工場団地内にある。

一心同体といってもいい親会社の桜田経編《たてあみ》の社歴は、半世紀以上に及ぶ。三千坪の本社屋は十五年前に建て替えたもので比較的新しいが、もともとは経《たて》メリヤス製造の会社として戦前に設立され、戦災による本社屋の焼失、高度成長期を始め、いくつかの好況と不景気の荒波を、ひたすら堅実な経営で乗り切ってきた地元の優良企業であった。

子会社であるサクラダに携わるのは、社長の桜田章を除けば、専業の従業員がひとりだけという小所帯だ。経理などの事務や、編み機を扱う専門家は、全て親会社の技術者が兼務している。

創業からすでに五期もの決算を重ねてきたが、業績は全て赤字。当初の資本金三千万円はとうに食い尽くし、去年、さらに親会社から五千万円を増資してもらい、なんとか食いつないでいるような状況である。

そのとき——。

ドアがノックされ、硬い表情で事務室に入ってきたのは、弟の努《つとむ》であった。

「兄貴、ちょっと話があるんだけど」

たぶん、来ると思っていた。この日の朝、サクラダへの追加融資として、五千万円の支出を親会社である桜田経編に求める書類を、提出していたからだ。

「いったい、幾ら突っ込めば気が済むんだ」

努は冷静な口調だが、内面に怒りを溜めているのがわかる。「こんなふうに、無尽蔵にカネを突っ込んで、いままでどんな成果があった。何もないじゃないか。どこかで区切りを付けるべきなんじゃないか」

「いまようやく開発も軌道に乗ってきたところだ。もう少し待ってくれないか」

桜田はいったが、努に納得する様子はない。

「もう少し、もう少しって、いつまでだよ」

努は剛直な怒りを言葉にした。「この五千万円を含めれば合計で一億三千万円も突っ込んだことになる。雲を摑むような事業にだ。本業でそれだけ稼ぐのがどれだけ大変なのか、兄貴だってわかってるだろう」

社員の前では、努は桜田のことを会長と役職で呼ぶが、誰もいないときには兄貴だ。そして、そういうときのほうが本音で話す。

「もちろん、それは承知している。だけど見てくれよ」

桜田は、デスクに届いていた最新の試作品を、努に見せた。「着々と完成しつつあるんだよ。子供の心臓に合った人工弁だ。まだまだ課題はあるが、これで多くの心臓弁膜症患者を救えるんだ。軌道に乗れば間違いなく収益にもなる」

じっと耳を傾けた努は、目を閉じて深い溜息を洩らした。再び目を開けて桜田を見ると、

「あのな、兄貴。本社内で、いま兄貴の事業に対する不満がもの凄く膨らんでいるんだ。知っているか」

そう問うてきた。無論、そういう噂は桜田の耳にも入ってきているから、知らないことはない。

「オレたちが汗水垂らして幾ら稼いでも、医療機器の開発でどんどん消えていく——。そういう不満や批判が増えていって、社内の士気にまで影響しているんだよ」

努は、桜田がテーブルに置いた「ガウディ」の試作品を指でつまみ上げて続ける。

「この人工弁に将来的な可能性があることはわかってる。だけど、いま問題なのは、現時点の、しかも事業としての可能性なんだ。ＰＭＤＡでの事前面談、門前払い同然だったんだろ。正直、この人工弁が医療機器として認められる可能性なんてあるのかよ」

「この前の面談は、相手が悪すぎた。だけど、モノは悪くない。必ずなんとか——」

説明する桜田に向けられた弟の視線は冷ややかだった。

「そんな曖昧なことで社員たちを納得させること、できないぞ、兄貴」

きつい調子でいうと、「今回の、この五千万円までにしてくれないか」、と最後通《つう》牒《ちょう》とも取れるひと言がついて出た。

「今回のカネだけは、なんとかして出してやる。だけど、これを使い切るまでに明確な進展がない場合は、もうそれ以上は出せない」

「明確な進展ってなんだよ」

桜田の声に芯はなく、空洞のようであった。

「社内が納得するだけの進展だよ」

努はいった。「兄貴が育てた社員たちじゃないか。どういう成果があれば連中を納得させられるか、兄貴自身が一番よくわかってるだろう。いまの状況で納得させられないこともな」

放り出されたような間が挟まり、深く長い息を洩らしながら、桜田は椅子の背にもたれ、ぼんやりとした視線を上へ投げた。

「なあ、兄貴」

その桜田に、努が語りかける。「気持ちはわかる。結《ゆい》ちゃんへの罪滅ぼしはわかるよ。だけど、いくら人工弁開発に邁進《まいしん》したところで、結ちゃんが帰ってくるわけじゃない。いまの兄貴は、ビジネスの本質を見失っているんじゃないか」

結は、桜田が亡くしたひとり娘だ。

桜田は虚《うつ》ろな表情になり、こたえなかった。いや、こたえられなかった。努の言葉は、枝を離れた病葉《わくらば》のように桜田の胸の奥底へと舞い落ちていく。

「いまの兄貴は、カネなんか問題じゃないと思っているだろう。事業を続け、人工弁を開発することだけが弔いで、そのためには全てが正当化されると勘違いをしていないか。だけどな、これは事業だ。兄貴が遣《つか》っているカネは、社員たちが汗水垂らして稼いだものだ。必死で生きて、家族を養っている社員たちがだ。命のためなら損してもいいなんて発想、通用しないぞ。目を覚ましてくれ」

努は、訴えるようにいった。「何事にも、潮時ってものはあるんじゃないか」

桜田は瞑目《めいもく》したまま押し黙る。やがて、努が立ち上がり、部屋を出て行くのがわかった。それでも桜田は目を閉じたまま動かず、ただひたすら、黙考し続けた。

6

実験の所見をまとめたとき、すでに午後八時を過ぎていた。

サクラダが編み、佃製作所が試作する人工弁での実験は、まさに試行錯誤の連続だ。

どこかに正解はあるのだろうが、いつまで続ければ到達できるという保証もない。

空腹だったが食べに出る気にもなれず、研究室の片隅にある冷蔵庫から缶ビールを出してプルトップを開けた。

椅子に浅くかけ、ぼんやりと窓の外に視線を投げてビールを飲んでいると、様々な記憶の断片的な思念が次々と頭に浮かんでは消えていく。

貴船との師弟関係、大学での立場、医学界でのあるかないかわからないような地位、開発を巡るしがらみ——。

そのどれもが重く、息苦しくなるようなものばかりだ。

こんなことなら、その全てをうっちゃって、個人クリニックでも開業したほうが余程、楽ではないだろうか、とも思う。

「一村先生、まだいらしたんですか」

秘書の中野《なかの》綾《あや》に声をかけられたのは、一本目のビールを瞬く間に空にして、二本目のビールを開けたときのことだった。

「なんだ、君もいたのか」

椅子の背にもたれ、床に積まれた段ボール箱の上に両足を載せた恰好で、一村はいった。中野の視線が、すばやく一村と缶ビールを往復し、

「どうされたんです、先生。お疲れですか」

という言葉が出てきた。「実験、どうだったんです」

「失敗」

と一村。ふうっと大きな溜息を吐き、「どこまで続くぬかるみぞ、ってのは昔の陸軍か。オレも似たような状況だ」、といった。

「先生がそんなことというの、珍しいですね」

目を丸くした中野に、一村は問うた。

「なあ、中野君さ。医学ってのは、いったい何なんだろうな」

「なんですか、藪《やぶ》から棒に」

笑った中野は、元来が真面目な性格だからすぐにその笑いを引っ込めて真剣に考え込み、

「それはやっぱり、病気で困っている人を救うものじゃないですか」

と当たり前すぎる返事を寄越す。

「でも実際、医学界で起きていることを見てみろよ」

一村はいった。「人の手柄を自分の手柄にすり替え、人の命を救おうとする努力をあらゆる手段で妨害しようとする。患者の命よりも、自分の地位やプライドのほうがずっと重いんだからな、まったく」

「でも、そういうのは患者がいないところでしか通用しないんじゃないですか」

中野はおもしろいことをいった。「政治家みたいに根回しが得意な医者も、カネ儲けが大好きな医者も、人の命を前にしたら、なんとかして助けようとする。それが医者じゃないですか。結局のところ、医学界の名声も地位も、そんなのは自己満足の飾りです。医者が医者たるのは、患者と向き合ったときだと思います」

虚を衝《つ》かれ、一村は返事をしなかった。いや、できなかった。たしかにそうだと思ったからである。

中野は黙って一礼すると、すっとドアのところから消え、やがて研究室から出ていく気配がした。

そうだ。いま自分が戦っているのは、名誉のためでもカネのためでもない。患者のためではないのか。ならば、自分がやるべきことは、この人工弁を一日でも早く世に出してやることのはずだ。わかっていたはずなのに、軽蔑していたはずなのに、一村自身もまた〝飾り〟に囚《とら》われていたのではないか。

「バカだな、オレは」

そう呟くと、額に強く指を押し付けた。

どれくらいそうしていたか、デスクに置いたスマホを取り上げ、一村が呼び出したのは、貴船の電話番号だ。

逡巡《しゅんじゅん》し、ようやく発信ボタンを押そうとしたそのとき、突然、そのスマホが鳴りだした。

「はい——」

電話に出た一村に、「夜分、すみません。ちょっとご相談があるんですが」、そう告げたのは佃の声だった。

7

佃製作所は、その日、長く取り組んできた研究開発の成果をひとつ得た。佃と山崎、そしてエンジンバルブの開発陣がかねて取り組んできた〝例の件〟——新しい技術が完成したのである。

おもしろいものをお見せできます、たまには遊びに来ませんか、という佃からの知らせを受けて、帝国重工の財前が佃製作所にやってきたのは午後三時過ぎのことだ。

「なんだこれは」

技術開発部内の実験ブースで、その試作品を一瞥した財前は目を丸くした。

一見すると内部が空洞の、合金製の筒で、果たしてそれが何なのかまったく想像がつかない。

「シュレッダーの試作品です」

佃の説明に、財前は虚を衝かれたようにきょとんとし、ただ佃の言葉を待つ。

「水素エンジン内のバルブシステムで起きるトラブルを想定して対策に取り組んで来たんですが、これはそのひとつのこたえといっていい。エンジン内部にある様々な部品から剝がれ落ちたり、削れたりしてできる異物がバルブ内に入って誤作動を起こす前に、センサーで探知して粉砕する——それがこのシュレッダーのコンセプトです。百聞は一見に如《し》かず、やってみましょう」

佃が合図すると、財前の見ている前で、銀色の筒と接続された実験ユニットのスイッチが入れられる。

「いま水素エンジン内と似た環境でこのバルブ内を燃料が通過している状況です。ここに、かつて不具合を起こした原因となった異物を混入してみます。通常なら、バルブにひっかかるところですが、そうはならない」

突如《とつじょ》、財前の目の前で、何かに反応したようにシュレッダーが稼働した。

実験ユニットのスイッチが切られ、シュレッダー後部に取り付けられた実験用タンクが取り出される。

スコープを渡されて覗き込んだ財前は、静かに息を吸い込み、胸を上下させると、

「なんで、こんなことができるんだ」、ときいた。

「センサーですよ」

答えたのは山崎である。「エンジン内を流れる液体に、異物が混入した場合、それを察知する新型センサーも同時に開発したんです。シュレッダーの精度はミクロン単位で設定できますが、それはまだ開発中です」

「おもしろい」

財前は感嘆の面持ちだ。

「まだ実験段階なんでこれからどうなるかわかりませんが、今後研究を進めて、バルブシステムの上流にセットすれば、バルブの誤作動だけではなく、エンジン保護にも有効でしょう」

佃はいうと、「まあ、見世物はこれくらいにして、本日、わざわざ足を運んでいただいた目的は、これです」、といって作業テーブルに、慎重に載せられた試作品を指さした。

新しいバルブだ。

ロケットエンジン用のバルブだが、従来品とは微妙に形状が異なっている。

「バルブシステムの基本的な仕組みは同じですが、当社比よりも二十パーセント軽量化し、耐久性は逆に二倍になりました」

「これ、まさか手で削ったんじゃないよね」

ほれぼれするようにいった財前に、「手ですよ、もちろん」、と佃。

「信じられない」

「機械だから正確で、人の手だから精度が落ちるなんてことはありません」

山崎のセリフには、ものづくりに携わる者の誇りが滲んでいる。

「さっきのシュレッダーも良かった。おもしろい発想だよな。遊び心がある」

一通りの成果を見た後、社長室のソファに座った財前は、満足そうに頷いた。「正直なところ、ウチでもあんな試作品を作ってみたいが、無理だ」

「代わりに、サヤマ製作所と共同開発をされるそうじゃないですか」

佃がチクリというと、「まあ、いろいろあってね」、と財前も渋い顔になった。

「エンジンの燃焼試験が一週間早まるとか、あまりフェアじゃない気がするんですが」

やんわりと抗議した佃に、

「申し訳ない」

財前は詫びた。「プロジェクト管理に甘さがあったと反省している。でも、あのバルブが完成したということは、一応、間に合わせてくれたと考えていいんだろうか」

「おそらく、現状のまま納品させていただくことになると思います」

佃の返事に安堵《あんど》の表情を浮かべた財前は、

「さっきのシュレッダーなんだが、実際のところ実現可能性はどうなんだろう。もし、可能であればウチと――」

「共同開発、ですか」

財前の思惑を先取りした佃は、「もし、御社があの技術に興味があるということでしたら、ぜひ」

そう前向きにいうと、「ただし、こちらからもひとつお願いがあります」と付け加えた。

「お願い？」

ふと笑顔を消した財前に、「御社に、医療機器部門、ありましたよね」、と佃はきいた。

財前が浮かべたのは、怪訝な表情だ。

「あるにはあるが、それが何か」

「いまウチが手がけている開発案件を支援してもらいたい。金額的には、宇宙航空開発の比ではないと思いますが。それがシュレッダーを共同開発する、条件です」

「その開発案件というのは――？」

問うた財前に、佃は着ていた作業着のポケットからプラスチックケースを取り出し、中に入っているものをテーブルに載せた。

「これが、その試作品です。心臓手術に使う、人工弁なんですが」

畑違いの財前にしてみれば、初めて見聞きするものに違いない。開発状況を説明した佃に、

「これが、そんなに難しいのか……」

財前は驚いている。

「うちの若いのが、格闘していますよ」

佃はいった。「これができれば、心臓の病変に苦しんでいる多くの患者、特に子供たちを助けることができます。手を貸していただけませんか」

「医療機器、か」

さすが財前というべきか、一瞬にして、このビジネスのリスクを見抜いたに違いない言葉が出てきた。「率直にいうが、そう簡単なことじゃない。ウチの医療部門の主力は検査機器であって、体に直接働きかける医療機器ではないんで」

「簡単じゃないことはわかります。だから、あなたに頼んでいるんだ、財前さん」

佃は真っ直《す》ぐに財前を見ていった。

「どうか、手を貸してください。この通りです」

そういうや、佃はテーブルに手をつき、深々と頭を下げた。

第六章　事故か事件か

1

「ストップ！　ストップ！」

ガラス越しに実験を見つめていた中里は、バルブの異常に気づいて同僚に声をかけた。検査機器から試作品のバルブを取り出し、作業台に運んで破損状況を観察する。

サヤマ製作所に転職して、すでに二ヶ月になろうとしている。年が変わり、二月の半ばになっていた。

この間ずっと、中里は日本クラインのバルブシステムの試作に挑んでいた。人工心臓「コアハート」の部品だ。

耐久性を上げよ――。その課題は明確なのだが、いまの中里にとってそれは、越えられないほど高い壁に見える。

特殊なコーティング、素材特性との戦い。

できないはずはないのに、できない。

「なんだよ、また失敗か」

苛立ちと蔑《さげす》みのこもった声が聞こえ、どこで見ていたのか、月島が背後から現れた。破損したバルブを見下ろし、「いったい、いつになったらできるんだよ」、と中里に問う。

答えられない質問だった。

それどころか、中里自身が、それを一番知りたいぐらいだ。

いったい、いつになったら試作品が完成するのか。

「君、佃製作所にいたんでしょ。だったら、こんなのお手の物じゃないのかよ。そもそもオタクでしょ、このバルブの設計したの」

同僚の横田信生《よこたのぶお》が聞こえないようなフリをしながら、耳を傾けている。この横田は、開発部の中で、いわゆる窓際に追いやられている男だ。それなりの経歴の持ち主だが、いま主担当はなく、他の開発部員のアシスタントとして飼い殺しになっているような存在であった。

密かな驚きを含んだ横田の顔がこちらを向いているのをちらりと見てから、「すみません」、と中里は詫びた。

このバルブは、日本クラインが設計し、サヤマ製作所が試作品の製造を受託している——ことになっていた。表向きは。

その取引にウラがあることを、横田は知らない。月島の不用意なひと言で余計なことまで知られてしまうのではないかと、中里はひやひやしながら、壊れたバルブを見下ろしている。

このバルブシステムの構造そのものは、中里にとって目新しいものではなかった。佃製作所で製造されていたものでもあるからだ。

違いがあるとすれば、佃製作所のバルブはもっと大きなものだったということだ。素材も異なっている。

「素材の特性を把握するのに、戸惑っていて」

「言い訳はしないの」

何か子供を叱るような口調で月島はいった。「君は、このバルブを作るためにここにいるんだからさ。聞いたでしょう、ウチの会社は結果が全てだって。君に求められている結果は、これだよこれ」

バルブを指さし、「わかる?」、と月島は首を傾《かし》げて問うてくる。

わかるさ、それは。

反論の言葉を呑み込み、中里は唇を噛む。

そして、この二ヶ月近くの間に、幾度となくもたげてきたある思いを打ち消すのにやっきになる。

オレに、本当にこの試作ができるのか――。

そんな不安だ。

佃製作所にいた頃、中里は常に自信に溢れていた。バルブシステムの開発現場にいて、中里の頭は誰よりも高速に回転していたと思う。先輩社員たちがバカに見え、後輩たちの質問や行動は自らの無能を証明しているように思えた。

オレは、ここにいる中で一番、頭がいい。

中里はそう信じて疑わなかったのだ。任せてさえくれれば、難しい試作品であろうと開発して実績を上げられるはずなのに――。そんな自信と待遇とのギャップに、不満を抱え続けていた。

正直なところ、日本クラインのバルブシステムに、まさかここまで苦労するとは思わなかった。

与えられた目標も意義も十分理解しているつもりだ。

だが、たとえば百個の試作品を作って検査してみるとする。

すると、要求した耐久性を満たしているものもある一方、なんらかの理由により、破損したり動作が不安定になってしまうものも数個、混在する。品質が安定しないのは、医療機器の部品として致命的だ。

「もう一ロット、やってみよう」

実験に当たっていたチームの面々が、露骨にうんざりした顔をしてみせた。

「またですか」そんな声が上がる。

「悪い。それと——」

中里は、製造部にある成型設備を一瞥し、多少遠慮がちにきいた。「試作品の精度についてなんだけど」

「おいおい、それはないだろう」

たちまち、担当の下枝《しもえだ》が目を怒らせた。年上の部下だ。「こっちは、あんたが指定した通りやってんだからさ、人のせいにしないでくれ。精度は、間違いない。もし、不具合が出るとしたら、設計が悪いか、素材に問題があるかだ」

中里は、胃をひねり上げられるような不快感を覚えた。サヤマ製作所では万事がこの調子だ。決して自分のミスを認めようとはせず、隙《すき》あらば他人のせいにする。

調子を見ながら、削ったか削らないかわからないほどの手加減を加えて調整していく佃製作所で、こんな軋轢《あつれき》はほとんどなかった。

製造部の職人たちと開発担当者とは、二人三脚で試作品を組上げていく。彼らはプロであると同時に、仲間であった。自分のミスは自分のミスであり、まして他人のせいにすることなどない。

感覚や感性、騙し騙し、といった曖昧な擦《す》り合わせといったものが、職人技の領域だとすれば、人間の感性を疑い、むしろ最新鋭設備の性能にのみ頼るサヤマ製作所のやり方は、まったく逆だ。

「品質が安定しないですね。なにか、思い当たることはありませんか」

誰にというわけではなくきいた中里だが、返ってきたのは、「知るかよ、そんなもん」、という突き放すような仲間の言葉だった。「それを考えるのは、あんたの仕事だろ」

ここには人のことを構っていられるほど、余裕のある者はいない。

巨大な工場の中で、ひとりひとりが自分のブースに閉じこもり、与えられた開発課題に没頭し、ひたすら成果を目指して突き進む。殺伐とした、実力主義の世界だ。

戻ろうとした中里は、壁際のラックで立ち止まると、日本クライン向けの製品を二、三個手に取り、「ちょっとこれ、参考にさせてもらうから。いいよね」、と背後に確認を取る。

返事の代わり、面倒くさそうに管理担当者の右手が上がるのを見てブースに戻り、試作品を仔細《しさい》に点検してみる。

保証期間九十日と、保証期間百八十日――。

この間には、目に見えない巨大な壁がある。果たしてそれが何なのか――。

中里は、実験用ブースに行くと、製品のひとつを検査機器にセットして自分のデスクに戻り、失敗したものの破損状況をもう一度、仔細に観察しはじめた。

「本当に設計図通りの精度で作られているのか」

否定されたものの、中里はそれを疑っていた。

破損した部品と設計図を睨み付け、考え始めると時間はあっという間に過ぎていく。

検査機器のアラームが鳴り出し、思考の密林の中に彷徨《さまよ》いこんでいた中里は、ふと現実に引き戻された。小走りに実験用ブースに向かう。

そこにセットした製品を覗き込んだところで、中里は自分の目を疑った。

異常値が出ていたからだ。

機材のスイッチを切り、バルブを取り出して凝視する。

「どういうことなんだ、これは」

もちろん、いま手にしているのは自分の試作品ではない。それは、日本クラインにすでに納品されている従来品のはずだった――。

2

その知らせを受けたとき、アジア医科大学の巻田英介は、六本木のバーで呑んでいた。

かつて同じ大学の研究室にいた仲間が地方から上京してきたというので、午後七時に赤坂で待ち合わせて寿司屋で食事をし、そのままタクシーで馴染みのバーに流れたところである。

「あ、すまん」

病院から支給されている携帯をポケットから取り出した巻田は、席を外し、切れないように途中で通話ボタンを押してから、店の外に出る。

「患者さんの容体が急変しまして。小西悟《こにしさとる》さんです。いま、当直の葛西《かさい》先生に処置していただいているんですが」

「心臓血管外科のドクターは、誰かいないか」

巻田はきいた。葛西は研修医で、しかも専門外だ。

「すみません。どなたもいらっしゃらなくて」

「わかった。いま戻る」

巻田はいい、腕時計を見た。「二十分ぐらいかかる。経過を随時入れてくれ」通話を終えると一旦、店内に引き返して仲間に事情を話し、店を飛び出す。タクシーを拾い、アジア医科大学病院と告げた巻田は、小さく舌打ちした。

巻田が担当する患者、小西悟は、心不全で心臓移植を待つしかない重症患者だ。それだけではなく、先週、本人と家族の同意を得て、「コアハート」を取り付けたばかりであった。

つまり、臨床一号の患者である。

四年もの歳月をかけてようやく漕ぎつけた臨床段階で、何かあってはまずい。

――まさか、人工心臓の不具合じゃないだろうな。

またすぐに連絡があった。

「いま、葛西先生が心臓マッサージをしています」

「バカ、よせ！」

タクシーの後部座席で、思わず巻田は怒鳴った。「人工心臓の患者だぞ。すぐにやめさせろ！　なにやってるんだ！」

なんらかの事情で容体の急変があり心臓が止まった可能性がある。だが、人工心臓の移植患者で胸部を圧迫してのマッサージは厳禁だ。

「三島《みしま》先生からの指示で――」

さすがに電話をかけてきた看護師の声も震えている。三島は葛西の指導医だから、葛西が対応を仰いだのだろう。

「バカ野郎!」

巻田は怒鳴りつけた。「三島に人工心臓の移植患者だって伝えたのか」

「確認します」

という返事とともに、電話は切れた。

タクシーのフロントガラス越しに、アジア医科大学病院が見えてきた。救急の入り口につけた巻田は、五千円札を渡すと、釣り銭ももらわずにタクシーを飛び出した。

3

「今回の件は、不幸な事故だ」

それが貴船の発した第一声であった。

巻田が駆けつけたとき、すでに心臓から大量に出血しており、緊急手術に及んだものの、開胸したときには手の施しようのない状況であった。

原因は、専門外の医師による初期対応の誤りだ。心臓マッサージによる圧力で人工心臓「コアハート」の一部が破損、またそれを指示した医師も患者が人工心臓を移植されていることを知らされていなかった。

「容体が急変したとはいえ、初期対応を指示しておかなかったのは、巻田、君の責任だ」

貴船に指摘され、巻田は唇を嚙んで押し黙るしかない。

「遺族からは原因を究明してもらいたいという要望が出ていますので、きちんと対応すべきではないでしょうか」

遠慮がちに、事務長の枡田実《ますだみのる》が発言した。病院内のヒエラルキーで、事務方の地位は極端に低い。医者に対しては一切、意見をいうな、という風潮の中での発言である。

「対応については最適とはいえない措置もあったが、今回のケースは、重篤な心不全が招いたものであって、仮にベストの処置をしたとしても結果は同じだった。もちろん、『コアハート』とは無関係だ」

貴船は断ずると、枡田に有無をいわせぬ口調でいった。「患者の遺族には、巻田君からそう説明するから」

「病院内に調査委員会を設置しろとか、いろいろいってきてますが」

余程、面倒な遺族なのか、枡田はなおもいった。

「調査はしたが、特に病院側に医療過誤に該当するような過失はない」

貴船は断言すると、何か反対意見はあるか、とばかりに場の面々を見回す。緊急招集された院内医療対策室だ。

患者死亡という現実に、理由を後付けしただけの裁定だが、どうしたところで亡くなった人物が帰ってくるわけもなく、ただ重苦しい空気が流れただけだ。

その会議テーブルの片隅にいて、巻田はじっと俯いたまま、身動きひとつしなかった。

——君の責任だ。

そのひと言は重々しく心の底に沈み、様々な思念の破片を巻田の脳裏に運んでくる。

たしかに、患者が重篤な心不全であり、常に死の淵にあったことは事実である。

だからといって、経験未熟な医師による心臓マッサージが容認される事態だとは到底思えなかった。

イザというときのために指示をしておかなかったなどというのは単なる理由に過ぎず、この死亡事故の責任を、巻田に押しつけるための方便でしかない。

そして、この場の誰もが口にしないが、この事件にはもうひとつ、検討すべき可能性があるのではないか。

「コアハート」の不具合である。

臨床に回った人工心臓の稼働データは、第三者の評価機関によって客観的にモニタリングされる。

今回のケースは初期対応ミスによる機器破損であり、「コアハート」の信頼性を判断する客観データから外して欲しい旨を、貴船からPMDAに申請しており、これはおそらく認められるだろう。

「おい、巻田君」

会議の後、巻田を呼び止めた貴船の顔には、怒りが宿っていた。「これが大切な臨床の第一号だということは君も承知していたはずだ」

指先を巻田の胸のあたりにつきつけ、聞こえよがしに貴船はののしった。「君の、こういういい加減な対応で、我々全員が迷惑してるんだ。君のやり方はね、杜撰《ずさん》なんだよ。患者の命を預かる医師として失格だ。今回のようなことが二度と起こらないよう、今後、十分注意してくれ。いいな！　まったく、とんでもない話だ」

全員が足を止め、貴船の叱責を受ける巻田を遠巻きに見ている。その視線を感じながら、

「申し訳ありませんでした」

巻田は謝罪の言葉を口にするしかなかった。それは同時に、この事件の責任をひとりで背負うと請け負ったも同然のひと言だ。

「巻田先生――」

貴船の背中を見送り、重い足取りで研究室に向かいかけた巻田を、枡田が追いかけ

てきた。

「患者さんの遺族には先生から説明していただけるんですよね」

「ああ、もちろん」

枡田がほっとした表情を浮かべるのとは逆に、巻田の胸の底に重たい鉛の塊が沈んでいく。その遺族とは患者が亡くなったとき、すでに話をしていた。三十六歳になる妻と、今年七歳になる娘がひとり。両親がともに健在で、患者の死後、病院の対応に難癖をつけているのは、現役時代、役人だったという父親のほうだった。

「今日の午後二時に、いらっしゃるそうなので」

「わかりました」

どう説明しても、納得しないだろう。そんな、無力感に苛《さいな》まれつつも、巻田はそうこたえるしかない。納得しない相手に、ただ病院の見解を根気よく繰り返すのみだ。相手の気が済むまで。

巻田の中で、それまで抑え込んでいた怒りが膨《ふく》れあがった。

「なんで、オレのせいなんだ」

医療対策室のメンバーの前で巻田を罵倒《ばとう》した貴船のやり方は、プライドの高い巻田にとっては、許しがたかった。

手柄は全て自分のもの。一方で、不祥事の責任は部下に押し付ける。そして、邪魔になれば、とっとと切り捨てる。――一村のように。

貴船は、この件で、オレを捨て石に使うつもりだ。

そしていつか、オレも切られる。

「オレは、一村とは違うからな。黙って切られると思うなよ」

そうひとりごちた巻田がデスクの引き出しから出したのは一枚の名刺だ。そこにある番号にかけ、鳴りだした呼び出し音に耳を澄ませた。

4

その第一報をもたらしたのは、その日、所用で上京したついでに佃製作所に顔を出した真野であった。

「死亡事故？」

佃は、北陸医科大学からの連絡で知ったという真野の顔を穴の空くほど見つめ、

「原因はなんだ」、と尋ねた。

「コアハート」が、いよいよ臨床段階になったという話は聞いている。仕事にはならなかったが、佃にとって医療機器に参入しかかったケースだけに、その成り行きには関心があった。

「患者の容体が急変したということになっているようです」

含みのある言い方を、真野はした。

「何かあるのか」

敏感に察していた佃に、

「アジア医科大学時代の同僚から聞いた話ですが、容体急変後の対応に問題があったのではないかと」

真野は、新人の当直医の処置ミスについて話をした。

「それで、患者の遺族からのその調査依頼、病院はどうしたんだ」

やがて佃が問うと、

「突っぱねたそうです。調査するまでもなく、病院としてできる範囲の措置は取ったということで。医療過誤ではないと」

医療過誤となれば、当然、病院側に賠償責任が発生する可能性がある。万が一、医療機器にも問題があったとなれば、メーカー側が怖れる賠償責任だけではなく、風評被害にも繋がりかねない。

「患者側が納得すればいいけどな」

佃は真剣な顔でいい、「だけど、臨床試験だったんだよな」、と気になっていることを問うた。「そんなふうに患者が亡くなって、大丈夫なのか、『コアハート』は」

「貴船先生のことなんで、ＰＭＤＡにはうまく話をつけるだろうとはいってましたが」

真野もその辺りのことまでは、詳しく知らないようだった。

「偉けりゃなんでもアリか」

不機嫌になった佃だが、「なんにせよ、人ごとじゃないな」、と山崎にいいさして、ふいに言葉を呑む。山崎が小難しい顔で首を傾げたままだったからである。

「どうした、ヤマ」

「臨床で選ぶなら、重篤な心不全といっても、比較的安定した患者を選ぶんじゃないかと思いまして」

山崎のいわんとするところを勘案し、佃もすっと言葉を呑んだ。「容体が急変したのは、なにか別の理由がなかったのかな、と」

「人工心臓の動作不良とかか」

佃のそのひと言は、そろりと吐き出された。

「肝心の人工心臓に果たして不具合はなかったのか。その辺りの検証はどうなってるんですかね」

「人工心臓の欠陥に関しては、なんの指摘もなかったそうです」

真野のこたえに、山崎は黙り込む。

「気になるか」

「気になりますね」

そんなやりとりを佃と交わし、「欠陥の有る無しとは別に、ひとつ気になることがあるんです」、山崎は続けた。

「日本クラインが設計変更を申し出たときのこと、社長、覚えていらっしゃいますよね。あのとき、設計図、ご覧になりましたか」

意外なことを、山崎は口にした。

「設計図？」

少し考え、いや、と佃は首を横に振る。「見たことは見たが、じっくりとは。なにせ、先方が持ち出した条件を聞いて、頭に血が上っちまったからな。ヤマは見たのか」

山崎は頷いた。

「あのバルブの試作をウチが受注したとき、正直、あまりいい設計じゃないなと思ったんです。できなくはないですし、受けた以上、設計図通りに試作するのは当たり前なんですが、量産前提ならこちらから提案しようと思って、ひとつ描いてみたものがあったんです。一度、社長にもお見せしましたよね」

「ああ、そういえば」

山崎は、社長室のソファの背から体を起こして続ける。

「あのとき見せられた設計図、それとそっくりでした。私が描いたものと」

佃は驚いて、山崎の顔をまじまじと眺める。

「しかし、あの設計図のバルブは確か――」

「たしかに細かいところまでは私も見ていません。ですが、あそこまで似るということは偶然ではあり得ないと思います」

「あの、それって、どういうことなんですか」

ふたりの話を聞いていた真野は、どうにも話が呑み込めない表情だ。「山崎部長はその設計図を日本クラインに見せたわけではないんでしょう。だとすると――」

「まさかとは思うが、中里から洩れたんじゃないかと」

山崎が深刻な顔を佃に向けた。「データは共有していたから」

「それって情報漏洩じゃないですか」

驚いた真野に、佃も山崎も言葉がない。「証拠は摑めないんですか」

なおもいった真野に、「証拠といってもな」、そう佃は嘆息する。

佃製作所も、データ管理は普段から徹底しているが、どんな厳重なセキュリティシステムも、運用する側に悪意があれば通用しない。

いや、それ以前に、中里に悪意があったとは思えなかった。いくら不満を抱えていても、そんなことをする男ではない。

「知財の問題だし、神谷《かみや》先生に相談されるんですよね、社長」

真野はいった。神谷修一《しゅういち》は、知財関係では国内トップの弁護士で、佃製作所の顧問だ。神谷のおかげで、どれだけの難局を乗り越えてこられたかわからない。頼りになる用心棒である。

「先生には報告しておくが、オレは警察沙汰にするつもりはないよ」

佃はいった。

「でも、実際、それで損失を被《こうむ》っているわけじゃないですか」

真野は、日本クラインとの取引に関わっていたこともあってか、納得しかねる様子だ。「せめて損害賠償ぐらいのことは考えてもいいんじゃないですか」

「いや、その必要はない」

山崎が、いった。「もし、この設計通りのバルブが作られているのなら、ウチにとっては――」

言葉を呑み込んだ山崎に、

「まあ、そうだな」

佃は、頷いた。真野はわけがわからないという表情で首を傾げる。

「あの、すみません。話が見えないんですが、いったい、どういうことなんですか」

「実はな、真野——」

佃は身を乗り出すと、詳細を話し始めた。

5

「今回は、思いがけない事故で、本当に残念です」

眉根《まゆね》を寄せて悔しさを表現した久坂は、「まだ始まったばかりですし、これから臨床データを集めていけば問題ないと思いますから」、とあくまで前向きの発言で貴船を励ました。

「未熟な医師が最近、増えた。常日頃憂えてはいたが、こんなことで自分に跳ね返ってこようとは思わなかったよ」

そう嘆いてみせた貴船は、「PMDAもデータ収集の対象外にしてくれるそうだ」、という報告を兼ねたひと言を告げた。

久坂の暗澹《あんたん》とした表情に安堵が浮かび、「よかったです。ありがとうございます」、と心底ほっとした口調になる。隣にいる部下の藤堂は、いつもの感情のこもらない目をじっと貴船に向けたままだ。

日本クラインにしても、膨大なカネと時間を費やして臨床まで漕ぎつけながら医療事故が起きたとなれば、一大事である。アジア医科大学での死亡事故の一報を耳にした久坂が、クライアントとの宴会の席を蹴って病院に駆けつけたのも当然であった。

「あのな、久坂君」

学部長室の肘掛け椅子から体を起こした貴船は、そのときふいに声を潜めた。「念のためにききたいんだが、問題はなかったんだろうな」

「もちろんです」

久坂は、背筋を伸ばして即答してみせる。置物のように動かなかった藤堂が、カバンから一通の書類を出してテーブルを滑らせて寄越した。

「事故調査報告書です」

藤堂の硬い声が告げる。「私どもで調べたところ、心臓マッサージによる異常圧力で一部、破損した箇所があったこと以外は、全て正常でした。この報告書は、ＰＭＤＡにも提出いたします」

「ならばよし」

貴船は表情を引き締めたままざっと目を通し、藤堂に戻した。「こんなことで立ち止まっている時間はない。頼むぞ、久坂君」

「もちろんです。お任せください」

力強くいった久坂に、貴船はほんの僅か目を細め、すっと押し黙った。

6

「いったい、いつになったら目処《めど》が立つんですかね」

　毎週木曜日の午後開かれる開発部内の会議は、中里にとって針のムシロになりつつあった。進行役を務めている月島の隣から、社長の椎名が厳しい視線を注いでいる。

「すみません」

　消え入るような小声で中里は詫び、自分の前に置かれた書類に視線を落としたまま、顔を上げることもできない。

「すみません、とかじゃなくてさ、もっと前向きな発言を聞かせてくれないかな」

　再び椎名の声がして、中里はようやく顔を上げたが、

「あの、なんとか近日中には――」

　それだけ告げたきり、その後のセリフが出てこない。

「設計が悪いとか、そういう言い訳はしなさんなよ」

　月島がいった。「この期に及んでできるわけはないと思うけれども」

　その言葉の意味がわかるのは、ここにいるメンバーの中では社長と月島、そして中里の三人しかいないはずだ。

「非常に難しいバルブシステムなので――」

「いまさらそれはないでしょう」

呆れたように椎名はいい、椅子の背にだらしなくもたれると、嘲笑まじりに中里を見据えた。「見苦しい」

「なんとか――」

「とにかく、結果出してよ、君」

聞きたくないとばかりに、月島が、中里を遮った。「そのためにウチに来たんだからさ。いくらでも時間があると思ったら大間違いだから。頼むよ」

中里に反論の機会が与えられることもなく、会議は次の話題へと移っていく。

「なあ、中里」

会議を終え、すごすご自分のブースに引き上げた中里に声をかけてきたのは、横田だった。

「ちょっとききたいんだけどさ。さっき月島さんがいってた設計云々って、どういう意味なんだ。この前から気になってたんだけどさ」

中里は、資料を持ったまま立ち尽くした。

「別に。前にいた会社で、あのバルブの設計に少し関わっていたってだけのことだよ」

　横田は中里のブースの入り口あたりに黙って立ったまま去ろうとはしない。そして、迷うような間を置いた後、「あのバルブ、そもそも無理なんじゃないか」、とそういった。

「どういうことだよ」

　はっと顔を向けると、横田は戸惑うように足下に視線を落とし、再び顔を上げる。

「いや。ちょっとそう思っただけだ。担当のお前ができるっていうんならたぶん、できるんだろうけどさ」

　発言の真意を測ろうとした中里に、横田は何事か口にしかけて逡巡する。

「何か、あるのか――」

「ちょっといいか」

　そういうと、横田は顎をしゃくり先に立って歩き出した。慌ててブースに荷物を置いた中里が背を追うと、フロアを横切って建物の裏側へと歩いていく。鉄扉を開けると、そこは自販機が並ぶ広々とした休憩フロアになっており、横田はその最奥、人気のない窓際のテーブルを選んで椅子を引いた。

「実はさ、日本クラインの人間に聞いたんだが、先週、アジア医科大学で〝事故〟が起きたらしい。例の人工心臓だ」

「まさか」中里は目を見開いた。

「聞いてないか」

「なにも」

目を見開いたまま首を横に振った中里に、横田は、自分が聞いたという内容をそのまま話した。

「容体が急変したから亡くなったと、そういう説明か」

「初期対応に適切さを欠いたとはいえ、結果は変わらなかったと結論づけたらしい。だけど──」

横田は思い詰めた表情できいた。「ちょっと強引すぎないか」

「本当は別の理由があったと──」

きいた中里に向けられたのは、その発言を肯定する眼差しだ。そして、

「バルブの耐久性に問題があった可能性はないだろうか」

横田は疑問を口にする。「なあ、お前、知ってるんじゃないか。あのバルブの耐久性。どうなんだ、教えてくれ」

突然、真顔で問うてきた横田に、中里はどう返事をしていいかわからなかった。

オレだけじゃなかった。あのバルブの耐久性に疑念を抱いているのは──。

中里は、百八十日の動作保証という開発テーマを与えられ、いままで苦しんできた。

だが、現行バルブは、保証している九十日の安定性すら確保できていないのではな

いか。中里が偶然にそれを疑うことになったのは、先日、従来品との違いを見極めようとして行った検査結果からだ。

正直、半信半疑だったが、横田がここまで気にするとなると、本気で調べてみる必要があるかも知れない。

「なんで、お前がそんなことを？」

中里は、改めて問うた。

自分に与えられた仕事で成果を上げればそれでいい——。そんな社風の会社で、自分には関係のないバルブの信頼性を疑う。納得のいく話ではなかった。

すると、

「オレが担当してたからだよ」

意外な答えがあった。「あのバルブは最初、オレが開発担当だった。結局、最後までうまくいかずそのまま担当替えになったんだ」

そして横田は窓際へと追いやられ、その仕事を引き継いだのは月島である。

「まさかとは思う。だけど、どうも気になって仕方が無いんだ。確かめてくれないか、中里」

すがるように横田はいう。

「確かめるってなにを」

「月島さんがあの後、バルブの精度を完成品にまで高めたかどうかだ。オレはどうやっても、うまくいかなかった」

「要するに、月島さんが品質の安定しないものを日本クラインに納めたんじゃないかと、お前は疑ってるのか」

信じたくはない。中里自身、自分が口にしていることがバカげていると思うのだが、完全否定できないもうひとりの自分がいる。

「だったら、自分で調べればいいじゃないか」

「オレはもう、担当を外れた。セキュリティ上、手の付けようがない」

横田はいった。「でも、お前なら、実験データにアクセスできるだろ。頼む」

腕を痛いほど摑んだ横田を、しばし見つめ、「わかった」、と中里はいった。

「すまんな」

よほど悩んでいたのか、横田はそれだけいうと足早に離れていった。

7

その日、診療を終えた巻田が医局に戻ると、日本クラインの藤堂がいた。

何か用事でもあったのだろう、ひとりの医者と話し込んでいる。書類を書きながらその行動を密かに監視していた巻田は、藤堂が話し終えるのを待って声をかけた。

「ちょっといいか。ここではなんなんで」

病棟を出、渡り廊下で連結されている研究棟の自室まで行く。

「何か、お話がありましたか」

巻田の不機嫌を見てとっているはずだが、それを態度に出すこともなく、藤堂はいつもの淡々とした態度だ。

「折り入って尋ねたいことがある」

巻田はいうと、声を潜めた。「この前の事故の件だ。あれ、本当に機械の不具合はなかったのか」

藤堂の目の奥で、様々な思惑が流れていくのがわかった。

思考が整理され、言葉が選択されるまでの僅《わず》かな間が、沈黙となってふたりの前に出現する。

「ありません」

じっと、その表情を見据えた巻田は、「ふざけんな」、顔をにじり寄せて吐き捨てた。

「オレの目が誤魔化せるとでも思ってるのか」

「なんのことですか」

薄っぺらい笑いを浮かべて見せた藤堂を、巻田はにこりともせずに見据え、

「動作不良だよな、あれ」

ねじ込むようなひと言を口にする。

「違いますよ」

「いや、違わない」

巻田は決めつけた。「部品が破損してただろう」

「あれはですね」

困った相手に言い聞かせるような調子で、藤堂がいう。「処置をされた葛西先生が心臓マッサージをされたんで、思わぬ負荷がかかって破損したんです」

「葛西がそういったのか」

巻田に問われ、ふっと藤堂は言葉を呑んだ。「たしかに葛西は、心臓マッサージをした。そしてその処置は間違っていた。だが、そうなる前に人工心臓の弁は動いていなかったといってる。貴船先生からは余計なことを憶測で話すなといわれたそうだ」

「何が、おっしゃりたいんです」

低い声できいた藤堂に、巻田は続ける。

「いいか、オレの推測はこうだ。あのとき、人工心臓はなんらかの理由で不具合が起き、患者の容体が急変した。偶然、当直が未熟な医師で、しかも処置を間違った。そして患者は亡くなり、お前らは本当の死因を隠蔽《いんぺい》した。これは事故なんかじゃない、事件だ」

「考えすぎですよ、巻田先生」

藤堂はさらりというと、足下に置いたカバンに手を伸ばして立ち上がる。「葛西先生はあのときパニックに陥っていたんです。医者だって人間ですから、そんなときに冷静な判断などできるはずはありません。私どもの調査は正しい。信じて下さい。それでは失礼します」

丁寧に一礼して背を向けた藤堂に、

「待て」

巻田は声をかけた。「このまま続けるつもりじゃないだろうな。また死人が出るぞ」

藤堂が浮かべたのは、感情のこもらない笑みだ。

「弊社の製品は、万全を期しております。どうぞ、ご安心ください」

人を食った返事を寄越すと腕時計をちらりと見る。「急ぎの用事がございますので失礼させていただきます」

巻田が何かいう前に、すっと、その姿は廊下へと消えていく。

「くそっ！」

巻田は吐き捨て、拳をテーブルに叩き付けた。

「現行バルブの実験記録を閲覧したいんですが、デジタル書庫のアクセスキー、教え

ていただけませんか」

「実験記録？」

書類から顔を上げた月島は、中里の顔を見てほんの僅か、考えるような間を置いた。

だが、さして問題はないと判断したのだろう。ＰＣを操作し、デスクにあった付箋を

一枚剥がすと、モニタのアルファベットのパスワードを書き付けて寄越す。

ブースに戻り、オンラインから一度きり使える、そのパスワードを使って書庫に入

ると、検索ワードを入れて当該のファイルを探した。

午後九時を過ぎたブースで、モニタに表示された実験データを中里は読み始める。

膨大なデータには、バルブ製造の苦闘の痕跡がそのまま出ていた。素材、部品の調

達、成型、そして実験。その全てが真剣勝負であり、時間と労力の積み重ねだ。

いまの中里と同様、横田が開発責任者を務めていた頃の開発は、まさに失敗の積み

重ねそのものだった。

とはいえ、横田が最後に手がけた実験では、苦労の甲斐あってか、さほど悪い結果

にはなっていない。実用化レベルではないが、その一歩手前といったところだろうか。データからは、そんな印象を受ける。

横田にとっての悲劇は、その進歩が、椎名が期待する速度に及ばなかったことだ。サヤマ製作所は、急速に進化し成長するアメーバだ。その細胞になり得ない分子はあっという間にはじき出され、閑職へと逐《お》いやられてしまう。いまの横田がそうであるように。そして、このままだと近い将来、中里自身もそうなるように。

ある時点で、担当は横田から月島へと交代していた。

月島は、開発の遅れを取り戻そうとでもするかのように、猛烈な頻度で試作と実験を繰り返していた。

そのたびに、実験データが示す精度も向上していく様は、まさに力技だ。

「さすがに、椎名社長から認められているだけのことはあるな」

データを眺めやった中里もそう認めざるを得ない猛烈な仕事ぶりである。逆に自らを振り返り、自分の製造開発プランが甘いのではないかと反省するほどだ。

横田には悪いが、月島の開発によって、バルブは格段に精度を増していた。

問題は、ない。

事故は事故であり、事件ではない――。

それが、結論だった。「コアハート」は、今後、確実な臨床データを蓄積し続けるだろう。

月島がすでに帰宅したのを見届けた中里は、横田のブースまで歩いていって、

「おい、見てみるか」

と一声かけた。

黙って立ってきた横田が中里のブースに入り、食い入るような目で画面を睨み付ける。

「気の済むまで見たらいい」

中里はいった。「だけど、安心しろよ。あのバルブの開発には何も問題がない。事故は、やっぱり事故だったんだ」

カバンに私物を入れ、中里は帰宅する支度をととのえた。

「オレはもう帰るから、終わったらPC、落としといてくれよな」

一声かけ、疲労でバリバリになった肩を回しながらフロアを出る。

この日もいろいろあったが、長かった一日も、いつかは終わる。

駐輪場に停めてあった自転車をこぎ始めた中里は、凍えるような空気の冷たさに顔をしかめ、手袋した手でハンドルを強く握りしめた。

第七章　誰のために

1

技術開発部のデスクで、立花は一心不乱にデータを読んでいた。実験に回した人工弁の解析データだ。

人工弁の開発を命じられて、すでに半年ほどが経過していた。冬が終わり、四月になったと思ったら、会社近くの洗足池《せんぞくいけ》の桜が一斉に開花した。

季節が移ろっていく間、立花は加納とともにずっとガウディ計画と向き合ってきた。数え切れないほどの作図をし、試作をし、そして実験データを収集する。北陸医科大学の一村の意見に耳を傾け、サクラダと幾度となく技術的な打ち合わせを繰り返してきた。

ガウディ計画が目指しているのは、ただ日本人のサイズに合った人工弁、というだけではなかった。

サクラダの経編《たてあみ》技術を応用した医療用繊維、血栓をできにくくする金属素材と構造、さらに生体適合性を追求した最高水準の品質だ。

人工弁の大きさは、手のひらに載る指輪ほどである。だがそこに、一村教授とサクラダ、そして佃製作所が持てる技術とアイデアが惜しげも無く注ぎ込まれている。

デスクの向こうで同じようにデータを読んでいた加納が立ち上がったかと思うと、ふらりと出ていった。プラスチックカップにホットコーヒーをふたつ淹《い》れて戻ってくると、ひとつを黙って立花の前に置く。

立花は手にしていたデータを置き、「サンキュ」、とひと言。作業を中断してコーヒーを一口啜る。

コーヒーカップを手にしたまま、立花は椅子の背にもたれ、ぼんやりと天井を眺めた。加納はといえば、半ば呆けた顔を窓のほうに向けている。見えているのは、上池台界隈《かいわい》の住宅街の屋根と、四月の弱々しい日差しが黄色く弾《はじ》けているだけの光景だ。

ふたりとも黙ったまま、それぞれの胸に何かを抱え、自問している。

データは、先日までふたりが開発した試作品の実験結果だった。正直、このデータに賭けたふたりの意気込みとはかけ離れている。はっきりいって、期待外れ――。

何かが、おかしくなっていた。

だがそれは単に技術論ではなく、もっと精神的なものかも知れない。最初、見えていたはずの目的が遠く霞《かす》み、コンパスを無くした旅人のような徒労感に苛まれている。

「なんなんですかね、立花さん。この雰囲気」

別に悪気があるわけでもなく、加納がそんなことをいった。「いわゆるひとつの、落胆ムードみたいな」

「だな」

そう受けた立花もまた、自分の中に生じた迷いが急速に大きくなっていくのを感じていた。

気持ちが漂流しはじめている。

立花の胸に芽生えたのは、否定しようのない危機感だ。

このままでは——失敗する。いや、数限りなくトライアンドエラーを続けていけば、どこかで正解といえるものにぶち当たるかも知れない。だが、いまのふたりには、そこまでやり切れるだけの精神力がない。それを再び奮い起こすための、何か、が必要だった。

考えた末、立花が山崎のデスクの前に立ったのは、その日の午後遅くのことであった。

声をかけると、何かの設計図を熱心に覗き込んでいた山崎が顔を上げ、いつものクセで中指でメガネをすっと上に上げた。

「ちょっとご相談があるんですが。——福井に出張させていただけませんか」

意外だったのだろう、山崎の顔に驚きの表情が浮かび、「どうした」、ときいた。一村や桜田とはずっと、電話やメールでやり取りしてきた。アドバイスやデータのやり取りだけなら、それで十分だ。

「実際に見てきたいんです」

立花は、真面目な男らしく真剣そのものの顔だ。「我々が開発しているものが果たしてなんであるのか」

黙ったまま、山崎は椅子の背にもたれ立花を見上げた。おそらく、立花に自覚はなくても、その表情には内面の迷いが出ていたに違いない。

「わかった。社長に話してみる」

「お願いします」

律儀に頭を下げ、立花がその場を辞去する。

その背中をずっと目で追っていた山崎は、デスクで内線をかけて佃の在席を確認すると、おもむろに立ち上がってフロアを出ていった。

2

福井に飛ぶ前日のことである。

ちょっと付き合ってくれ——。

加納を誘い、立花が出かけたのは秋葉原だった。

「何を買いに行くのかと思えば、プラモデルですか」

地図を片手に立花が探し出した店の前に立つと、加納は、少々呆れた顔をしてみせた。

一村が担当している心臓血管外科に入院している子供たちに何か持っていってやりたい、と言い出したのは、立花だ。

男の子が三人、女の子がひとり。

女の子のためには、加納が適当に見繕《みつくろ》い、この日は、男の子たちへのお土産を買うためにわざわざ出かけたわけだが——。

「どんなものがいいか、真野さんにきいたほうがよかったんじゃないですか」

さっさと店内に入っていく立花を追いかけながら、加納はさすがに不安を覚えたらしい。

「いまどき、プラモデルなんて作るかなあ。ゲームソフトとか、そういうのなんじゃないですか」

「そうかなあ。でも、いいんじゃない、プラモデルで。プラモデルはものづくりの原点だし」

意外なこだわりで立花はいうと、店内のあちこちを歩き回り、何を探すのかと思えば、お城のプラモデルなのであった。

「どう、アキちゃん。この姫路城」

「私にきかないでくださいよ。わかんないんですから」

加納は半ば苦笑しつつ、首を傾げた。「でも、なんでお城なんですか、立花さん」

「ぼくが好きだったから。城のプラモデルってさ、意外にハマるんだよ」

立花の言葉に唖然《あぜん》としつつ、「そうなんですか?」、と加納は弱々しい笑いを浮かべるしかない。

「クルマのプラモデルって、良さそうに見えるけど、簡単なのは単純すぎるし、高いのは複雑すぎる。たとえば、タイヤとかギアのところが難しくてさ。そこいくと、城のプラモデルは難しく考える必要もないし、かといって簡単すぎもしなくていいんだよね」

スジが通っているようないないような不思議な理屈で、それでも立花は必要な数のプラモデルをレジに抱えていった。

かくして、ふたりが羽田から小松空港に向けて飛び立ったのは、四月半ばのことである。空港バスで市内に入り、遅めの昼食の後、北陸医科大学を訪ねたときには、午後二時近くになっていた。

一村の研究室を訪ね、人工弁開発に関する様々な意見交換をした後、小児病棟を訪ねる。

「ときには生後数ヶ月という赤ちゃんもいますが、いまは小学生ばかりですね」

案内してくれた一村とともに、立花はひとりずつと言葉を交わし、お土産を渡した。

「うわっ、プレゼント！」

一番大げさな反応をしてくれたのは、窓際のベッドにいる高橋圭太《けいた》だった。

「ちょっと、ちゃんと丁寧にテープを剝《は》がしたらどうなの。ほんと、すみません」

付き添いの母親が謝るほどの勢いでバリバリと包装紙を破いた圭太は、出てきた箱を見て、一瞬ぽかんとした。

「なんだ、プラモデルかよ」

見ていた加納が、立花の耳に口を寄せ、「ほらね」

「圭太くん、このプラモデル、組み立ててみるときっとおもしろいから」

元来が生真面目な立花は、真顔で説明するのだが、「えーっ」、という圭太の落胆ぶ

りに一村も失笑するしかない。だが、

「実は明日、彼の手術、見てもらいますから」

病室の外に出たとき、一村のひと言に、立花も加納も浮かべていた笑みを消して頷いた。

「命の危険はないんですか」

歩きながら立花が尋ねると、「それほど難しい手術ではないので」、という返事がある。

「とはいえ、万が一のことがあれば命に関わることには違いないので、ご家族には同意書をいただいています。この病気で一番苦しんでいるのはお母さんですよ」

先ほど見かけた圭太の母親はまだ若かったが、病気を持つ子供に長く関わってきた疲労感が滲《にじ》んでいるように見えた。この手術は子供だけではなく、母親も救うものなのだ。

うまくいくといいな、圭太――。

病室を振り返った立花は、心の中でそう呟いた。

その一村の手術開始予定時間は、翌朝の九時だった。

手術開始時間の三十分前に職員専用ロッカーで着替え、マスクと帽子を着用し、すでに準備の始まっている手術室に入る。なにはともあれ手術を見たほうがいい、とは一村の勧めでもあった。

立花にしても、加納にしても、手術を見るのは初めての経験である。

「私、血を見るのはちょっと苦手なんです」

そういう加納は、手術室に入る前から少々青ざめている。

ふたりが入室したとき、手術台にはすでに麻酔で眠る圭太が横たわっていた。看護師、麻酔チーム、人工心肺チームがすでにスタンバイする中、消毒を済ませてガウンを纏《まと》った一村が入室してきたのは、予定時間の五分ほど前だ。

「高橋圭太君。十一歳。僧帽弁の人工弁置換手術を行います。——じゃあ、始めようか」

一村が看護師とともに患者確認し、お願いします、という挨拶とともに電気メスが胸に当てられ、慎重に切開していく。

立花が立っているのは、手術台からわずか数メートル離れた場所だ。執刀医の一村と、助手のドクターがふたり。ちょうど人工心肺チームのモニタが目の前にあって、手術の様子を上部カメラで映し出している。

胸を切開し、人工心肺へと移行するのに二十分。ようやく心臓そのものにメスが入ったとき、すでに手術から四十分ほどが経過していた。

初めての経験で一村の手際がどの程度のものかはわからない。

だが、このとき立花が感じたのは、緊張感というようなものではなく、それを超越したもの——命の尊厳であった。

ここには一切の妥協も嘘もない。そんなものが入り込む隙間もない。

たったひとつの手抜きが、あるいは判断ミスが、幼い命を奪うだけでなく、この手術の成功をひたすら祈りつづけているだろう家族、それだけでなく執刀する側にまでなんらかの心の傷を残してしまう。

追加の輸血が指示された。時折、看護師が手術室を出入りしている。

立花がもっとも手術台に近寄ったのは、人工弁の取り付けにかかったときだ。

使われているのは、アメリカの医療メーカー製の人工弁で、使える最小のサイズだが、本来ならば、圭太の心臓には大きすぎる、というのが一村の説明であった。

それを承知で、この人工弁を使うしかない。しかも、その大きすぎる弁を入れるために、本来の弁とは違う場所に縫合するしかないのだ。それが、この子がこれから先、生き延びていくための、最善で唯一の策なのであり、突きつけられた現実である。

一村が僧帽弁にメスを入れて切除し、人工弁をそこに移植する手際を、立花は息をするのも忘れるほどの緊張感を抱きながらじっと見つめ続けた。

そして、いつのまにか、拳を握りしめて祈り続ける自分がいた。

――圭太、がんばれ！　がんばれ！

いま目《ま》の当たりにしているのは、佃製作所の作業場にいたのでは決して見えない真実だ。

自分の使命は、圭太のような子供たちを救うことだ。この子と同じように苦しんでいる子供たちが、一日も早く新しい人工弁が開発されるのを待っている。その子たちの苦しみや悲しみを取り去ってやることだ。

――そのために、ぼくは戦ってるんだ。

改めてそれに気づいた立花は、なぜだろう、目から溢れ流れる涙をどうすることもできなかった。

ふと隣を見ると、加納もまた、視線を釘付けにされたまま、泣いている。

このとき立花にはわかった気がした。

自分たちの仕事が果たして何であるか。

どこに向かっているのか。

誰のために努力しているのか――。

術野で、一村の縫合が始まっている。

乱れのない、機械的な動きだ。そして、速い。瞬く間に心臓が縫合され、人工心肺から離脱し本来の心臓の動きへと戻していく。

全員の手が止まり、手術台脇にあるモニタを凝視する瞬間が訪れたのは、手術から四時間が経過したときであった。

「超音波映像で、術前と比べ、心臓が正しく動いているか見ているんです」

この手術の間、ずっとナビゲートしてくれた真野が説明してくれた。

真剣そのものの眼差しで見ていた一村が小さく頷いたのはそのときだ。

「オッケー！」

全員が同意し、心膜が閉じられ、縦に真っ二つに割られた胸骨がワイヤーで復元されていく。最後の縫合を助手に任せ、一村が手術台を離れたとき、それまでの緊張が一気に解け、立花は深い息を洩らした。あっという間の四時間だ。

「立花さん――」

手術室の外に出たとき、涙で頬のあたりを濡らしたまま、加納が声をかけてきた。

「私たち――私たちの仕事って、素晴らしいですね。ほんと、素晴らしいです」

耐えきれなくなったかのように、両手に顔を埋めて嗚咽《おえつ》を洩らしはじめる。

立花自身、まるで次元のトンネルを抜けてきたような不思議な感覚を味わっていた。

同時に、自分の前に、見失っていた一本の道が出現した。そんな気がしたのである。

立花も加納も、新たな一歩を踏み出そうとしていた。

3

一村のもとを辞去し、最終便の飛行機まで余裕があるというので、真野の運転するクルマでサクラダを訪ねたのはその日の夕方のことである。

これまで何度もやりとりしているが、直接訪ねるのは、このガウディ計画の担当になって以来、二度目であった。

「どうでした、一村先生の手術は」

「すばらしい経験でした」

立花は、興奮冷めやらぬ表情でこたえた。「まだ時間がかかるかも知れませんが、『ガウディ』は絶対に必要な医療機器だと思います。必ず、やり遂げましょう」

だが――、

「そうですね」

どうしたわけか、そうこたえた桜田は弱々しい笑いとともに、視線を逸《そ》らしていく。

その様子に違和感を持ち、立花は、問うような目を向けた。

「佃社長にはお話をしようと思っていたんですが、次回のＰＭＤＡの面談次第では、この事業、見直しをさせていただこうかと思っております」

思いがけない話である。

あまりのことに立花は言葉を失い、揺れ落ちるような桜田の視線をただ追うのみだ。

「理由をお聞かせ願えませんか」

そう問うたのは加納だった。

「弟に経営を任せてきたのですが、ここにきて経営環境に問題が出てきまして……」

出てきたのは、桜田なりの事情である。

「御社の内部事情はわかります。ですが、サクラダさんの経編《たてあみ》技術がなければ、この事業そのものが立ちゆかなくなってしまいます。なんとか継続していただくわけにはいきませんか」

加納の嘆願に、桜田は、押し黙った。

体の奥底から盛り上がってきた感情を無理矢理に抑え込んだか、

「すみません」

絞り出した桜田の声は、春だというのに真冬の使者のように震えている。

詳しい事情はともかく、桜田もまた、苦しんでいる。

それを見てとった立花は、「桜田さん」、と改まった声をかけた。

「いろいろあるかも知れません。でも、一所懸命に不安と戦いながら、いまもがんばって待っている子供たちがいるってことだけは忘れないでください」

「忘れるもんですか」

桜田は涙を滲ませた顔を上げ、必死の形相で唇を嚙んだ。「忘れようにも忘れられないんです」

かける言葉を、立花は見失い、ただ苦悩する桜田を傍で見守ってやることしかできなかった。

4

「それにしても、無責任すぎやしませんか」

江原はそういうなり、おしぼりをテーブルに叩き付けた。

ちょっと行くか、とガウディチームに佃が声をかけたのは、ガス抜きの意味もある。

佃製作所を、桜田が訪ねてきたのは先程、この日の夕方のことだ。

「ちょっと上京する用事があったので」

軽く顔を出すような口ぶりで訪ねてきた桜田だったが、実はひと目見た途端、これは何かあるな、と佃はそれとなく身構えてはいた。立花からも、桜田とのやりとりについて報告は受けていたからだ。

案の定、桜田が切り出したのは、ガウディ計画からの離脱をほのめかす内容であった。

「親会社の事情もあり、どこまでもカネを浪費し続けるわけにはいきません」

桜田は両手を膝に置くと、意を決する態度でそう佃に切り出したのである――。

「だったらＰＭＤＡとの面談をうまくまとめればいいんじゃないですか」

川田が楽観的な意見を口にしたが、

「そんな簡単にいかないから、ヤバいんだよ。実際のところどうなんですか、社長」

江原がきいてくる。

「桜田さんがいってるように、いまのままだとどうかな」正直、佃にもその辺りのところを予測することはできない。

「だいたい、協力してくれっていってきたの、サクラダのほうですよ。なのに、自分たちの都合が悪くなったから勝手にやめるって、こんな話、ありますか」

江原の怒りはもっともだと思う。

「難しい社内事情もあるみたいだよ」

傍らから、殿村がいった。「いま一番苦しい思いをしているのは、他ならぬ桜田さん本人なんじゃないかなあ」

たしかにそれは、見ていて気の毒なほどだった。

「娘さんのためにがんばるんじゃないのかよ、まったく」

江原はなおも収まらない様子だ。「なんとかならないんですか、社長」

「オレにひとつ、腹案がある」

その佃のひと言に吸い寄せられるように、江原の視線が動いた。「腹案？」

「実は、帝国重工に、ガウディ計画への参加を持ちかけている」

「帝国重工に？」

素《す》っ頓狂《とんきょう》に大きな声を出したのは川田だ。江原は、口を開いたままましまじと佃の顔を見、そして立花も固まってしまったかのように動かない。

「一応、北陸医科大学の一村さんには内諾を得ている。内密の話だし、当てにされても困るから桜田さんには黙っておいてくれといってあるんだが」

「それで、可能性はあるんですか」

江原が体を乗り出した。

「さすが世界に冠たる大企業だけあって帝国重工の裾野は広い。医療分野にも進出していて、そっちに計画の概要を説明して協力してくれるよう、頼み込んでるところだ。ただ、計画に参加するといっても帝国重工の技術を当てにするわけじゃない。開発当事者に名前を連ねてもらい、プロジェクト管理と販売で一枚嚙んでもらえたらそれでいい」

「なあるほど。要するに箔《はく》を付けるわけか」

それまでの怒りから一転、江原がにんまりとして腕組みした。「帝国重工との共同開発なら、もう会社が小さいのなんのといわれることもない。ＰＭＤＡの連中も腰を抜かすでしょうよ。見てみたいもんだ」

「しかし、帝国重工がそう簡単に乗りますかね」

やや悲観的な意見を口にしたのは、殿村だ。前職が銀行員の殿村は、大企業の論理を知悉《ちしつ》している組織人の一面も持ち合わせている。「医療機器のリスクについては、いうまでもなく彼らも知り尽くしているはずです。自分たちの技術が使えるのならまだしも、第三者が製造した医療機器に相乗りするというのは、結構ハードルは高い気がします」

「これはバーターの取引だ、トノ」

佃の言葉に、殿村は一瞬、きょとんとした。「バーター？」

「例のシュレッダー、あったでしょう」

話を継いだのは山崎だ。「帝国重工の狙いは、むしろそっちなんですよ。あのシュレッダーを共同開発にする代わり、ガウディ計画にも参画する――」

殿村はぽんと背中を押されたように、ほう、とひと言、感心したように声を出した。

「どう思う、トノ。やっぱり、難しいかな」

尋ねた佃に、殿村は、ニックネームの由来になった、トノサマバッタのような四角い面長の顔と大きな目を向けた。

「いや。おもしろいかも知れません」

5

安《あん》東《どう》仁《ひとし》は、大手町を見下ろす明るい会議室の椅子の背にもたれ、手にした書類を興味深げに読んでいた。

帝国重工のヘルス開発部門の部長、というのが安東の肩書きだ。入社年次は財前のひとつ上だが、同窓の先輩後輩という繋がりがあって入社前からの顔見知りでもある。

「人工弁もいいが、このサクラダという会社が開発した素材も魅力的だな。ハイブリッド経編《たてあみ》の布か。これって、たとえば心室中隔欠損症の治療にも応用できるんじゃないか」

さすがに、専門だけあって安東の洞察は鋭い。元来が頭の回転の速い男である。

心室中隔欠損症は、四つに分かれている心臓の左右の心室を仕切る壁に穴が空いている、という症状である。本来壁で遮られている部分に穴があるわけだから、片方の心室に大量の血液が入り込み、心不全に繋がる。現在の心臓血管外科では、パッチ——つまり当て布を貼り付けることでその穴を塞《ふさ》ぐという対処をするわけだが、問題はそのパッチだ。

「いまの主流はゴアテックスだからね」

アメリカの会社が開発した防水透湿性素材だ。一般的にはアパレルによく利用されている。実はそれと同じ素材が心臓手術にも利用されているのである。

「あれは伸びないんだよな」

安東は少々惚《とぼ》けたところのある口調でいった。「だけど、こいつは伸びる。一番おもしろいのは、医療用繊維を編むことで細胞が生着して人体の一部のようになるというところだな。これはいい」

「共同開発という形でこのプロジェクトに噛んでもらいたいんです。どうでしょうか」

思いがけない好感触に財前は期待したが、安東は読んでいた書類をぽんとテーブルに投げ、

「それはちょっと難しいんじゃないか」

と期待外れの返事を寄越した。「いいのはわかるんだけども、これはあくまで理論上の話で、本当にこの計画通りの医療機器を開発でき、しかもそれだけの効用を得られるのかはわからない。たとえば、ウチにこの人工弁やパッチを作る技術があるとか、ウチが開発した繊維でも使うっていうのならわかるけども、そうでもない。それに、

お前も知ってる通り、ウチが扱っている医療関係の大半は検査機器であって、人体に直接働きかける医療機器への進出は、いまのところ御法度《ごはっと》だ」

「リスクがあるからですか」

「わかってるじゃないか」

安東はからかうようにいい、「まあ、そんなわけだ。すまんな、力になれなくて」、と締めくくる。

「単なる出資でもいけませんか。代理契約を独占するとかの条件なら、先方は呑むと思います」

「悪くないね」

テーブルの上で両手を組み、安東はいった。「だけど、いくら出資する。一千万か三千万か、それとも一億か。それでいつ回収できる。一年先か三年先か、はたまた五年先か。時間がかかれば、出資は一度で済まないかも知れない。この計画が弱いのは、単に中小企業の集まりだからじゃない。医療機器に関するプロジェクト管理の脆弱さも問題だ。一攫千金《いっかく》だろうと、見通しのきかない分野にカネを突っ込むほどウチの会社は野放図《のほうず》じゃない」

財前はさすがに押し黙り、なんとか安東を説得する術《すべ》はないかと猛スピードで知恵を巡らせ始めた。ガウディ計画に参画するためには、何はともあれ、この安東の力を借りるしかないのだ。

だが、

「諦めろ、財前」

安東はいった。「これはウチがやるべき話じゃない」

「そうですか……」

思わず唸った財前に、「それとも、お前がそこまで固執する理由がなにかあるのか」、と新たな興味を抱いたように、そのとき安東はきいた。

「お前が単なる付き合いで、こんな話を持ってくるわけはないよな」

安東の察しの良さは、相変わらずだ。

「このプロジェクトに参加している佃製作所に欲しい技術があるんです。できれば共同開発に持ち込みたい」

「ほう。どんな技術なんだ」

財前の説明を、無表情に聞いた安東は、話が終わると、何か面白いものでも見るように財前を眺めた。

「そんなにそのシュレッダーが欲しいんなら、このガウディ計画とやらじゃなく、佃製作所に出資してやればいいじゃないか」

「佃は、そんな簡単に出資を受けるような相手じゃないんです」

「だったら、ガウディ計画にお前のグループが参加したらどうなんだ」

それができれば最初から苦労はしない。

担当分野が異なっているからこそ、こうして安東に頼み込んでいるのである。すると――、

「そのシュレッダーの技術開発とこのガウディ計画を結びつける方便もあるんじゃないのか」

意外なことを、安東は口にした。

「そんな方便があれば、苦労しませんよ」

溜息混じりに、財前はいった。「片やロケットエンジンの部品、片や心臓手術の部品。どうやって結びつけるっていうんです」

「あのな、財前」

相変わらず惚けた調子で、安東はいった。「お前はさっき、人工弁のリスクは血栓ができることだっていわなかったか?」

指摘の意図が読めずに押し黙った財前に、安東は続ける。「どんな人工弁だろうと、血栓が絶対にできないなんてことはないんだ。だったら、血栓はできるという前提で考えてみろ」

財前は、安東を凝視している。

「血栓ができたら、それをセンサーでいち早く察知し、粉砕する——」

ガタッと椅子を鳴らし、思わず財前は立ち上がっていた。

「そうか！」

「ロケットエンジン内の異物を粉砕するシュレッダー技術は、理屈の上では医療にも応用が利くんじゃないのか。だとすると、お前んとこでやって何が悪い」

もはや最後まで財前は聞いてはいなかった。

興奮が体中を駆け抜け、書類をひっつかむと、「ありがとうございました！」、と一礼するや部屋を飛び出していく。

「まったく」

呆れたようにいった安東は、小さく舌打ちして立ち上がった。

「学生の頃から変わってないな」

それから窓に映っている、ずんぐりした自分の体を見ると、安東は顔を近づけて、少々薄くなった髪に手をやった。

6

「社長、こういう方が訪ねていらしたんですが」

ノックとともに入室してきた殿村は、一枚の名刺を佃に差し出した。

咲間倫子《さくまのりこ》、ジャーナリストとある。会社名などはなく、府中市内の住所と携帯の電話番号、それにメールアドレスがあるだけだ。フリーのジャーナリストのようだった。

「お話を伺いたいとおっしゃっているんですが、どうしたものかと思いまして」

午後の予定はなかったから、時間はなくはないのだが、

「何の取材なんだい」

おそらくロケット関連のことだろうと予想していた。ところが、

「それが、アジア医科大学で起きた医療事故に関してとおっしゃっていまして」

そのひと言で、なぜ殿村が話を繋いだかを、佃は察した。

「わかった。お通ししてくれ」

間もなく、殿村に案内されてひとりの女性が現れた。歳は四十そこそこだろうか、大柄でパンツスーツ姿、肩に使い古したトートバッグを提げている。

「咲間と申します。お忙しいところ、お時間をいただき、ありがとうございます」

そういって頭を下げる咲間は、きびきびした印象の女性であった。

「どうぞ、おかけください」

ソファを勧めた佃を見る目には、ジャーナリストらしい芯の強そうなところがうかがえた。佃にはよくわからないが、フリーの立場で取材して何かをモノにするのは、

生半可な意志の力でできることではないはずだ。

「早速なんですが、二ヶ月ほど前、アジア医科大学病院で、臨床試験中の人工心臓を装着した四十代の患者さんが亡くなるという事故があったんですが、その件について、佃さんはご存じでしょうか」

「ええ、聞いています」佃はこたえた。

「実は亡くなった男性の遺族から大学病院側に詳しい調査報告を求めているんですが、その件についてはーー」

「人づてには、聞いています」

やはり、トラブルになったということだろうか。

「その求めに対して、いまだにアジア医科大学病院は、調査自体を拒絶していまして応ずる意思はまったくないようなんです。男性がつけていた人工心臓はアジア医科大学で開発した『コアハート』という最新型のものでした。そうした臨床試験を実施する病院側の対応として、調査拒否も問題ですが、実はこの事件には裏があるのではないか、という噂がありまして」

意味あり気に、咲間は佃をうかがい見た。

「裏？」

佃は眉を上げる。「どういうことです？」

「人工心臓に欠陥があった。それを、病院側が隠蔽しているのではないか、というものです」

佃を見つめる咲間の目が鋭くなった。「調べたところ、『コアハート』は、アジア医科大学と日本クラインが共同開発している医療機器でした。疑問はふたつあります。この人工心臓は世界最小、最軽量を実現しているとされていますが、そもそも設計に無理はなかったのか。もうひとつは、仮に設計が正しかったとして、なんらかの理由によって動作不良が起きた可能性があるのではないか――」

咲間は、右手の指を二本立て、「これらの点について佃さんのご意見を伺いたいんです」、そう結んだ。

「ひとつ伺いたいんですが、人工心臓のほうに問題があるのではないかという情報はどちらから得られたんですか」

そうきいたのは、佃と並んで話を聞いていた殿村だ。

「遺族側の方から当初から疑問が出されていました。関連して取材をしたところ、確証はないんですが、なんらかの問題があった可能性はあるという情報を得ましてね」

「その情報源は明かしてはいただけないんでしょうね」

念のためにきいた殿村に、「すみません、そこのところは」、と咲間は頭を下げた。

「ですが、信用できるスジです」

「お話はわかりました」

佃はいった。「ただ、いまのお話だけで、設計や製造の問題を云々《うんぬん》ということはできません。情報が少なすぎるので」

「実はこれも取材の中で聞いた話なんですが、当初、佃さんのほうで日本クラインさんからの依頼によって人工心臓のパーツの試作をされたそうですね。それは事実なんでしょうか」

「それについては、取引上のことなので、おこたえできません」

佃はいった。「それと、勘違いされているといけないので申し上げておきますと、ウチは医療機器の専門メーカーではありませんし、特に人工心臓に関するノウハウはありません。なので、残念ですがお力にはなれないと思うんです」

「そうですか」

落胆を浮かべたのも束《つか》の間《ま》、

「設計図とか実験データとか、そういうものがあったとしたら、どうでしょう」

咲間は意外なことを口にする。「御社は、ロケットエンジンのバルブシステムを製造されているほどの会社ですよね。そういう資料があれば、欠陥の有無、ないしは可能性などを指摘していただけるんじゃないでしょうか」

「それは、モノによります」

佃はいった。「指摘できることもあるでしょうし、できないこともある。ただ、見てすぐにどうこういえるようなものでないことだけは確かです」

「見て判断していただくのに、それなりの費用がかかるとか」

挑むような目を咲間は向けてきた。真剣勝負の気迫が漂っている。

「費用云々などというつもりはありませんよ」

佃は軽く笑っていった。「とにかく、見てみないとなんともいえない。ただ、それだけのことです」

「では、見ていただくことは可能ですか。決して、佃さんの名前を出したりしてご迷惑をお掛けすることはありません。人の命に関わることなんです」

咲間は訴えるようにいう。人を惹《ひ》きつけるだけのやる気が漲《みなぎ》っている。

「できる範囲でなら、ご協力しましょう」

佃はいい、根本的なことを尋ねた。「でも、そんなデータをお持ちなんですか。設計図にせよ、実験データにせよ、社外秘になっているはずですが」

咲間の目の奥で何かが動いたかと思うと、「あります」、というひと言が洩れ出てきた。

「入手ルートはきかないでください。コピーを持って参りました」

足下に置いた重そうな紙袋から一抱えもある資料を取り出すと、咲間は応接用テーブルに開いて見せる。

佃は思わず目を見開き、隣の殿村を振り向いた。「ヤマに、来るようにいってくれないか」

殿村が慌てて出ていき、山崎が社長室に入ってきたのは間もなくのことである。

「日本クラインの人工心臓の設計図だそうだ」

ここに来る間に殿村から事情は聞いたようだ。食い入るように見入った山崎は、右手の指を顎にあてたまま目だけを動かしている。

おそらく主要部分の抜粋だろう、設計図が十枚。さらに、実験データとおぼしき資料は、十センチほどの厚みのあるものだ。誰から入手したかは知らないが、関係者に咲間の協力者がいるに違いない。

「今日はアポ無しでいらっしゃいましたね」

ふと気になって佃はきいた。「断られたら、どうするつもりだったんです。門前払いになることもあるでしょうに」

「そのときはそのときです。電話では断られても、足を運んでお願いすれば会っていただけることが多いんです」

職種は違うが、仕事の流儀という意味ではこの咲間にも自分と似たものを佃は感じた。

「なるほど。でも、この資料、お預かりできるんですか」

佃が尋ねると、「そのつもりで持ってきました」、そう咲間は答える。

「では見てみましょう。しばらく、時間をください」

「お願いします。ただ、この資料、御社内限りでお願いできませんか」

咲間にも咲間の事情がある。

「お約束します」

「助かります。よろしくお願いします」

丁重に礼を言った咲間は辞去していく。社長室の窓から、会社の前に停めた軽自動車に乗り込むのが見えた。そのクルマが見えなくなるまで見送ると、強ばった表情の山崎を振り返る。

すぐに、その場で検討がはじまった。

最初に設計図をチェックした山崎が、

「間違いないですね」

そのうちの一枚をトントンと指先で叩いて断じる。バルブ部分の設計図だ。「これ、あのとき、私が設計したものですよ、社長」

「やっぱり、中里か」

佃は舌打ちをした。

「おそらく、あのときのデータを持ち出したんでしょうね。私の勘ですが、この設計図はサヤマ製作所に持ち込まれ、同社から日本クラインに新しいバルブとして提案されたんじゃないでしょうか」

たしかに、それなら日本クラインが佃製作所ではなく、サヤマ製作所にバルブを発注した理由として平仄《ひょうそく》が合う。

「ったく、バカが」佃は呟き、改めて嘆息する。

「どうします、社長」

山崎がきいた。

「この件はオレに任せてくれ。こっから先は、神谷先生の出番だ」

「お願いします。それとこっちの実験データですが」、と咲間の置いていった資料を指で叩いた山崎は、意外なことをいった。「これはおそらく、サヤマ製作所のデータですよ」

「なんでわかる」

と佃。

「品名のところがSSVで始まってるでしょ。これ、サヤマ製作所がつけている製品番号なんです」

「本当か」

「ええ。以前、見たことがあります。製品カタログもそうなっていたはずです」

佃は顎のあたりに手を添え、改めてデータを眺める。

日付と時間は記録があった。サヤマ製作所が日本クラインから試作品を受注した前後であることは明白だ。

「つまり、バルブに関するテストデータってことだよな」

佃はいった。「しかし、ヤマよ。このデータだけ見て、不具合だなんだといえると思うか」

「まあ、難しいかも知れませんね」

そういいつつも、山崎は、慌ただしくデータを読んでいる。「立花が手が空いたときにでも、ちょっと確認させてみますが」

いい加減な推測を記事にされてもマズイ。

「それに、いまは、こんなことに時間を割いてる場合じゃないですからね」と山崎。

帝国重工での燃焼試験が迫っているからだ。

一週間の試験時期の前倒しのおかげで、いま技術開発部の忙しさは戦場さながらだ。担当チームの中には、泊まり込みで作業をしている者もいるほどだ。

「あっちもこっちもサヤマ製作所か」

佃はひとりごちた。「ＮＡＳＡだかなんだか知らないが、妙な話になってきたな」

7

教授会を終えて自室に戻ると、アポもなく久坂がやってきて待っていた。能面のような顔をした藤堂も一緒だ。

他の用事のついでに寄ったんだろうと思った貴船に、久坂が切り出したのは意外な話だった。

「先生、ジャーナリストの女性が訪ねてきませんでしたか」

「ジャーナリストの女性？」

いや、と首を横に振った貴船は、「なにかあるのか」、と気になってきいた。

「先日の件、遺族側が納得せずに再調査だなんだと騒いでいたじゃないですか。その遺族側からリークされたのか、ジャーナリストという女性が、関係者を嗅《か》ぎ回っているようなんで。ウチにも来ました」

藤堂が名刺のコピーを差し出した。

「咲間、倫子……」

コピーを手に取った貴船は、「何者なんだ」、ときいた。

「医療関係の事件を専門にしているジャーナリストですね。知り合いの出版社に詳しい男がいるので、ここ何年かで咲間という記者が手がけた記事をいくつかピックアップしてみました」

そういって久坂が並べた記事は、どれも貴船の記憶にあるものばかりだった。医療過誤や医療訴訟、大病院の乱脈経営、贈収賄――。

「それとこれが、単行本。さっき本屋で買ってきました」

どれもが、診療や医療機関の闇を切り裂くような、刺激的なタイトルがつけられたノンフィクションだった。

藤堂がメモを読み上げる。

「元毎朝新聞の記者で、社会部と文化部で十年。その後、厚労省職員と結婚し、その男性の海外赴任をきっかけに退社。ところが、帰国後にその男性が急逝し、その医療過誤を争って病院側と訴訟を起こしています。それをきっかけに医療関係をテーマにした取材をし始め、通信社系、大手週刊誌などに特集を売り込むフリーのジャーナリストになったと。ノンフィクション作家としても、昨年、竹橋出版のノンフィクション大賞を受賞するなど注目を集めているそうです」

一通りの説明を聞いた貴船は、急に不機嫌になり、

「で、君のところには何を取材にきたんだ」

そうきいた。

「先日、亡くなられた小西悟さんについてです。臨床で使用した『コアハート』について話が聞きたいと。特に話すことはない、ということで取材は拒否しておきました。その後、下請けの素材業者、それにサヤマ製作所にも顔を出したようです。どこも取材には応じなかったようですが」

「ならいいじゃないか」

面倒なことはさっさと片付けようとする貴船に、

「少々気になることがありまして」

藤堂が、鋭い眼差しを上げた。

「素材を提供している東京レーヨンの担当者が、咲間から設計図を見せられてどこの素材を供給しているのかきかれたというんです」

「設計図を見せられた？　つまり、設計図が洩れていたというのか」

貴船は思わず体を乗り出す。

「おそらく。ですが、当社からの流出は考えられません。何を申し上げたいか、おわかりいただけますね」

「ウチの研究室から洩れたとでもいいたいのか、君は」

そうです、と藤堂はいった。はっきりいう男である。

貴船は低く唸り、憮然とした表情で目の前の空間を睨み付ける。

「どなたか心当たりはありませんか」

黙考する貴船に藤堂が、重ねて問うた。「不満を抱えているスタッフとか、いらっしゃるのではありませんか。今回の件で、遺族側に肩入れしている者とか」

「あの設計図のコピーがとれるとしたら、ドクターしかいないはずだ。だとすれば――」

ふと貴船は顔を上げた。「葛西か、三島か――」

死亡した患者を処置した研修医と、その処置を電話で指示した指導医だ。ふたりとも、事件直後はその処置を巡って強い批判を受けることになった。彼らの反論は、特殊な事例だというのに適切な指示が与えられていなかったというものだ。最終的にその主張は認められたものの、本件の有りように強い不満を抱いているとしても不思議ではない。だが――。

「あのおふたりは、門外漢です」

冷静そのものの藤堂の指摘に、貴船は頷く。専門が違えば、設計図へのアクセスは難しい。同時に、

「まさか」

貴船は小さな声を上げた。「巻田か」

デリケートな話だけにあえて返事はなかったが、藤堂のじっとりとした目が、無言

の肯定を表現している。

　心臓血管外科では、一村の後を継いで貴船の右腕と呼ばれている男である。一村とは違い、同門の大学出身で、強固な師弟関係で結ばれてきたはずの男だ。

「まさか、あいつが――」

「先生」

　藤堂の声が、貴船の迷いを断ち切るようにいった。「人間の本性がわかるのは、窮地に立たされたときです。先生は、今回の件で、巻田先生の過失を指摘されました。遺族側が戦う姿勢を示している以上、巻田先生にとって、いまが窮地であることに違いありません」

　すうっと大きな息を吸い込んだ貴船は、

「あれは、巻田の過失だ」

　再度、断言した。「あいつの配慮不足が、最終的に今回の結果に結びついたんだ」

「その評価に、巻田先生は納得されているでしょうか」

　藤堂はいう。「お気をつけください」

　三人の間に、不穏な沈黙が挟まった。

「何がジャーナリストだ」貴船は悔しげに表情を歪《ゆが》め、

「こんなことだから、医療機器を開発しようという医師もメーカーもいなくなるんだ」

心の底からこぼれ出るままの言葉を、口にした。

「みんな医療に何を求めているんだ。未来永劫《えいごう》の命か。そんなものはないんだよ。完全無欠の医療技術か。そんなものもない。医療というのはどこまでいっても、失敗による経験の蓄積、仮説と実証の繰り返しなんだ。失敗を責めたら、医療は進化しない。大病院だからけしからんと、ジャーナリストが正義を振りかざしているつもりかは知らんが、それで医療が進歩するか？　そんなのは、長い目でみれば、自分の首を自分で絞めているようなものじゃないか。このジャーナリストが書いた記事を読んで病院がけしからんという奴らが将来心臓病になったとき、世界水準から周回遅れの技術でしか手術できないといわれて、それを受け入れる覚悟があるのか。笑わせないでくれ。こんなのはな、君、医療の歴史を知らない馬鹿者の理論だ！」

話しているうちに熱くなり、唾《つば》を飛ばして言い放つと、貴船は自分の膝のあたりを力任せに叩いた。

8

「よお、元気でやってるか」

佃からの電話がかかってきたとき、中里はまだ会社にいて、ＰＣを前に、実験データと格闘しているところだった。

午後九時過ぎ。開発ノルマで締め付けられ、自分のことで精一杯。ひたすらささくれだった心で、取り憑《つ》かれたように数字を追っていたところだ。

「ええ、なんとか。どうかされましたか」

警戒して、中里はきいた。退職した社員に、佃がこんな電話をしてくること自体、普通ではないと思ったからだ。中里も当然、自分のしたことの意味はわかっているし、後ろめたさは感じている。

「いや、元気でやってるんならいいんだ。それで、好きなことはできてるのか」

「ええまあ」

こたえたものの、いま自分の目の前にある仕事が、求めていた仕事だと言い切れる自信は全くなくなっていた。

「そうか。それはよかった。だけどな、中里――」

佃はちょっと言いにくそうにして続ける。「世の中や会社に迷惑かけないようにしろよ。いいな」

――佃社長は、知ってる。

中里は悟った。設計情報をサヤマ製作所に渡していたことに気づいた。だから、こんな電話をかけてきたのだ。

怒るわけでも、クレームを入れるわけでもない。佃らしい励ましの言葉で。

「ありがとうございます」

中里には、そう返すのがやっとだった。

「夜分、すまなかった。まだ会社か」

佃はきいた。「何かの用事でこっちに来ることがあったら、顔出せよ。茶ぐらい飲んでいけ。じゃあな」

佃からの電話は、中里の返事を待たずに切れた。

第八章　臨戦態勢

1

　両手に抱えられるだけの弁当を抱えて、佃が技術開発部のフロアに顔を出したのは、午後七時過ぎのことであった。

「おい。皆、飯食えよ」

　大声でいうと、中央付近に置かれたミーティングテーブルに弁当の包みを重ねて置いて、自分もひとつ広げる。

「いただきます」

　手の空いた社員からやってきて、テーブルを囲み始めた。燃焼テストを三日後に控え、佃製作所はまさに臨戦態勢だ。

「サヤマのお陰で残業かよ」

営業部から江原もやってきて、余っている弁当を広げながらいった。「向こうに弁当代、請求しましょうよ」

「まったくだ。ところが、このコンペで負けたら、弁当代どころかバルブそのものも転注になっちまうんだから最悪だ」

そういいながら、壁に貼られた手書きのポスターを、佃はふと見上げた。

——ロケット品質。

佃製作所で働く者全員のプライドを代弁するコピーだ。

それから、少し離れたデスクで黙々と作業を続ける社員の姿にも目を止め、「おい、お前らもこいや」、と声をかけた。

立花と加納のふたりである。

顔を上げた立花は、「ありがとうございます」、といっただけで手を止める様子もなく加納と何かのデータの解析に熱中している。

「しょうがねえな」

先に弁当を食べ終えた佃は残っている弁当を取り、デスクまで持っていってやった。

「なに、見てんだ」

ふたりが一心不乱に覗き込んでいるデータを見て、佃は、おや、と思った。

それは、あの咲間が持ち込んだ資料だったからだ。

「たぶんこれ、耐久実験のデータですよ」

そういったのは立花だった。「同一圧力下での評価をしてるんだと思います」

「ほう。まあ、人様の実験を覗き見するのはあんまりいい気分じゃないが——」

佃はそっときいた。「どんな感じだ」

サヤマ製作所の実力の一端がこれでわかる。

「すばらしいですね」

立花が見せたのは感嘆の表情だ。「いいバルブですよこれ。よくできてる」

「ほんと、すごいデータなんですよ」と加納も頬を上気させている。

佃製作所から設計情報が流出したらしい経緯を知らないふたりは、手放しで褒めた。

「そうか。強敵だな、そりゃ」

佃もその資料の一部を手に取って、データを読んでみる。

たしかに、耐久評価の成績としては、すばらしいものに違いなかった。驚くべき実力だ。しかし——。

見ているうち、佃の胸に浮かんだのは、違和感であった。

「どうかしました」

ふいに表情を険しくした佃に気づいて、加納が問う。

「たしかに、この耐久評価には文句の付けようがない。ウチのバルブでも、こんな成績はそう簡単には出ないだろう。だが――」

難しい顔になって、佃はデータを睨み付ける。「この数字、綺麗すぎないか」

はっと立花が視線を上げた。慌てて、データを再読しはじめる。

「たしかに。それは――いえますね」

やがて顔を上げた立花の表情には、くっきりとした疑念が貼り付いていた。

2

「珍しいですね、桜田さんがそんなに呑むなんて」

さっきから桜田は、手酌で熱燗《あつかん》の酒を酌んでいる。普段、ほとんど呑まない男が、もう三合は呑んだだろう。

福井市内にある、馴染みの寿司屋のカウンターに、桜田と一村はいる。いつもより遅い八時過ぎに入って、かれこれ二時間近く。ほとんど埋まっていた客も、いまはもうひと組の老年カップルを除いて、ふたりだけだ。

食事に行きませんか、と誘ったのは桜田のほうだった。

といっても、桜田はよく食事に声をかけてくれるので、この日が特別だと思ったわけではない。

「本当に、私は一村先生と出会えて幸せだと思っているんですよ」

酔ったのか、桜田は盃を見つめたまま、そんなことをいった。「先生は福井なんか来たくないと思ってたかわかりませんけどね、福井にとって、一村先生は宝ですよ」

「なにいってるんですか、藪《やぶ》から棒に」

一村は笑っていうと、ふとしんみりした口調になって続ける。「私は、いまの職場に来られてよかったと思ってます。まあ、医者としては外された口ですけど、ここにいればギスギスした出世争いとも無縁で、好きな研究ができるわけですから」

「先生ほどの方が、もったいないですよ」

桜田は、普段から世辞をいうタイプではない。

「いったい、どうしたんです。それに、今日はちょっと呑み過ぎなんじゃないんですか」

そういった一村に、

「実は先生、ひとつお話があるんです」

ぽんと盃をカウンターに置き、桜田は背筋を伸ばした。「ガウディ計画の件です。次回のPMDAとの面談でもし進展がないようでしたら、もう諦めようと思うんです。すみません、先生」

一村にとって、それは余りに突然の申し出だった。桜田は、カウンターに両手をついたまま顔を上げようとしない。

「顔を上げてください、桜田さん」

しばしの沈黙のあと一村はいい、「どうですか」、と桜田の盃に酒を入れた。

両手で受けた桜田は、恭しく一口つけて元に戻す。それを待ってから、

「お会社の事情ですか」

一村がきくと、「申し訳ない」、という返事があった。

「弟からは、もうこれ以上の支援はできないといわれてしまいました。回収の予定が立たない投資を継続するのはやめてくれと。たしかにその通りかも知れない」

「困ったなそれは」

そういって、一村もまた盃の酒を口に運ぶ。酒を呑んでどうにかなるものではないが、呑まずにはいられなかった。「桜田さんが抜けてしまったら、この事業を継続することはできませんよ」

「すみません」

桜田はまた詫びる。「実は——、佃さんには、先日お会いしたときに話してきました。一応、ご理解はいただいたと思っています」

「だけど桜田さん、もしPMDAの面談がうまくいったときはどうするんです。その

後の資金にもやはり不安があるんじゃないんですか」

「そのときには、社内を説得して、石にかじりついてもやらせていただきます」

桜田は決意を口にした。

「わかりました。うまくいくといいなあ。いや、うまくいくようにがんばりましょうよ」

そのための策を、いま佃が練っている。

頼むよ、佃さん。

いま心の中で強く、一村は祈った。

3

午前六時――。

つくば市内にあるビジネスホテルの一室で、佃は目覚めた。寝付けず、最後に時計を見たのは午前三時過ぎだったから、三時間ほどは眠ったに違いない。

ベッドサイドで鳴っているアラームを止め、シャワーを浴びて身支度を調《ととの》えると、部屋に備え付けの湯沸かしを使ってインスタントのコーヒーを一杯、淹れる。

ロビーに降りると、寝癖のついた髪もそのままの山崎が待っていた。山崎のほかに七人。この日の燃焼試験に立ち会う社員たちとともにマイクロバスに乗り込み、つくば市郊外にある帝国重工の研究所へと向かう。

到着したのは午前七時半だ。

エンジンに装着するバルブは、すでに前日のうちに運び込み、燃焼試験用エンジンへの取り付けが完了している。

山崎が開発リーダーとして製造した、新バージョンのバルブシステムであった。

そしていま、燃焼試験の開始を予告するサイレンが鳴り響いた。佃はモニタールームにいて、映し出されたエンジンを見ている。

やれることは全てやり尽くし、あとは結果を待つのみだ。

担当者による秒読みが始まっていた。

「――三、二、一――エンジンスタート」

佃や山崎、そして帝国重工のスタッフを含めた全員が見つめるモニタの中で、轟然《ごうぜん》たる炎が吐き出された。

同じ日の朝。

殿村が佃製作所に出社したのは、いつもより一時間も早い午前七時半前であった。

早朝から研究所入りする佃たちにトラブルが起きたときのためにと思い、始発電車に乗ってきたのだ。

経理部のデスクに座り、パソコンを立ち上げたものの、落ちつかず仕事も手に着かない。

なんとか無事に終えてくれ——。

いつもなら一番に出社してくる総務の花村民子《はなむらたみこ》が現れたのは、午前七時半を過ぎた頃だった。誰もいないと思った事務所に思いがけず殿村の姿を見つけ、

「どうしたんですか、部長」

目を丸くしている。

「今日、みんな筑波《つくば》へ行っちゃってるから」

自分の心配性を見透かされたような気がして、殿村は頭の後ろを撫でた。

「まった——！」

民子は自分の顔の横で派手に右手をふって、「部長って、ほんと心配性なんだから！」、と笑う。

「しかしですね、考えてみてくださいよ」

生真面目な反論を、殿村は試みた。「もし——もしですよ、この燃焼試験に失敗したりしたら、ウチからロケットのバルブ、無くなってしまうかも知れないんですからね」

「大丈夫ですよ」

民子は相変わらず、笑顔のままいった。「もっとどーんと構えてなきゃ」

午前八時過ぎになると、社員たちが出社してくる。

いつも通り朝礼を行い、「今日は午前十一時から、本当に、た、大切な燃焼試験がありますから、皆さんそのつもりでお願いします」、と殿村が噛むと、

「部長が硬くなってどうするんですか」

という江原のひと言で、皆が一斉に笑う。

「待てばカイロの日和ありだよ、殿村さん」

笑っていったのは津野だ。「社長とヤマさんたちが行って本気でがんばってるんだから、必ず成功させてくるって」

「そ、そうですか」

それでも、殿村は気後れした様子でいった。「試験がうまくいったら、真っ先に私に連絡が来ることになっていますから。皆さんにはすぐにお知らせします」

そしていま――。

殿村はひとり経理部のデスクにいて、腕組みをして佃からの連絡を待っていた。

落ち着かなく貧乏揺すりを繰り返し、デスクマットのまん中においたスマホを睨み付けている。

午前十一時二十分。

そのスマホがびっくりするぐらい大きな音で鳴り始めた。聞こえないといけないと思った殿村が最大音量に設定していたからである。

画面に表示された佃の名前を見て、

「きたっ！」

緊張の面持ちでいった殿村は、音をたてて立ち上がると、スマホを耳に押しつける。

その直後、

「ほ、ほんとうですか⁉　ありがとうございます。おめでとうございます！」

そういって通話を終えるや、「みなさん、成功しましたよ！」という雄叫《おたけ》びを上げてぴょんぴょん飛びはねながら経理部のシマを飛び出していった。

「なんか、本物のトノサマバッタみたいだわね」

呆れ顔でそれを見送った民子が、ひとりごちた。

4

同じ頃、帝国重工の財前が待っていたのは、その燃焼試験成功の一報であった。

本部長の水原重治を筆頭とする、宇宙航空部、部長会の席である。いま、ポケットに入れたスマホで受信メールを確認した財前は、そっと安堵の嘆息を洩らした。

佃製作所製バルブの試験成功は、これから財前が仕掛けようとすることの、いってみれば必須条件だ。まずはそれをクリアしたことになる。

進行役の副本部長から、

「では次の議題に移りましょう、財前君」

そう指名されたのは間もなくのことである。

「開発グループより、新たな出資案件についてご提案申し上げます——」

立ち上がった財前の声は、静まりかえった室内によく響いた。

「我が社と佃製作所との取引状況については皆さんもご存じの通りですが、同社では新たに、心臓血管外科関連の医療機器開発に乗り出しております」

プロジェクターの画面に、ガウディ計画の概要が映し出された。北陸医科大学、株式会社サクラダ、そして佃製作所による共同開発の図式を説明し、さらに、帝国重工の調査部門からヒアリングした開発中の人工弁がもたらす医学的意義、経済的効果に言及していく。財前の説明は入念でいてダブりも洩れもない。

「我が社はいままで、検査機器以外の医療機器に参入してこなかった経緯がありますが、本件に関しては、資金協力する形で参加を検討すべきであると考えます」

「ヘルス開発部門との関連は」

本部長の水原が真っ先に質問したのは、それだった。官僚的といわれる帝国重工の発想はひたすら縦割りだ。他部門が管理する領域には踏み込まないのが不文律である。

「安東部長に確認したところ、ヘルス開発部門では検査機器以外は扱わないので、関連がある当部で検討すべきとのことでした」

「逆にウチとは関連があるのかね」

水原の問いに、

「あります」

財前は断言した。いよいよ勝負のときだ。ブラインドが開けられ、

「どんな言葉で表現するより、実物をご覧いただいたほうがいいでしょう」

財前の言葉と同時に、二十センチほどの長さの円柱形の物体が水原の前に置かれた。鈍い銀色の光を放っている。

「なんなんだね、これは」

どんな役割を果たすのか想像もつかない、という表情だ。水原だけではない、ここにいる全員も同じように疑問を顔に浮かべている。その彼らに向かって、

「シュレッダーです」

財前がいうと、一斉に驚きの声が上がった。

「シュレッダー?」

思わず、水原が繰り返し、手の中の物体をまじまじと見つめる。

「我々が開発し、飛ばしているロケットのエンジンは、完璧ではありません。なんらかの事情によってエンジン内部に混入した異物が、様々なトラブルを引き起こしてきたのは事実です。我々はいままで、打ち上げ失敗に繋がりかねない異物を発生させない、あるいは混入させない、様々な努力を継続してきましたが、このシュレッダーはその発想の逆を行くものです」

財前は自分を見つめる出席者を見回すと、言葉を継いだ。「万が一、異物が混入した場合、それを超高感度センサーが探知し、そのシュレッダーで粉砕します」

会議室が静まりかえり、吐息が洩れ出るのがわかった。感嘆と驚愕《きょうがく》の吐息だ。財前は続ける。

「そのシュレッダーは現在開発途上で、実用化されるまでには相当の技術的改善を必要としております。我々のロケット打ち上げ技術をより確実にするキーテクノロジーになる可能性があり、現段階から佃製作所と我々の共同開発とすべきである、というのが私の考えです」

「わかった」

水原はいい、「それがどう、佃製作所が開発している医療機器と結びつくんだ」、と当然の質問を寄越す。

「それは、このシュレッダーが将来的に、ロケットに限らず様々な分野への応用が利くことがわかっているからです。その有力分野として想定しているのが、医療です。佃製作所が開発している人工弁、あるいは人工心臓といった医療機器で、もっとも警戒しなければならないのは血栓です。抗凝固薬、抗血小板薬で溶かす方法が一般的ですが、これには個人差もあり、医療機器で生じた血栓が全て溶けるかというと、おのずと限界がある。さらには副作用や、併発している病気によってはこうした薬品そのものが使えない場合もあるでしょう」

「医療向けのシュレッダーを作ると、そういうことか」

水原の指摘に、財前は頷いた。

「その通りです。血栓シュレッダーとでもいいますか。今後、佃製作所とバルブシステムでも協力関係を継続していきますが、それ以外にも、こうした分野での共同開発に着手していきたいと考えております。その手始めとして、佃製作所が現在進めているガウディ計画に、パートナーとして出資いたしたい。ご承認をいただけないでしょうか」

力強い視線を水原に送ると、一礼して財前は着席した。

いいんじゃないか、という小声が聞こえ、財前のプレゼンテーションは出席者から一定の評価を得た。

「支援の金額はどの程度を考えてるんだ」

水原から一歩、踏み込んだ質問が出た。

「当面の運転資金として一億円。ガウディ計画から参加して関係を強化し、シュレッダー開発の現場には我が社の研究員を参加させます。医療分野だけでなく、我が社が手がける様々な製品に寄与する画期的な研究開発になるはずです」

会議室は、控え目な興奮に包まれた。だがそのとき――。

「あまり、賛成できませんな」

室内を黙らせるひと言が、円卓の右手から上がったのである。

見れば調達グループの石坂が、メガネのフレームを右手で持ち上げ、不愉快極まる表情を財前に向けていた。

「そもそも、佃製作所という会社は、我々が本来相手にすべき相手でしょうか。たまたまバルブシステムの特許を持っていたというだけで、資材調達を担当している我々からいわせれば、好ましくはないが付き合わざるを得なかった会社です。同様の認識は、皆さんもお持ちのはずですが」

石坂は続ける。「キーテクノロジーは内製化するのが我が社の方針です。そして現在、この佃製作所に代わり、さらに最新のバルブシステムを手がけているサヤマ製作所と我が社との間で、共同開発の話が持ち上がっています。そのサヤマ製作所が開発したバルブシステムを搭載したエンジン燃焼試験が、来週中に行われることは財前さんは当然ご存じのはずですが、その点はどうなんですか」

「もちろん、承知しております」

財前がこたえた。「ただ、サヤマ製作所との実績はまだありません。一方の佃製作所のバルブシステムは――」

「過去の実績をいってどうするんです。将来の話をしているんだ」

石坂は、不快が貼り付いた顔面を斜めにし、「エンジン用バルブの共同開発を目指すサヤマ製作所と組んだほうがいいに決まっている」、そう決めつけた。

「ご存じない方もいらっしゃるので説明いたしますが、サヤマ製作所の社長、椎名直之氏はNASAで長く研究職を務めた一流のエンジニアです。たしかに、佃製作所のバルブは国内での実績はあるかも知れない。でもそれを言えば、椎名氏のほうはNASAで数限りない実績を持っているわけです。我々が相手にするのなら、どちらが相応しいか論を俟《ま》たないのではありませんか。それに、もうひとつ、付け加えておきます」

石坂は、指を一本立て、気取った態度で続けた。「実はサヤマ製作所もまた、人工心臓の開発に乗り出しております。ただし、こちらは日本クライン、アジア医科大学と組んでおり、医学界の権威、技術力に経済力、さらに予想される社会貢献度からい

って も、佃製作所が関与しているちっぽけな話とは比較のしようがない。この人工心臓にも、サヤマ製作所のバルブシステムが採用されているんです。どうせ出資するのなら、そっちに出資したほうが百倍もマシですよ。そして、さっきのシュレッダーの件ですがね」

憎々しげに、石坂はとどめを刺そうとしている。「サヤマ製作所の椎名社長にきいたところ、そんなのはいつ実現するかわからない夢物語だとおっしゃっていましたな。それに一億円出すなんて、カネをドブに捨てるようなものです」

そっと財前は眉を上げ、背後に控えている富山を一瞥した。硬い表情で聞いていた富山は、財前と目が合うや気まずそうに俯く。

佃製作所が開発しているシュレッダーの件については情報を伏せており、一部の者にしか知らせてはいなかった。口は割らないだろうが、富山の口から洩れたのは疑いようがない。

「セカンドオピニオンがそれでは、心許《こころもと》ないな」

そんなひと言が水原から出た。「たしかに、石坂君がいうように、そのサヤマ製作所の話は魅力的だと思うね。燃焼テストは来週か」

それは財前にではなく、石坂に問われた。

「だったら、とりあえず本件は保留にしよう」

水原の決断は早かった。「そのサヤマ製作所の燃焼試験の結果を見て、再度検討する。それでいいか」

反論の余地はない。財前は唇を嚙んで、ただ押し黙るしかなかった。

5

「お疲れ様でした」

その日の夕方、会社に戻った佃たちのマイクロバスを満面の笑みで殿村が迎えに出てきた。「いやぁ、良かった！　本当に良かった！」

その喜びようといったら、経理部長としての殿村の心配の度合いが見て取れる。

「いい試験だったよ」

佃は、そう総括してみせた。「狙った性能が全て引き出された。みんなよくがんばってくれた」

疲れ切ってはいるが、社員たちのどの表情にも達成感が溢れ、まだ軽い興奮を引きずっている。

やれることはやり、全てを出し尽くした——。

あとは、結果を待つだけだ。

「それはそうと――」

殿村に一通りの話をした後、佃は笑顔を消した。「江原たちが外から戻ったら、ガウディチームを集めてくれないか。話がある」

そういうと佃はふいに難しい顔になって、一足先に社長室に戻っていく。

立花と加納、そして江原と川田がやってきたのは、それから小一時間ほどしてからだった。山崎や殿村も一緒である。

「実は今日、帝国重工の部内会議があって、ガウディ計画への支援が話し合われた。一応、経過を説明しておこうと思ってな」

全員の硬い視線が、佃に向けられた。

「残念ながら、結論は先送りにされたそうだ」

財前からは、議論の内容についても詳しく佃は聞き出していた。

「仮にサヤマ製作所のバルブを採用するのなら、そのほうが、帝国重工にとってメリットがあるという判断だったと、そういうことですか」

江原が話をまとめ、その場の雰囲気が重くなっていく。

「そもそも、サヤマ製作所の燃焼試験が失敗するなんてことあるんですかね」

重ねて江原がきいた。

「可能性は、低いだろうな」

佃はこたえた。

「なんせ、NASAですからね」

皮肉とも自棄《やけ》とも取れる言い方で、江原は吐き捨てる。「いかにも帝国重工が好きそうな話じゃないですか」

「ウチより、一枚、上行ってる感じですもんね」

川田のひと言が、佃の胸に刺さった。

佃と椎名——。年齢的にも同世代のふたりだが、エンジニアとしてのキャリアはまるで違う。国内のロケット工学の現場で経験を積んだものの、最終的には挫折《ざせつ》した佃。一方の椎名は、NASAの看板を背負えるだけの華麗なキャリアを積み上げた。

佃がどこにでもいそうな中小企業の泥臭いオヤジなら、椎名は洗練された新進気鋭の経営者といったところか。

「それは要するに、帝国重工の支援は受けられなくなりそうだ、ということですよね」

立花の目は、サクラダの撤退の可能性があるだけに深刻そのものだ。

「なかなかうまくいきませんね。だから、難しいんでしょうけど」

江原がいった。「中小企業の悲哀を感じますよ」

なんとかしたい。そうは思うのだが、

「すまん」

佃から出てきたのは、ただ謝罪の言葉のみであった。

6

「ダメだな、あの調子じゃ」

はあっ、と体中の力が抜け落ちそうな溜息を、江原は洩らした。

「どうなるんですかね、ガウディ計画は」

冷《ひ》や奴《やっこ》をつつきながら川田が尋ねると、

「このままいけば、確実に空中分解だろうな」

江原はいい、テーブルの一点を見据《みす》えた。それからさらに真剣な顔を上げ、「いや、それだけじゃない」、と続ける。

「サヤマ製作所の試験結果次第では、ガウディ計画がぶっ飛ぶぐらいの話じゃすまないと思うんだよな。帝国重工との取引そのものが無くなるかも知れない」

「せっかく試験が成功したのに、ですか」

問うた川田に、考えてもみろ、と江原はいう。「帝国重工社内は、もうウチじゃなくてサヤマ製作所に傾いちまってるんだよ。たとえば、今回の試験スケジュールにしてもそうだろ。もし、試験準備が遅れたのがウチだったら、こんなリスケに応じてくれると思うか」

「まあ、無理、でしょうね」

川田は哀しそうな目をした。

「それと、これは唐木田部長に聞いた話なんだけど、本当にサヤマ製作所の試験準備が遅れたのかも怪しいもんだってさ」

「どういうことですか」

問うた川田に、

「ウチに対する嫌がらせなんじゃないかって部長はいってるんだよ。有り得ると思うな、オレは」

居酒屋の壁を江原は睨み付ける。「帝国重工の財前部長の下に、富山主任っているだろう。あの人、ウチに対してあんまりいい感情を持ってないんだ。それはお前も知ってるよな」

「それはまあ」

川田は頷いた。「だからって、そんなことまでしますかね」

「オレが小耳に挟んだところでは、調達グループの石坂さんから開発グループにリスケの強い申し入れがあったそうだ」

財前と石坂は社内でライバルでもあり、犬猿の仲なのだという。

「なんですかそりゃ。社内の勢力争いのとばっちりじゃないですか」川田は呆れ顔だ。

「どう考えても、オレたちに勝ち目はないぜ」

ふたりで愚痴をいいながら呑み、店を出たのは午後十一時過ぎになった。

駅前で川田と別れ、江原は、徒歩圏内にある自宅マンションに向かって、閑静な住宅街をほろ酔いで歩き出した。夜気が、酔った頬には心地よい。

「おかしいな。まだ誰か残ってんのか」

まっすぐに坂道を下った江原がふと足を止めたのは、会社の前へさしかかったときだ。

技術開発部の連中は、社長が気を遣って設けた慰労会に出かけてしまったはずだった。それなのに、見上げた明かりはその技術開発部のフロアに点《つ》いている。

誰だ。

暗証番号を入力して通用口のロックを解除した江原は、そっと社内に入った。

階段を上がり、三階のフロアのドアを開ける。そこで江原は、はっとした表情で足を止めた。

誰もいないはずのフロアに、立花と加納がいて、作業に没頭していたからだ。余程集中しているらしく、ふたりとも江原が来たことにすら気づいていないようだった。

ワークデスクの上に広げた用紙に、びっしりと書き込まれた数字の羅列が見える。

一心不乱に取り組むふたりには、息を呑むほどの気迫が漲っており、とても酔っ払いの自分が声をかけられる雰囲気ではない。

「こいつら、本気だ」

佃の話を聞いた後も、ふたりは、自らの意思で人工弁の開発に全身全霊を傾けている。諦める気配もない。

そっとドアを閉め、静かに階段を降りた。江原の胸にこみ上げたのは自己嫌悪だ。

「なに、勝手なこといってんだよ、バカ野郎」

思わず声が出た。自分に腹が立ち、外に出ると、「くそっ！」、と夜空に向かって毒づく。

「すまん、立花。申し訳ない、加納」

いま会社の三階の窓を見上げた江原はふたりに詫び、自分の頭を右手の拳で小突いた。

第九章　完璧なデータ

1

「事前の性能診断では随分と高評価のようだね」

「お陰様で。これも石坂さんのお力添えの賜《たまもの》です」

大手町にある帝国重工。来客用の応接フロアの一室で椎名はいい、ソファに掛けたまま両膝に手を置いて頭を下げた。

「本来はウチでバルブを製造すべきだった。それが、〝事故〟で外注しなければならなくなって、今に至っている。キーテクノロジーの内製化が我々の目指す理想だが、一からやり直す時間はない。君の会社と共同開発できるのなら、それがベストだ。もちろん、特許がらみのところは、我々に譲ってもらうことになるが、それは大丈夫だな」

「もちろん。別にそこで儲けようとは思っていませんから。ですが、これを機会に、幅広いお付き合いをお願いしたい。それが私どもの希望です」

前を向いた椎名が見据えているのは石坂ではなく、将来のサヤマ製作所の姿なのかも知れない。

「君は、できる経営者だ、椎名君。経歴もすばらしいし、経営手腕に対してもウチの社内で評価する声は多い。これをきっかけにしてどんどん、会社を成長させてくれ」

「来年から、上場準備に入ります」

椎名はいった。「いつまでも、中小企業に甘んじているわけにはいきませんから。帝国重工さんとの取引を望むのなら、それに応じた会社にならなければならないと思います」

そういうと椎名は、ふと視線を改め、「ところで、佃製作所の燃焼試験はどうだったんですか」、ときいた。

「成功した」

晴れやかだった石坂は、多少、いまいましげにいう。

「例の出資の件はどうされました」

「どうもこうもない。阻止したよ。水原本部長だってね、バルブの特許があるから仕方なく、方針を曲げて佃と付き合ってるんだ。図に乗って出資だなんてとんでもない。君のところのバルブを採用した瞬間、佃製作所は選別させてもらう」

「取引を打ち切られる、と」

驚いた表情は芝居めいていて、椎名の目には他人の不幸を喜ぶ悦楽が浮かんだ。

「今回のテストは形式的なものだ。バルブは君のところに発注する。だから、とりあえず来週の燃焼テストは軽くパスしておいてくれ。頼むよ」

「わかりました」

椎名は恭しくいうと、晴れやかな笑みを浮かべた。

2

東京行きを決めるまで、一村は何度も迷っていた。

帝国重工での出資が難しくなっている、との連絡を佃から受けたのは二日前のことだ。それ以前に、桜田の憔悴《しょうすい》しきった告白があった。それは、ＰＭＤＡという硬く閉ざされた扉を前にした、実質上の敗北宣言に聞こえる。

亡くした娘のために、いままで桜田は相当の私財も投入し、桜田経編という地場《じば》の優良企業の社長の座を擲《なげう》ってまで、人工弁の開発に賭《と》してきた。

アイデアが物足りないといわれるのならわかる。技術が足りないといわれれば納得だ。だが、貴船との関係という、たったそれだけの理由で事態が硬直し、前に進まないのは承服できなかった。

学会誌の論文掲載を妨害し、おそらくはＰＭＤＡの滝川あたりを抱き込んで、開発そのものを潰そうとする。

——こんなことをしていたら、「ガウディ」は闇に葬られてしまう。

熟慮の末、一村が出した結論は、貴船との和解、であった。

貴船に面談のアポを入れたこの日、午前中を研究室での事務仕事に費やし、その後羽田行きの飛行機に飛び乗った一村は、そのまま、古巣であるアジア医科大学に向かったのである。

「お久しぶりです、一村先生」

顔馴染みの貴船の秘書に迎えられ、学部長室の応接セットに通される。アポの時間通りに来たが、貴船が現れたのは、たっぷり三十分ほども待たされた後だ。

「ご無沙汰《ぶさた》」

遅れたことを特に詫びるでもなく、向かいの肘掛け椅子にどっと貴船は腰掛けた。にこりともせず、この面談への不快感を隠そうともしない。

「本日は、お願いがあって参りました」

一村は切り出した。「私たちの開発事業に対して、お力添えをいただけないかと思いまして」

「妙なことというね、君は」

椅子の背にもたれ、貴船は足を組んだまま、自分の爪を気にしている。

「先日、学会誌への論文掲載が見送られました。内容的には、掲載されてもおかしくないと思っております。もう一度、チャンスをいただけないでしょうか」

「掲載されなかったのは、客観評価で及ばなかったからじゃないの」すげない返事である。「それは君の責任でしょう。子供じゃないんだから、他人の評価をきちんと受け入れましょうよ。それが科学でしょう」

裏で手を回して妨害するのが科学なのか——。そういいたいのを一村はこらえた。

「論文については、新たなものを書きますので、その節には先生に事前のお目通しをいただければと思います」

「私が？　何いってるの、君」

憮然として貴船は頬を震わせた。「指導教官でもあるまいし、なんでそんなことしなきゃならないわけ？　おかしいでしょう」

「人工弁開発に、先生はご興味がおありだと、おっしゃっていましたよね」

「ああ、あの話か」

いま思い出したような口調で、貴船はいった。「いまは、人工心臓のほうで手一杯なんでね。人工弁は君ががんばってやればいいんじゃないの。進んでるんでしょ」

「それが、ＰＭＤＡとの事前面談で、かなり苦戦していまして」

「ほう」

無関心を、貴船は装った。「だから？」

「何とぞ、先生のお力添えをいただけないかと」

「随分、都合のいい話に聞こえるんだけどね、一村君」

貴船は鼻に皺を寄せ、嫌悪感を露わにした。「君は、私からの申し出を断ったじゃないか。自力でやると、そういったよね。それをいまさら力添えとはどういうことなの。ちょっとスジが通らないんじゃないか、それは」

「申し訳ありません。ただ、私どもにも事情があります」

一村は頭を下げた。「この人工弁を待っている患者のためにも、一日も早く実用化したいんです。先日の非礼は謝罪いたします。なんとか、ご理解いただけないでしょうか」

「君さ、いったい何しに来たわけ」

取り付く島のないひと言が、頭上から降ってきた。「ご理解ってなに。私は人工弁を一緒に作ろうっていったんだ。だが、君はそれを拒否した。それなのに、私が理解してなんになるっていうんだね。教えてくれないか」

「もし、ＰＭＤＡの審査担当から意見を求められるようなことがあれば、是非とも人工弁開発の意義を先生からお口添えいただけませんか」

「そんなことできませんよ。第一、私は君らがどんなふうに開発しているのか知らないし。そりゃ、我々が一緒にやってるんならわかりますよ。でも、そうじゃないでしょう。もういいかな。忙しいんで」

そういうと、貴船は席を立った。

「先生、なんとかお願いします」

歩き出した貴船に、一村は追い縋《すが》った。「私たちは全身全霊でこの人工弁を開発しています。ひとりでも多くの患者を救おうと、必死で――」

だが――。ドアの閉まる音とともに、一村の言葉は無惨に遮られた。

呆然と、その場に立ち尽くす。

ノックとともに顔を出した秘書が、「大丈夫ですか、先生」、と心配そうに声をかけた。「いま、お茶をお持ちします」

「ああ、もういいから」

出て行こうとする秘書を呼び止め、一村はいった。「大丈夫。お邪魔した」

万に一つの期待をしてここに来たはずが、その期待は見事に粉砕された。

大学を出て、スマホに登録した電話番号にかけた。

五反田に出、池上線に乗り込む。

駅の改札を出ると、すでに佃がそこに待っていて、「どうも」、と人の好さそうな顔をほころばせた。


「どうでしたか、貴船先生は」

佃製作所への道すがら、ハンドルを握りながら佃がきいた。

「門前払いに近い扱いでした。残念です」

「貴船先生の幸せってのはなんなんですかね」

状況を聞いた佃は、ふと、そんなことをきく。「やっぱり、地位と名誉と金ですか」

「いや、もともとはそんな人じゃなかったんですよ」

一村はいった。「それだったら、私だって師事しませんでしたし。昔は、人の命を最優先に考える医者だったんです。私なんか、何度、先生に命の大切さを学んだかわかりません」

「それが変わっちまったってことですか。何があったんでしょうね」

きいた佃に、「組織の中にいて、出世することに目覚めてしまったのかも知れません」、一村はおもしろいことをいった。

「私なんかは地方の国立大学出で最初から関係ないんですが、旧帝大系は学会を牛耳《ぎゅうじ》る派閥ですから。若い頃はともかく、だんだんと出世していって権力を持ち始めると、その魔力に取り憑かれてしまうのかも知れません」

「だったらね、先生、それは医者の世界だけじゃないですよ」

佃は運転しながらいう。「組織っていうのは往々にしてそういうもんです。出世が、結果ではなく目的になってしまった人間ってのは、本来、何が大切なのかわからなくなってしまう。人の命より、目の前の出世を優先するようになるんです」

フロントガラス越しに佃製作所の本社屋が見えてきた。角を曲がり、地下駐車場にクルマを滑らせる。

事務所への階段を上がりながら、

「そういう人をどうすれば目覚めさせられるんでしょう」、一村がきいた。

「最も確実に、目覚めさせるものがあるとすれば、それは挫折じゃないですかね」

少し考え、佃はいった。「とかく組織でがんばってる連中ってのは、出世競争から外れると、魔法が解けたように我に返ることがあるんです。いったい、オレはなにをやってたんだろうって。人生にとって、もっと大切なものがあるんじゃないかってね」

「なるほど。よくご存じですね」

笑っていった一村に、佃は当然だという顔でいった。「だって、私は経験者ですからね」

「そうか」

一村はそういって笑った。「だけど、貴船先生が挫折するとは思えません」

「どうかな」

佃はいった。「人生ってのは、何が起きるかわからない。逆に、我々のガウディ計画だって、下駄を履くまでわからないと思いますけどね」

3

「それでは、貴船先生の協力は得られないということですか」

事務所に入り、改めて一村の話を聞くと、殿村が落胆の吐息を洩らした。

「申し訳ない。私の力不足で」

頭を下げた一村に、「いえ、そんなことは」、と殿村はいったものの、妙案があるわけでもない。

「帝国重工の出資話も望み薄だし、胸突き八丁ってところだな」

佃がいったとき、「いろいろ、考えたんですが」、と神妙な顔で一村が切り出した。

「今度の薬事戦略相談、キャンセルしてはどうかと思うんです」

そのひと言に、山崎がはっと顔を上げ、一村を見た。「いまのまま面談に臨んでもＰＭＤＡの態度が激変するとも思えないし、無駄になるんじゃないかと。カネもかかりますし」

ＰＭＤＡの面談には、バカにならないカネがかかる。

「それは、実質的な撤退と同じことですよ、先生」

ふいに、佃は厳しい表情になった。「今回の面談料はウチが全額負担しますからご心配なく。それより、面談もしないで諦めるんですか。それは桜田さんの意向ですか」

ここに来るまでののんびりした雰囲気とは打って変わり、佃は厳しい口調でいった。

「いいえ、これは私の考えです。貴船先生の協力を得られれば前進するかと思ったんですが……」

「内幕はどうあれ、貴船先生は、我々の開発には関係がないじゃないですか」

佃は指摘した。「私は、一村先生のアイデアとこの開発の将来性、素晴らしさに共感して協力することに決めました。先生はどう思われているかわかりませんが、我々中小企業が何かを決めて行動を起こすというのは生半可なことじゃないんです。ある種の覚悟みたいなもんです」

山崎が、傍らに置いたプラスチックケースを一村の前に差し出し、ケースを開けた。スポンジを丁寧に敷き詰めた中に、ひとつの試作品が入っている。人工弁——ガウディだ。

「これが動作評価テストの結果です」

山崎が見せたデータを、一村は食い入るように見ている。

やがて顔を上げた一村には、感嘆の表情が貼り付いていた。

「素晴らしい」

「まだこれでは満足してないですよ、奴ら」

佃は、天井を——つまり技術開発部のある三階を指していった。「もっといいものを作ろうと思ってる。立花ってのは真面目で、融通の利かない男なんだけども、ひたすら純粋で一直線な奴なんですよ。徹底的に性能を追求しようとしているはずです」

一村は、人工弁を手にしながら佃の話に耳を傾けている。

「もし機会があったら、夜中にウチの前を通ってみてくださいよ。三階の窓にはいつも明かりが点いてますから」

冗談っぽく、佃はいった。「最近の私の日課は、あいつらに夜食を差し入れることです」

その話に一村は、じっと聞き入り、やがて——。

「恥ずかしいな、自分が」

唇を噛む。

「それより、見てやってくださいよ、開発の現場を」

佃について、三階へと上がっていく。

「あそこでやってます」

遠くから佃がいうと、一村がふと立ち止まった。手作業をしている立花と加納のふたりが放つあまりの真剣さに、気圧されたようになったのだ。

近づいて、

「おい。一村先生がいらっしゃったぞ」

佃が声をかけると、ようやく気づいて、「先日はありがとうございました」、と立花が笑顔を見せて腰を折った。

「こちらこそ、子供たちに気を遣ってもらって。それと、さっき最新の人工弁、見ました。素晴らしかった」

壁際に置いた、大きめのワークデスクが立花と加納の仕事の舞台だ。

そして、近くの壁一面には、様々なアイデアやデータ、それに連絡事項などを書き込んだ紙が貼り付けられ、その数の多さと乱雑さは、むしろ壮観といえるレベルであった。

いま、一村が何かに吸い寄せられるようにしてその壁に近づいていき、まん中辺り、一番目立つ場所を覗き込んだ。

「あれは——?」

一枚の写真が、そこに貼られている。

プラモデルの箱や本を抱えた子供たちと撮った記念写真だ。

「この子たちが、オレたちの先生です」

と立花がいった。「もうダメだと思ったら、この写真を見るんです。そうすると、負けるな、もっとガンバレっていってくれる気がします」

「そうでしたか。実は——」

一村が、スーツの胸ポケットから一通の封書を出したのはそのときだ。「圭太君から預かってきたんです。立花さんと加納さんのおふたりに宛てた手紙なんですが」

——この前は、プラモデルありがとうございました。立花さんと加納さんが帰ったあと、一村先生から、ぼくたちが必要としている大切な部品を作ってくれているんだと聞きました。すごくうれしかったです。あれからぼくは、退院することができました。でも、世の中にはぼくたちと同じような病気で苦しんでいる友だちがいっぱいいます。その友だちみんなのために、絶対、がんばってください。応援しています。本当にありがとうございました！

子供らしい簡単な文面に、写真が添えられていた。

完成したお城のプラモデルとともに写っている少年の写真だ。

「圭太君、元気ですか」

手紙を読み、思わず目を潤ませた加納がきいた。

「先日、診察に来ました。元気でしたよ。本当に、元気でした」

そうこたえた一村は、「ああ、こういうことなんだなあ」、と自分もいっぱいに涙をためた目で天井を見上げた。

「ものをつくるって、こういうことなんだ」

佃を振り返った。「これが、原点なんですね」

「その通りです」

佃は、ワークデスクの上に転がっている試作品のひとつを手に取りながらこたえる。

「そして、我々の挑戦は、まだ始まったばかりですよ」

4

財前から電話がかかってきたとき、佃は、江原がハンドルを握る社用車の助手席にいた。取引先への営業の帰り道だ。

「サヤマ製作所の燃焼試験が本日行われまして——成功しました」

「そうですか。わざわざありがとうございます」

スマホを持ったまま佃は頭を下げ、気になったことをきく。「それで評価はどうだったんでしょうか」

「この後精査しますが、佃製バルブのほうが高評価でした。後でお見せしますが、さすがですよ」

よしっ、と佃は心の中でいった。「ありがとうございます」

クルマは第一京浜を走り、環状七号線の手前で左折したところだ。

「この結果に基づき、来週の部内会議で正式に発注先を決定することになります。私としては、この成績通り、順当に御社を推薦するつもりでおりますので、よろしくお願いします」

財前らしい、淡々とした口調の事務連絡だった。

結果はどうあれ、性能評価でサヤマ製作所を上回ったことは、誇るべき事実だと思う。

「財前さんですか」

電話を終えると、江原がきいた。「ああ。サヤマ製作所の燃焼試験、成功したらしい。ただ、評価ではウチのほうが上だったそうだ。来週の部内会議で発注先が決定される」

江原が喜んでハンドルをぽんと叩いた。「やりましたね、社長」

「いや、まだわからんよ」

性能評価で上回ったからといって、すぐに受注に結びつくとは限らない。帝国重工という会社には、独特の企業論理がある。

「評価は評価だ。議論が公明正大かというと、そうじゃない。大企業というのは、そういうものだ」

車窓を流れていく見慣れた光景に、佃は目を凝らした。

5

「椎名さん、実は少々、困ったことが起きているようなんですが」

日本クラインの藤堂が訪ねてきたかと思うと、真剣な眼差しを椎名に向けた。帝国重工での燃焼試験を成功裏に終わらせた翌朝のことである。

「困ったこと？」

昨日は試験の後、筑波から東京に戻るや帝国重工の石坂たちに呼ばれ、祝勝会と称して銀座で遅くまで飲み歩いた。提案してきたのは石坂のほうだが、無論、支払いは全て椎名持ちである。

「御社から開発情報が漏洩《ろうえい》しています」

「なんですって？」

二日酔い気味の椎名の頭にその意味が染みこんでくるまで僅かな間が挟《はさ》まった。

「どういうことですか、それは」

カッとなりやすい気性だ。語気を荒らげた椎名に、「これお宅のじゃないんですか」、といって藤堂が広げて見せたのはある資料のコピーだ。

「これはどこで」

自社のデータであることは、ひと目でわかった。

「ジャーナリストがあちこち嗅《か》ぎ回っています」

名刺のコピーを差し出しながら、藤堂は続ける。「例のアジア医科大学の事故、あれが『コアハート』の不良が原因だったといいたいらしい。先日、うちの取引先に取材にきたときその資料を見せられたそうです。協力するように見せかけて預かり、コピーをこちらに回してきた」

そういうと、藤堂は感情のない目を椎名に向けた。「椎名さん、そちらの会社の資料で間違いないですよねえ」

「ええ、まあ」

渋々認めた椎名に、「これは問題じゃないですか」、と藤堂は非難めかした。「医療機器開発という機密性の高い事業をしながら、こんなものが外部に流出してしまう。いったい、どういう管理をされてるんです」

「申し訳ない」

祝勝会の気分も吹き飛び、椎名は詫びた。

「どこからどうやって、いつ、どんなデータが洩れたのか、すぐに調査して報告していただけませんか。これは御社との取引の根幹に関わる問題だと認識しています」

「も、もちろんです」

内面の烈《はげ》しい怒りに、椎名の声は震えた。

「頼みますよ。久坂も、一刻も早い報告、待ってますから」

冷ややかなひと言を残して、藤堂は出ていった。

ポケットのスマホを出し、かけたのは狭山工場の月島だ。昨日は途中まで一緒だったが、最後までは付き合わず、終電に間に合う時間に帰っていった。今朝はいつも通り、狭山工場に出勤しているはずだ。

「いま、日本クラインの藤堂さんが来た。ウチのデータが流出している。すぐに調べろ」

切迫した椎名の声に、

「流出……？」

怪訝な声で月島はきいた。「どんなデータかわかりますか」

「いまコピーを送る。いいな、絶対に情報源を突き止めろよ！　大至急だ！」

秘書を呼び、月島にデータのファックスを頼んだ後、残ったもう一枚、名刺のコピーを、椎名は手に取った。

「咲間、倫子、か」

パソコンに走り、その名前で検索をかける。著書、そして記事データ。それを見た椎名の中で急速に危機感が膨らんでいった。

取引先を嗅ぎ回り、余計なことを吹き込んでいく。

こんなことが大げさになれば、「コアハート」の命運に関わる。そうなれば、単に貴船の実績が吹き飛ぶだけでは済まない。日本クラインがこの人工心臓の開発にかけた五年近い歳月と、莫大な資金が泡と消える可能性だってあるのだ。もちろん、そのときにはサヤマ製作所もただではすまないだろう。

椎名の足下から、恐怖と焦燥が這い上ってきた。

6

「まったく、質《たち》の悪い相手です。まだ、ああだこうだと騒ぎ回って。実に不愉快きわまりない」

日本クラインの久坂の言葉は、そのまま、貴船の心中を代弁したもののようであった。

久坂から景気づけにと誘われた、六本木にある和食の店だ。

主人が前の店から独立したときからの行き付けとかで、久坂が予約すると黙っていても個室になる。

「遺族のほうは弁護士に任せたよ」

後は知らぬとばかりに、貴船はいった。「問題は、うろついているジャーナリストだ。いい加減なことを書かれて、風評被害を受けるなどということはないだろうね」

「それはないと思いますが、先生――」

久坂は、相手の顔色をうかがうような上目遣いになると、「設計図の出所はわかりましたか」、ときいた。

貴船は不機嫌になり、

「さあな」

顔をしかめる。

「ならば、申し上げますが」

久坂は少々遠慮がちに声を潜める。「やっぱり、巻田先生以外考えられませんよ。ウチの藤堂にも、『コアハート』に不具合があったんじゃないかと詰問したようですし」

見据えられた貴船の瞳が微細に振動したかに見える。久坂は続けた。「今回の件では、あちこちでご不満を洩らしていらっしゃいますし、最近は永野院長とも懇意にされているようですね」

永野の名前が出た途端、盃を口へ運ぼうとした貴船の手がぴたりと止まった。

「本当か」

「先生も何かお気づきなんじゃありませんか」

久坂の探るような目に、貴船は無言で応じる。久坂は続けた。「先生、少しお考えになってはどうですか」

「考えるとはなにを」

意図を測りかねて、貴船はきいた。

「突き放すのか、懐柔するのか。どっちが得かをですよ。いまのままでは、巻田先生は永野院長に肩入れするようになります」

「冗談じゃない。私の直系の弟子だぞ」

「表向きはずっと先生の弟子でしょう。でも、中味では違う。そういう関係が一番まずいんじゃないですか」

たしかにそうだ、と貴船は思う。最初から、敵だとわかっている相手はいい。一番危ないのは、背中から切りかかってくる味方の裏切りだ。

「巻田先生も相応のキャリアを積まれているわけですから、そろそろ、どこかの大学のしかるべきポストへ、というのも有りなんじゃないですか」

憮然としたままの貴船に、久坂は続ける。「今回のことは、誰かが責任を負わなければならなかった。であれば、担当医の巻田先生が責任を負うのは当然のことです。ですが、それは表向きの理屈に過ぎません。敗者の理屈も考えてやらないと」

「敗者の理屈？」

「つまり、責任を負わされる側の、逃げ道ですよ」

久坂は諭すようにいった。「巻田先生にしてみれば、若手医師の未熟な処置の責任を一身に背負ったんです。おかげで、貴船先生のところにまで被害が及ぶのは避けられた。であれば、そのあたりを汲《く》んだ人事をして差し上げればどうでしょう」

貴船には人事権がある。その気になれば、大学の准教授職クラスを系列病院のうま味のあるポストへ異動させることなど、造作もないことだ。

「高知に新しい病院ができるそうですね」

久坂がいった。「巻田先生もたしか、高知のご出身だったと思いますが。事件を引きずるより、現場を離れたほうが心機一転、巻田先生のためにもなると思いますが」

貴船は顔を上げた。

「たしかにそれは良い考えかも知れない」

「この事件で後に回していましたが、そろそろ臨床試験を再開してもいい頃かと。病院としても、その人事でけじめをつけた形になるんじゃないですか」

「なるほど」

感心したようにいった貴船は、ふと気づいたように久坂を見据えた。「君はなかなかの策士だな。たいしたものだ」

7

「中里君——」

名前を呼ばれ、ブースで立ち上がると、月島が厳しい顔で手招きしていた。ミーティングブースに入っていく。

先に椅子を引いて掛けた月島の向かいに座ると、中里の前に、何かのコピーがさっと差し出された。

「これ、心当たりあるよな。正直に答えろよ」

険しい眼差しを向けたまま、月島がきいた。その雰囲気から、ただ事ではないことだけは察し、そのコピーを手に取ってみる。

何かのデータだが、一見しただけではわからなかった。月島を見ると、

「バルブの実験データだよ！　日本クライン向けの。君、見せてくれってこの前いってきたよな」

「ああ」

ようやく思い出したようにいった中里に、

「ああ、じゃないよ。君、あのデータ、どうした」

「どうした、とは――」

質問の意図を測りかねている中里に、「外部メモリにダウンロードしたよな。わかってんだよ。記録が残っている」、思いがけない事実を月島は口にした。

「ＰＣで閲覧はしましたが、外部メモリには――」

「記録が残ってるんだよ、記録が」

動かぬ証拠とばかり、月島はサーバからアウトプットしてきたオンライン端末のログをテーブルに叩き付けた。

見ればたしかに、月島の言う通りだ。

だが、そのとき中里に浮かんだのはまた別のことだ。

「いえ、これは私ではありません」

中里は首を横に振る。

「ここまで記録が残ってるのに、君は否定するのか」

「あの——、この画面を出したまま、休憩していましたので……」

咄嗟《とっさ》に中里から出たのは、そんな出任せだ。「もしかすると、その間に誰かが外部メモリにダウンロードした可能性があります」

じっとりとした月島の視線が、中里に向けられる。

「そんな話を、私に信じろというのかよ」

「信じていただくしかありません」

中里は断言し、険相の月島と対峙する。

「君さ、ジャーナリストの咲間倫子という女性、知ってるよな」

「いえ、知りません」

「じゃあ、君のスマホ、見せてくれる」

　思いがけないことを、月島はいった。「もし、知らないのなら連絡先の記録も無いはずだ。そうだよな。君の個人情報だから、命令できない。もし君が、自分の証言を少しでも補足したいと思うのなら、自発的に見せてくれ」

　仕方なく、中里はポケットからスマホを取り出すと、ロックを解除して月島に見せた。

　ひったくるようにした月島は、目の前で咲間の名前を検索し、発着信履歴を調べると、ますます不機嫌になって返して寄越す。咲間の痕跡をそこに見つけることができなかったからだ。当然である。中里は、咲間というジャーナリストを知らない。

　月島は説明しなかったが、もはやここに至って、中里にも果たして何が起きたのかは容易に想像することができた。

「私は、そんなジャーナリストとの接触はありませんし、このデータを外部に流出させたということもありません。そういうことを疑ってらっしゃるんですよね」

「でもね、君」

　月島は肯定も否定もせず、厳しい口調で続ける。「君がアクセスした情報は、当社の開発情報であり、いわば極秘データだ。そのデータが人目に付く形で席を外したのは、君の不注意以外の何物でもない。仮に君が情報漏洩の犯人ではなくても、その点については責められても仕方が無いんじゃないか」

そう決めつけると唇を歪め、「そんな脇の甘いことだから、いまだに開発の目処が立たないんだよ」、と痛罵《つうば》した。

返す言葉もない。

「もういい。さっさと戻って一分でも早くバルブを完成させろよな。元佃製作所さんよ」

捨て台詞とともに、月島はとっととミーティングブースを出ていった。

力任せにドアが閉められた後、中里はしばし呆然として立ち上がることができなかった。頭の中で様々な事実が錯綜《さくそう》し、整理できないまま混沌《こんとん》としている。

この会社に中里は、自分の夢を実現するために来たはずだ。

だけど、オレの夢ってなんだっけ?

夢を追いかけるどころか、こうして起きる日常の様々なことで、押しつぶされそうになる。ひたすら現実に追い回され、摩《す》り切れていく。

「情報漏洩、か」

中里はいま、ぼそりと呟いた。

誰が犯人かは、もうわかっている。

その夜、休憩室の自販機で缶コーヒーを買った中里は、自席に戻ろうとして、ふと立ち止まった。だだっ広いフロアの片隅に、横田の姿を見つけたからだ。いい具合に、他に人はいない。

「横田――」

声をかけると、頬杖をついて何事か考えながら外を見ていた男の目だけが動いて中里を見た。

「ちょっといいか」

テーブルの前の椅子を引いて座った中里は、「オレが何をいいたいか、わかってるよな」、そういって横田の表情をうかがう。

「ウチの開発データをジャーナリストに渡したの、お前だろ」

わずかな沈黙の後、横顔を見せていた横田がこちらを向き、

「だったら、月島マネージャーにそういえば良かったじゃないか」

はっとするほど、投げやりな言葉が出てきた。「オレのことなんか、庇《かば》うことなかったんだ」

「別に庇いたくて黙ってたわけじゃない」

中里はいった。「あんなデータを外部に持ち出して、いったいお前にどんなメリットがあるのか、それを考えていたんだよ。オレにデータが見たいといったのは、最初

からそれが目的だったのか。どうなんだ」

問いかけた中里の前で、横田は足を組み替え、「データが見たかったのは嘘じゃないさ」、とどうでも良さそうな口調でいう。

「それに、あの情報を漏洩させたところで、オレにはなんのメリットもない」

そういって、飲みかけのコーヒーカップを見据える。

「じゃあ、なんで――」

いいかけた中里を遮り、

「改めてきくが、あのデータ、お前、どう思った」

横田が問うてきた。

「どうって、別に――」

ふいに横田の目に生まれた光の強さにたじろぎながら、中里は言い澱《よど》む。

果たしてあれにどんな問題があったというのだ。少なくとも自分が見た実験データは完璧だった。何の問題もなかったはずだ。「お前が自分の実験が上手くいかなかったから心配なのはわかるよ。だけど、最終的に開発は成功したんだ。何の問題もなかったじゃないか」

「ふうん」

横田の唇が歪んだかと思うと、皮肉に満ちた笑いが浮かんだ。「お前って、その程度だったんだな」

バカにしたような口調だ。

「いったい、なんなんだよ」

ついに中里も語気を荒らげた。「あのデータに問題があるっていうんなら、いってみろよ。オレにはさっぱりわからないね」

横田は静かにコーヒーを一口飲み、視線を一旦、窓の外へ投げる。それが戻ってきたかと思うと、

「——あのデータ、数字が揃い過ぎてなかったか」

予想外のひと言を口にした。

「なんだって？」

思わず、中里は相手の顔を見つめる。横田が重ねてきいた。

「データは確かに完璧だ。だが、逆に完璧過ぎだと思わなかったか」

「完璧、過ぎる……？」

そんな考えは、それまで中里の頭のどこを探してもなかった。故に、後頭部を一撃されたような衝撃を、中里は受けたのである。そして——。

それが意味するところは、ひとつしかない。

「まさか——データ偽装か」

驚愕に刮目《かつもく》した中里に、横田が向けてきたのは憐憫《れんびん》の眼差しだ。

「いまのウチが供給しているバルブの精度では、コンマ一パーセント、つまり千個に一個ぐらいの割合で不良が出ているはずだ」

「つまりそれが、あの臨床試験での事故に繋がったと」

だとすれば、不運とはいえない。

これは、必然だ。

「知ってるか？『コアハート』、臨床試験が再開されるらしいぜ」

横田は鈍く光る眼差しを寄越した。「このままだと、また事故が起きる。自分のメリットなんか、考えてる場合か」

これは、内部告発だ——。

愕然とした中里の脳裏に、その事実が唐突に刻み込まれた。

「なあ、横田、教えてくれ」

コーヒーを持って立ち上がりかけた横田に、中里は慌てて問う。「じゃ、じゃあ——オレがいま開発しているバルブは、なんなんだ。なんのためなんだよ」

「結局のところ、オレも月島さんも、九十日の動作保証すらできやしなかった」

能面のような表情で、横田はいう。「だから、お前が雇われ、佃製作所のバルブ製造技術に頼ったってわけ。お前にはあえて高い目標を設定させて開発させているが、会社が欲しいのは百八十日もの製品保証じゃない。九十日――現行バルブの保証期間の耐久性さえクリアできればそれでいい。それが本音さ」

「そんな――」

唖然として、しばし中里は言葉を無くした。「じゃあ、もし――もしこれが本当にデータ偽装だとして――」

俄《にわか》には信じられず、中里は首を左右に振る。「それは月島さんがやったことなのか。社長は、そのことを知らないのか」

「ああ見えて、月島は小物だ。自分の判断でこんな大それたことができるものか。社長が知らないなんてことがあるはずはない。だけど今更、誰が知っていたなんてこと、何の意味もないね」

達観した言葉を横田は発した。「事実としてデータ偽装された部品をサヤマ製作所は出荷し、それが原因で人が死んだ。この事実だけで十分だ。オレは、今月一杯でこの会社、辞めるよ」

横田はそういうと、感情のこもらない声で続けた。「もう次の職場も決めてある。お前も早く、見切りをつけたほうがいいぞ、中里。この会社は――泥船だ」

8

帝国重工宇宙航空部の会議は、予定通り火曜日の午後三時過ぎから始まった。

出席者は本部長の水原を筆頭に、各グループ長である部長が八名。それに補佐として主任クラスとその補佐が壁際に陣取る、物々しい雰囲気である。

プロジェクト管理の担当から、今後予定されているロケット打ち上げに関して大枠の進捗状況が発表され、その後各グループからさらに詳しい発表が続く。

宇宙開発グループを統《す》べる財前の順番はすぐに回ってきた。議題は、バルブ選定についてだ。

「先週、先々週と、筑波研究所内にある試験場で、二度の燃焼試験を実施、性能評価を実施いたしました。改善を加えた次期エンジンの性能は、所期の目的通りの成績を上げており、いずれの燃焼試験も、問題なく成功したことをご報告いたします」

試験結果の概略を述べた財前は、それに付随する問題点や決議したい事項などを順次挙げていき、バルブの選定もその中に含めていた。

「先日来、議事に上がっておりましたバルブについてですが、燃焼試験での評価では、佃製作所製バルブの成績が、比較対象であったサヤマ製作所のバルブを上回っております。この結果に基づき、現在予定している打ち上げ計画のエンジンには佃製作所製を採用したいと思います。よろしいでしょうか」

「おい、この前いっていたサヤマ製作所はどうした」

そうきいたのは、本部長の水原であった。「NASAの先端技術じゃなかったのか」

その口調には、拍子抜けしたような響きが混じっている。

「それについて、私からひと言、よろしいでしょうか」

挙手して発言を求めたのは、案の定、石坂である。「今回の燃焼テストですが、バルブだけをテストするわけではないので、前提となるエンジンのセッティングそのものが多少異なっています。いま財前さんからは、佃製作所のほうが上だという報告がありましたが、じゃあ、どれだけ違うかというとさしたる差はありません。セッティングによる誤差の範囲といってもいいんじゃないでしょうか」

たしかに、厳密にいえばエンジンの設定は違うのだが、バルブの性能評価に影響が出るほどのものではない。

「セッティングはそれぞれのバルブに合わせてありますから、その意味で同じではなかったことは確かです。しかし、いままでの比較試験の実績からすると、やはり佃製のほうが優れていると判断されます」

財前はいったが、「でも、ふたつとも成功だったんでしょう」、と石坂は切り返してきた。

「サヤマ製作所のバルブは、ウチとの共同開発を前提にしていまして、今回のバルブについてもウチと意見交換をして製造しています。たしかに、現時点では佃側の性能が僅《わず》かに上回ったとしても、それだけで決めてしまうのは早計じゃないですか。むしろ、今後のことを考えれば、サヤマ製バルブを採用したほうが、社益に適《かな》うはずです。いってみれば自社開発のようなものですし、キーデバイスは内製化するという社長方針にも合致します。多少の性能差はあれ、どっちでもいいのなら、採用するのはサヤマ製でしょう」

「ですが、打ち上げは一度の失敗で相当のダメージを受けます。たとえ僅かでも、ベストと思われるパーツを採用するのが当然ではないでしょうか」

財前は反論した。だが、社長方針というひと言で、サヤマ製作所に傾いた場の雰囲気を引っくり返すだけの説得力はない。

「この性能差は、本当に僅差《きんさ》といえるか」

水原の質問は、鋭かった。僅差と片付けることもできるが、その僅差で結果が大きく違うことだってある。そのことは、ここにいる誰もがわかっている。

「僅差は僅差です、本部長」

そのとき、会議室の黙考を破って、石坂が強弁した。「今後の共同開発によってあっという間に差は埋まり、すぐに技術的優位に立つでしょう。我々の調達方針に鑑《かんが》みても、サヤマ製作所に発注するのが妥当であって、それ以外は考えられません」

「わかった」

水原はそれ以上いうなとばかりに右手を上げた。「まあ、そういうことなら今度はサヤマ製作所のバルブで行こう」

財前が恐れていた決裁が下った。

満足そうに椅子の背にもたれた石坂が、勝ち誇った笑みを財前に向けてくる。

万事休す――。

会議の終了を待ち、重い腰を上げた財前は、自室に戻ると結果を知らせる一報を、佃に入れた。


「そうですか。はい、わかりました」

それが、帝国重工からの連絡であることは、その場にいる誰もが悟っていた。

そのとき丁度、佃は技術開発部にいて、バルブ開発に携わった社員たち全員と、会議の結果を待っていた。

そわそわしたり、ドキドキしたり、誰かの冗談でわっと沸いたかと思うと、突然黙り込んでみたり――。

待っていうのは辛いもんだ、と佃は思う。

こうしている間にも、自分たちではどうすることもできない場所で議論が交わされ、結論が出される。佃たちは、為す術もなく、それを待つしかない。

そしていま――。

財前との通話を終えた佃は、自分を見つめている社員たちに向かっていった。

「今回は――ダメだった」

そのとき――。

耐え切れぬ沈黙が落ちた。俯き、頭を抱える者。腕組みして天井を見上げ、ひたすら涙を堪《こら》える者。ただ瞑目し、ひたすら感情の嵐をやり過ごそうとする者。そして、怒りを露わにする者――。

悔しかった。

社員たちが悲嘆にくれる中にいて、佃はひたすらその思いを嚙みしめる。

「オレたちは、負けてないぞ」

少し目を赤くしていったのは、一緒に連絡を待ち続けていた江原だった。「性能では勝ったんだ。オレたちのほうが、良いバルブ作ってるんだからさ。みんな胸を張ろう――」

「これで終わったわけじゃないから」

山崎が、社員ひとりひとりを励ます。「また、次に挑戦しよう。一度負けたからって、気にするな」

たしかに、そうかも知れない。

だが、このとき佃は悟ったのだ。町工場のエンジニアとして、大型ロケットエンジンのキーデバイスを製造していることの誇り。会社が小さくても、知られてなくても、それこそが佃製作所全社員にとって、かけがえのないプライドだったことを。

「そうですよ、みんな。次、がんばりましょう。ね、がんばりましょう」

殿村が涙を堪え、必死に笑いながら、若手エンジニアたちの肩を叩いている。

「勝負に勝って、試合に負ける――そんな感じの結果でしたね」

冷静に分析してみせたのは唐木田だ。

その通りだな、と思う。

だが、技術でいくら勝とうと、これはビジネスだ。受注できなければ、その技術は生かせない。

その意味で、自分に足りなかったのは、帝国重工に対する営業戦略ではなかったか、と佃は反省した。

なまじ特許がある故に、バルブの単独開発以外の発想が無かった。あまりに正攻法過ぎたのかも知れない。

そう思うと、一層激しい悔恨が、佃を襲う。

「お前らの技術を生かすだけの知恵が、オレになかった。これはオレの責任だ。すまん」

佃は詫び、込み上げてきたものを必死で堪え、唇を噛んだ。

9

「おめでとう、椎名社長」

「ありがとうございます」

スプマンテを注いだグラスの澄んだ音が、室内に響いた。

銀座にある高級イタリアンの店だ。

「これも、石坂部長、富山主任のおかげです」

グラスを置くと、椎名はもう一度、「ありがとうございました」、とふたりに頭を下げる。

「普通なら佃に行っていた話を、こっちに引き戻したんだから、石坂部長の豪腕のおかげですよ、椎名社長」

富山が石坂を持ち上げる。「会議での部長の発言を聞かせてやりたかったよ。説得力抜群でね。さすがの財前部長も反論の言葉を失ってましたからね。本部長の〝わかった〟、というひと言が出たときには痺れました」

水原の物まねをしてみせる富山は、上司の財前がしてやられたことに溜飲《りゅういん》を下げた風である。

「おいおい、君は財前さんの部下なんだから、それはないんじゃないか」

意地悪い石坂に、「つれないことをおっしゃらないでくださいよ、部長。財前さんの下に行く前はずっと一緒だったじゃないですか」

富山は、情けなさそうに眉をハの字にしてみせる。

「まあ、そうだな」

事実、現社長がスターダスト計画という壮大なプロジェクトを打ち出すまで、富山は石坂の下にいて、精密機械関連の調達部門にいた。資材評価が主な仕事で、石坂とは長く、上司と部下だった関係にある。宇宙航空部という新しい部門ができて異動するまで、十年以上、同じ釜の飯を食った間柄だ。

「しかし、今回の燃焼試験は、もっとバルブの性能がはっきりわかるようにすべきでした」

そう反省の弁を口にしたのは、富山だった。「バルブ以外全て同じ条件であれば、はっきりとサヤマの勝ちだったと信じていますが、なにしろ、バルブ以外にも様々なパーツをテストする必要がありましてね。評価に差が出たのは、きっとそのせいです」

「いや、私のほうこそ、実力がうまく出せずに申し訳ありませんでした」

椎名は、眉間《みけん》に皺を寄せ、神妙な顔になる。

「ああいうのに運不運は付きものだよ、椎名君。気にすることはない」

石坂が断じた。「試験は一度だけ。だが、その一度の試験で、実力を評価すれば、間違いが起きる。だからこそ、部内会議での議論があり、バイアスのかかった結論からバイアスを取り除き、順当な結果を導く必要があるわけだ。私の指摘はまさに、その手伝いをしたに過ぎない」

「お心遣い、痛み入ります」

椎名は恐縮し、唇を嚙んだ。

「椎名君、君の会社にはＮＡＳＡで培ってきた技術とノウハウがある。その全てを我が社と共有してもらいたい。一緒に成長し、世界最先端のロケットを作ろう。頼むぞ」

「お任せください」

決意を秘めた目で椎名は明言した。「弊社の技術の粋を集め、世界最高のバルブを提供いたします」

「頼んだぞ」

再び石坂がグラスを掲げ、それに合わせて二度目の乾杯になった。

その後に続いた和やかな雑談で、椎名は雄弁だった。

話題も尽きることがない。日本人宇宙飛行士のこと、スペースシャトルの打ち上げ時の興奮と感動。そして、二度の悲しむべき失敗について。時に涙を流さんばかりの熱弁と科学者らしい冷静な感想に、石坂も富山も魅了されたように聞き入る。気づくと、三時間ほどの時間はあっという間に過ぎていた。

「いやあ、今日は楽しい時を過ごさせてもらった。どうもありがとう」

店の前に待たせたハイヤーに乗り込みながら、石坂は満足そうな笑みを浮かべている。翌日、早朝から会議があるという石坂を見送り、

「主任、もしお時間があれば、もう一軒いかがです」

富山を誘うと、待ってましたとばかりの笑みがこぼれた。

「でも、社長が行く店は、高いところばかりだからなあ」

「なにいってるんですか。私にお任せください」

最初から自分で払う気など毛頭ない富山と、「近くですから」、と歩き出したとき、椎名のカバンの中でスマホが振動し始めた。

さっきから何度も着信していたのは知っている。今日は大切な用事だから、電話は

かけてくるなと言い置いたはずなのに。

内心不機嫌になりながら、

「ちょっと失礼します」

電話に出た椎名に、「社長――至急、会社に戻れませんか」、という月島の悲鳴のような声が飛び込んできたのはそのときだった。

第十章　スキャンダル

1

「なんなんだ、いったい！」

接待の途中で呼びつけられ、怒りの表情で新宿本社に戻ってきた椎名を待っていたのは、一冊の週刊誌だった。

翌日発売になるという「週刊ポルト」の見本誌である。

「こんな記事が、載るようです」

月島が震える手で開いたページには、でかでかと見出しが躍っていた。

――最新鋭人工心臓「コアハート」に重大疑惑

アジア医科大学病院で、三ヶ月前、ひとりの心不全患者が息を引き取った。亡くなったのは、小西悟さん（享年四〇）。当初、病気の悪化による容体の急変と病院は説明している。ところが、父親の学さん（七四）によると、悟さんは、同大学病院で臨床試験を開始した最新式の人工心臓「コアハート」の移植手術を一週間前に受け、前日まで至って元気だったのだという。

そんな悟さんの容体がなぜ急変したのか。

納得のいかない学さんは、再三にわたって病院側に調査を要求してきたが、病院側は調査の必要なしとして頑なに拒否してきた。ところが、ここにきて人工心臓を共同開発している日本クラインの下請け企業、サヤマ製作所に、実験データ偽装の重大疑惑が浮上してきたのである。

これについて、日本クラインは取材を完全無視。だが、筆者の取材に対して、サヤマ製作所の関係者であるAさんは、こう語る。「人の命が関わる医療機器で、データ偽装の事実を隠蔽して、臨床試験が継続される。こんなことを許していたら、何人の人の命が奪われるかわかりません」、と内部告発を決意。キモとなる実験データとともに、開発に関わる不正の全てを筆者にぶちまけた——。

記事は四ページの調査報道の形をとっている。筆者は、咲間倫子。

「あの女です。嗅ぎ回っていた」

「差し止めろ！　今すぐ！」

椎名は怒鳴った。

「何度か編集部にかけあったんですが、全く応ずる気配がないんです」

ひび割れた声でいった月島に、

「一方的過ぎるじゃないか！」

椎名は激怒した。「一度でも、ウチと話をしたか。たしかに取材を拒否したかも知れない。だが、一方の当事者に取材もしないでこんな記事をでっち上げるのなら、こっちにも考えがある。そういってやれ。こんなものは、単なる憶測記事だ。冗談じゃない！　名誉毀損《きそん》で訴えてやる」

たとえ憶測だろうと、こんな記事が出たらサヤマ製作所の社会的信用に決定的な傷が付く。

そんなことになれば、帝国重工との取引も、そして日本クラインに食い込んだ実績も、全てが水の泡だ。

「私もそういったんですが、証明できるだけの自信があると言い張るんですよ」

いまにも折れそうな枯れ枝のような声で、月島は訴える。

椎名は、近くの電話をひっつかみ、すぐさま月島が差し出したメモの番号にかけた。

「はい、『週刊ポルト』」

ぶっきらぼうな男の声が出た。その相手に向かって、

「オレが電話する」

「編集長を出せ！」

椎名は怒鳴った。「サヤマ製作所の椎名だ」

電話の向こうからくぐもった声が聞こえ、保留のメロディが流れ出した。

「はい、編集長の飯塚《いいづか》です」

今度は少し年配の男らしい声が出る。

「サヤマ製作所の椎名だ。見本誌を見たが、ああいう事実無根の記事を書かれちゃ迷惑なんだよ。すぐに撤回しろ」

腹の底から込み上げてくるのは怒りだけではなかった。焦りもだ。すると、

「私どもはですね、きちんと取材した上で検証し、掲載を決めております。事実無根の記事を載せたつもりはありません」

予想外に丁寧な言葉で、飯塚がこたえた。

「きちんと取材したって、ウチにいつ取材したんだよ、あんた」

椎名は嚙《か》み付いた。「中途半端な取材でこんな記事を書かれたら、普通の会社がど

うなるかわかってんのか。人の命云々なんて偉そうに書いてるけどな、あんたらの記事ひとつで会社やその従業員の人生だって狂ってしまうんだ。わかってるのかよ」

「もちろん、重々承知しているつもりです」

飯塚の受け答えは、あくまで冷静だ。「ですが、実際に関係者の方がそう証言されているんですから、信憑性《しんぴょうせい》は十分にあると、自信をもって報道させていただいています」

「だから、こっちの取材はどうしたんだよ！」

激高して、椎名は叫んだ。「こんな一方的なやり方があるのか。訴えてやるからな」

「取材は、お断りになったじゃないですか。筆者の咲間さんからはそう聞いています。何度もお願いしたのですが、まったく取りあってもらえなかったと」

受話器を握りしめながら、椎名は唇を噛んだ。まさか、こんな記事が出るとわかっていたら、あえて面談してうまく丸め込めた可能性もあったということだ。しかし、すでに遅い。

「あんたの根拠は、証言だけだろ。そんなものはな、ウチに恨みを持った人間の、ガセネタだ。ウチはデータ偽装などはしていない。こんな記事、すぐに撤回しろ！」

「ですから、信憑性は十分にあると、判断しております」

飯塚は繰り返した。「記事の撤回はいたしません」

「大誤報だ!」

椎名は電話の向こうに向かって、大声を上げた。「週刊誌の横暴だ。絶対に、裁判にしてやるからな。覚悟しておけよ」

「そうですか。わかりました。ただ、私どもといたしましても——」

飯塚の返事を最後まで聞かず、椎名は受話器を叩き付けた。

「ちきしょう!」

大声でいい、デスクにあったメモパッドを力任せに床に叩き付ける。

肩で息をしながら、

「おい、月島——」

傍らで息を詰めていた開発部マネージャーに血走った目を向けた。「大丈夫なんだろうな。逃げ切れるんだろうな」

だが——。

月島から返事はなかった。

質量の重い沈黙が、ふたりの間に落ちる。

「週刊誌が騒いでいる間は、否定できるかも知れません。ですが、警察の捜査が入れば、もはや隠し続けるのは、難しいと思います」

月島が向けてきたのは、まさに絶望の淵に立たされた男の表情であった。瞳が揺れ、必死でこの急場を凌《しの》ぐ策を模索しているのがわかる。

「錯誤、でどうだ」

やがて、椎名はいった。「偽装の意図はなかった。単にとり間違えたといえばいいんじゃないか」

返事はない。

月島の、極度に緊張した面差しが、じっとこちらを向いているだけだ。仮面をかぶった男に向かって話しているような錯覚を、椎名は覚えた。だが、その表情に突如、何かが降りてきたかと思うと、月島の体がぶるぶると震え出した。

「なんとかしてください、社長」

月島の目に浮かんでいるのは紛れもない恐怖だ。「このままじゃ、このままじゃ――」

「お前のせいだろ！」

椎名から飛び出した責任転嫁のひと言で、ぴたりと月島の動きが止まった。

「私の――？」

「お前の開発力が無かったからだ。中里の設計図を日本クラインに持ち込んだほうがいいといったのはお前だろ。できもしないくせに。挙げ句、勝手にデータ偽装か。全て、お前がやったことじゃないか！　どうしてくれるんだ！」

月島の鼻先に指を突きつけ、椎名は怒鳴り散らした。「責任を取れ、月島。全てぶちこわしにしたんだぞ、お前が」

「私が——？」

作り笑いが中途半端に歪み、「なんで、私なんです」、呟くように月島はいった。

「私の責任でしょうか。全て社長の指示で——」

「うるさいっ！」

椎名は言い放つとデスクに両手をつき、耐えがたい激情に歯を食いしばった。

絶対に乗り切ってやる。

そう自分に言い聞かせた。オレは——オレは、こんなことで終わる男じゃない。

2

「社長。社長——」

大きな声で呼び、ノックもしないで駆け込んできたのは、殿村だった。「大変ですよ。これ、見てください。今日発売の『週刊ポルト』。サヤマ製作所の記事が載ってますから」

読んでいた書類から顔を上げた佃は、大きな見出しを見るや、「なにっ」、と思わず声を上げた。

「日本クラインの、あのバルブのことですよね」

「そうだな。ちょっと待ってくれ」

内線で山崎を呼ぶと、すぐに駆けつけてきた。

「なあ、ヤマ。ウチがもってかれたバルブ、データ偽装だと。あの咲間ってジャーナリストの記事だ」

食い入るように読んだ山崎は、指を顎に当てて考え込む。

「たしかに、あの実験データを見る限り、ちょっと出来過ぎだとは思ったんです。社長もでしょう」

「まあな」

こたえた佃に、殿村がきいた。「どういうことなんです、社長」

「むちゃくちゃ難しいんだよ、あのバルブは。あれが金属でできているのなら、まだわかる。だけど、指定されていたヘパリンのコーティングでとなると、耐久性には相当の技術力を要するはずだ」

「そうだったんですか」

殿村がいい、ふと気になったらしくきいた。「ウチはできるんですか、そのバルブ」

「できますよ」

さらりとこたえたのは山崎だ。「だから図面を描いたんだから」

「中里君が持ち出したという、例の図面ですか」

その辺りの経緯《いきさつ》についてはすでに殿村に話してある。

「あの図面はいってみれば表向きのもので、実際に作るとなると、あのままやったんではうまくいかないんですよ」

山崎がこたえる。「素材に関する理解と、求められる動きに合わせた微調整がありますからね」

「それはつまり――」

「そこから先は、極めて専門性の高い職人技だ」

佃が口にしたのは、そんな言葉だった。「行くとこまで行っちまうと、一般論だけで品質は語れないんだよ、トノ。そこから先は経験なんだ。その蓄積がノウハウになる。バルブは一日にしてならず、ってな」

「なるほど」

感心して唸ってみせた殿村は、「それにしてもどうなるんですかね、サヤマ製作所は」、ライバル企業の状況に眉を顰《ひそ》めた。

「どうなるのか、というより、どうするか、かもな」

佃はいった。「倒産したときに、夜逃げしちまう社長と、ちゃんと居残って謝罪する社長とがいるじゃないか。それと同じだよ。後は、経営者の器の問題だと思うね」

「たしかに、そうですね」

山崎がいい、「社長ならどうします」、ときいた。

「ウチが意図的にデータを偽装することはないが、そのときは、即座に認めて謝罪するしかないだろうな」

佃は、やけに真剣な顔になってこたえた。「とんでもない騒ぎになるだろうし、場合によっては会社が倒産するかも知れない。だけどな、過《あやま》ちに気づいたところでスジを通さない奴は、絶対に生き残れない。姑息《こそく》な了見が通るほど、世の中ってのは甘くないんだよ」

「悪意がなくても、窮地に追い込まれることはしょっちゅうですけどね」

山崎の言葉に頷いた佃は、

「立花たちががんばってる人工弁だって、もしかすると事故や事件に巻き込まれて、理不尽な批判や誹《そし》りを受けるかも知れない。だけども、そこで逃げないだけの覚悟がなきゃだめだ。ガウディ計画にゴーサインを出したときに、オレは腹をくくった」

佃はそう断言した。「今時誠実さとか、ひたむきさなんていったら古い人間って笑われるかも知れないけど、結局のところ、最後の拠《よ》り所はそこしかねえんだよ」

「そうかも知れませんね」

神妙な顔をして溜息をひとつついたと思うと、殿村は、社長室に駆け込んできたときとは逆に丁寧に一礼し、静かに自席に戻っていった。

3

「本人は、否定しているそうでして」

緊急に開かれた理事会で、必死の釈明に追われているのは、貴船だった。

「否定しているそうでってなんだい」

底意地悪くそう問うたのは、理事の駒形だ。「貴船先生、確認されてないんですか」

「日本クラインには、すぐさま問い合わせました」

貴船の額には玉の汗が噴き出している。「サヤマ製作所という会社とも、椎名という社長とも製造を依頼している日本クラインが取引しておりまして、その──」

「ひとつ伺いたいんですけどね、先生がデータ偽装を指示したとか、そういう事実はないんですか。今回のケースはそれを疑われかねない事態だと思いますよ」

「いえ、そんなことは断じてございません」

腸《はらわた》の煮えくり返る思いだ。

この人工心臓で、世界の医療の最先端に飛び出すはずだった。臨床試験も再開され、また実用化へ向けた第一歩を踏み出せる——そう安堵した矢先の大スキャンダルだ。

「ですが、そもそもこの人工心臓のアイデアは、貴船先生のオリジナルというわけではないんだそうですね」

駒形の言葉に、はっとして貴船は体を硬くした。誰に聞いた——？　自分を見据える相手の顔をうかがったが、そこに手がかりの欠片《かけら》はない。

「私が聞き及んだところですと、そもそも基本的なアイデアや設計は一村先生がされていたそうじゃないですか。お弟子さんのアイデアを横取りして自分の手柄にされていると、一部では囁《ささや》かれているようですが。本当のところ、どうなんですか、先生」

「いえ、決してそんなことはありません。一村君は私の指導で人工心臓について研究していただけでして——」

釈明に追われながら、貴船は、円卓の斜め右にかけている病院長の永野を一瞥《いちべつ》した。書類に目を落としながら、貴船の弁明に耳を傾けている永野は、憎たらしいほど涼しい顔だ。

「話は逸れましたが、この告発で、本学が大変な問題を抱えてしまったということについては、認識しておられますね、貴船先生」

「はい、もちろんです」

貴船はうなだれた。

記事にも登場した遺族とは、おそらく補償問題に発展するだろうと、この会議の冒頭、顧問弁護士の国井《くにい》から報告があったばかりだ。

「いまでも、あの事故が事件ではないと言い切れますか」

理事長の谷原博隆《たにはらひろたか》の質問は、問うているようにも、非難しているようにも聞こえる。

「まさか、データ偽装があるとは考えておりませんでしたので」

貴船は、胃を捻《ひね》り上げられるような苦痛を感じた。「もし水準に達していない部品が使われていたとなれば、機械の誤動作が原因だという可能性は否定できません」

「であれば、あなたが断じたように巻田先生の責任ともいえないことになりますね」

書類をぱらりとめくりながら、谷原はいう。「調べもしないでそう断じたのは、早計だったのではありませんか」

そういうと谷原は、ふうと疲労の色濃い溜息を洩らし、同席している顧問弁護士を振り返った。

「やはり、学内に調査委員会を設けるべきでしょうか」

「もちろん。第三者から成る専門家で組織したほうがいいでしょうな」

国井は銀髪を光らせてこたえた。「返り血を浴びる覚悟で臨まないと、かえって世間の批判を受けることになりかねません」

深い嘆息が、会議室の床を埋め尽くす。

第三者に土足で踏み込まれるのは、この病院という組織にとって、屈辱以外の何物でもない。貴船がその原因を作ったのだ。

「申し訳、ございません」

頭を下げた貴船の胸に傲然《ごうぜん》と渦巻くのは反省ではない。ただひたすら、後悔の念そのものであった。


緊急で開かれた理事会の後——。

「君たち、いったいどういうつもりなんだね！」

その貴船の怒声は、部屋の外まで聞こえたに違いない。思わず立ち上がり、目の前のふたりを睨《にら》み付けた。

「申し訳ございません」

久坂は両手をテーブルにつき、頭を下げて平たくなったままだ。その隣で同様に頭を下げている白髪の大柄な男は、日本クライン社長の鈴木健士郎《けんしろう》だ。

「データ偽装だなんて。全ての責任を日本クラインに背負ってもらうからな。これでいままでの努力は全てパーだ」

「申し訳ございません」

今度謝罪の言葉を口にしたのは、鈴木のほうだった。「サヤマ製作所の件は、我々もまさに青天の霹靂《へきれき》でございまして、返す言葉もございません。昨日、あの報道を受けて社内に調査委員会を設置しました。いままでの経緯を、鋭意調べております」

「久坂――」

貴船は、鈴木の隣で息を詰めている久坂を、怒りのあまり呼び捨てにした。「君は、本当に知らなかったんだろうな。もし、知っていたのなら、いまここで正直にいえ」

「め、滅相もない」

飛び出しそうに見開かれた目で、久坂はぶるぶると首を横に振る。「我々もまた、被害者です。本当です、先生」

真偽を確かめるように、貴船はその顔を凝視している。だが、それも束の間、阿修《あしゅ》羅《ら》のごとき面相からやがて魂が抜け出したようになったかと思うと、目から感情がすり抜けた。

すとん、と貴船が椅子に体を埋めた。糸の切れた操り人形のように、しばし魂のない骸《むくろ》のようになってうなだれる。

憤怒と絶望、焦燥と羞恥《しゅうち》――怒濤《どとう》の感情に翻弄《ほんろう》され、精も根も尽き果ててしまったかのようだ。

「あの、先生――？」

鈴木が、遠慮がちに声をかけた。「今回のことは先生が悪いわけじゃありません。

先生は善意の第三者です。今回のことは全て、我々の責任です。なんとかしますから、しばらくお時間を頂戴《ちょうだい》できませんか」

返事はない。

動きもなかった。

じっと見守るふたりの表情に困惑が滲んだとき、貴船の真っ赤な目が、つと上がった。

「よくいうよ、まったく」

浮かんだのは、卑屈な笑みだ。「世の中、そんな奴らばっかりだ。とんでもない失敗をしながら、術《すべ》もないのに、なんとかすると安請け合いをする。そんなのが通用するのはな、あんたたちみたいな、なあなあの世界で生きる連中だけなんだよ。我々医者は、失敗したら人が死ぬんだ。死んだ人間が生き返るか。時間をもらえば、生き返らせられるのか。あの死んでしまった小西という患者を、だったらあんたたち、生き返らせてみろっ！」

急激に興奮し、最後のひと言は絶叫に近かった。唾を飛ばし、髪が乱れるのも構わず言い放つ貴船には、別の人格が憑依《ひょうい》してしまったかのようだ。

その言葉の激しさに、ふたりは茫然《ぼうぜん》自失の体で言葉をなくしている。

「もしできるっていうんなら、オレのキャリアを元通りにしてくれ。割れたガラスが元に戻るのなら、そうしてみろ」

投げつけられるような言葉を最後に、ついに貴船はひと言も発しなくなった。

4

「どうだった、サヤマ製作所は」

社に戻った久坂は、疲れ果てていた。

貴船を筆頭に、社長とともにアジア医科大学と付属病院のあらゆる部署を回ってひたすら謝罪し続けた一日であった。

「椎名社長は、否定し続けています」

藤堂の感情のこもらない声がこたえた。

「この期《ご》に及んでもか」

呆れたようにいった久坂は、疲れた体を自室のソファに放り出す。「サヤマは終わったな」

「新宿本社を見てきましたが、新聞記者やテレビ関係者が集まっていまして、出入りするのも大変でした」

日本クラインはというと、週刊誌が報道した昨日の内に記者会見を開き、謝罪とともに事実の徹底調査を約束したばかりだ。それでも、厚労省の立入調査は免れないだろう。

「業務上過失致死の疑いも、持たれていますからね」

すっと冷たい塊が久坂の腹に落ちてくる。そうなれば、厚労省どころか警察の捜査対象にまでなる可能性が大きい。この事態がどこまで大きくなるのか、果たしてどう収束するのか、全く想像がつかない。

「お前、何も知らなかったよな」

確認するように久坂は尋ねた。

もちろんです、という藤堂の返事に安堵したのは、もし知っていて看過したとなれば、日本クラインも共犯になってしまうからだ。

「どうやって椎名は、言い逃れるつもりなんだ」

「実験環境に問題があっての錯誤だと言い張っているようですが、浅はかな言い訳ですよ。NASAではそれが通じるんですかね」

痛烈な皮肉を、藤堂は口にする。「ウチとしての論点は、このデータ偽装を一下請け企業の個別の犯罪といい切れるかどうか、です」

「重義《しげよし》弁護士の意見は」

重義政夫《まさお》は、日本クラインが契約している神楽坂《かぐらざか》法律事務所の主任弁護士である。

「ウチの受け入れ検査の妥当性がひとつの争点とのことですが、そこはなんとかなるだろうと。問題は、社会的な心証を害しない配慮が――つまり、反省の表明と謝罪、厳格迅速な事実の公表とが必要とのことで。先程からコンプライアンス室と広報室が、その件について対応を協議しています」

「そうか……」

そこまで聞き、久坂は力尽きたように首をがくりと折った。「あとは――」

「あとは我々の責任問題、ですか？」

藤堂は、久坂の心の中を見抜いた。

「万が一、ウチの体制の瑕疵《かし》を指摘されたとなれば、我々も無傷ではいられない。そのときは覚悟しておけ、藤堂――」

藤堂が向けた淡々とした顔に向かって、久坂はいった。「もしそうなれば、オレたちは終わりだ」

5

「故意ではない、か」

会議室のテレビで佃らと一緒にニュース画面を見ていた殿村がいった。「シラを切っているようにしか見えませんがね」

昨日の週刊誌報道によって火がついた人工心臓にからむデータ偽装事件は、瞬く間にマスコミの注目するところとなり、ニュース番組で取り上げられる騒ぎとなっている。断固として容疑を否定している椎名の態度に今度は朝のバラエティ番組が飛びつき、サヤマ製作所が開いた記者会見を昼の番組でも生中継する様《ざま》だ。

「まあ、他山の石として身を引き締めて参りましょう」

殿村らしいコメントが出たところで、

「すごいことになってますよ」

午後から帝国重工の様子伺いに行っていた江原が、興奮も露わに駆け込んできた。

「いま宇宙航空部で、てんやわんやの大騒ぎです。帝国重工に納めたサヤマ製作所のバルブをどうするか、至急、協議することになりました」

「そのバルブにもデータ偽装があった可能性も否定できませんからね」

殿村の指摘はもっともだ。

「それもそうなんですが、それでなくても、今回の件ですでにコンプライアンス上の問題が出てくるわけですよ」

江原の話に、なるほど、と佃も膝を打つ。

「万が一、この人工心臓のパーツでのデータ偽装が認定される事態になると、帝国重工として共同開発どころか、取引そのものもできなくなるんです。財前部長のあんな慌てた顔、見たこともないです」

「プロジェクト管理のスケジュールは絶対だからな」

と山崎。「途中でバルブを変更するとなると進行が滞ることになる」

「そこで、財前部長からの問い合わせなんですが、ウチのバルブの開発チーム、いままで通り継続供給できるか、社長にきいてくれと。直接電話してもらえませんか」

サヤマ製作所の騒ぎをよそに、江原の声には、生気が漲《みなぎ》っている。

「わかった。いま電話する」

ポケットからスマホを出した佃は、その場で財前にかけた。

「すみません、こんな煩わしいことになってしまって」

すぐに電話に出た財前は、そう詫びた。「四時から、緊急の会議が開かれることになっているので、そこで私から再検討を提案するつもりです。そのためには佃さんのご意向を伺っておく必要があったので」

佃は壁の時計を見た。

現在、三時四十五分。あと十五分後だ。

「わかりました。必ず対応させていただきます。結果が出たらすぐにお知らせ願えますか。私どもも生産計画を変更しなければならないので」

佃はいい、通話を終えた。「仕切り直しだ」

「やりましたね」

殿村が拳を握りしめた。

社内の連中に知らせにいったのだろう。江原が部屋を飛び出していく。かと思うと、ぞろぞろと若手の社員たちを連れて戻ってきた。

誰が言い出したわけではないが、全員で待つ。そんな雰囲気だ。

ホワイトボードの前に歩いていった江原が、脇に抱えてきたものを広げ、マグネットで貼り付ける。いつも、技術開発部の壁に貼られている、手書きのポスターだ。

佃品質、佃プライド——。

その瞬間、拍手が起きた。全員がその標語を見つめ、そして同じ意思をもってここにいる。

「待ちましょう！」

殿村の声には、紛れもない気合いがこもっていた。

6

「全員、集まったか」

慌ただしく、会議室に集まったメンバーを見回し、水原がいった。「始めよう」

「私からお話をさせていただきます」

通常の会議とは違う、張り詰めた空気の中で立ち上がったのは、財前だった。

「先日、サヤマ製作所で日本クライン製人工心臓に提供していたパーツに関する、データ偽装疑惑が発覚いたしました。この人工心臓はすでに臨床試験でひとりの死亡者を出しており、重大な社会的関心が寄せられています。同社では、事実無根と否定する見解を出していますが、証明はできていません。とはいえ、『週刊ポルト』の記事は、内部告発者の証言がベースになっており、信憑性は高いといわざるを得ません。仮に、それが事実だとすると、我が社のコンプライアンス規範に抵触するため、先日採用を決定したサヤマ製作所製のバルブについて、共同開発も含めて見直しを迫られることになり、プロジェクトの進行に重大な支障を来《きた》す事態となっております」

財前は簡潔に概略を説明し、本題に入った。「開発グループとしては、前回の決定を白紙に戻し、従来通り、佃製作所製バルブの搭載を目指したいと考えますが——」

財前は、渋い顔をして腕組みをしている男のほうを向いた。

「石坂さん、よろしいですね」

こたえる前、石坂が作ったのはこれ以上無いというほどの渋面だ。

「週刊誌の記事ですよ、これは。直接確認しないで、こんなものを信じて判断を変えるんですか、財前さんは」

「直接確認できないんですよ。椎名社長は否定していて第三者の調査も受け入れるつもりはないと主張している。検証のしようがないんです」

「彼はNASA出身の技術者だよ。仕事なんかいくらでもあるんだ。日本クラインから発注されたバルブひとつに、そんな偽装をするとは思えない」

石坂は、あくまで偽装疑惑に否定的な態度をとっていた。

「石坂さんは、椎名社長と懇意にされているようですね。直接、きいていただいたんですか、この件について」

財前の指摘に、石坂は表情を消した。自分の非は決して認めない。一方で、先日の会議で強力に推した椎名と懇意にしていることも伏せておきたい。その思惑が透けてみえる。

「なにいってんだ、別に親しくはないよ」

石坂はいい、熾火《おきび》のような目が財前を向いた。「データ偽装の事実はないと、記者会見で本人がそういってるんだからその通りだろう」

「仮に——プロジェクトの途中で、不正が明らかになった場合、後戻りできません。絶対、そうはならないと、断言できますか」

石坂の顔面に朱が差した。

「じゃあ、財前さんは、不正があったと断言できるのか」

そう食ってかかる。「もし何もなかったら、それでまたウチのバルブ開発は何年も遅れるかも知れないんだぞ。それでいいんですかね。この騒動の結末は知りませんよ。しかし、サヤマ製作所の技術力が高いのは確実だ。社益を考えれば、そことバルブを共同開発することを優先すべきでしょうが。私はそう思うがね。こんな小さな問題を気にして、ウチの技術が遅れを取ったら誰が責任を取るんですか」

「小さな問題、だろうか」

そのとき、やりとりを聞いていた水原が割って入った。「仮にデータ偽装が真実なら、サヤマ製作所は存続の危機に立たされるだろう。バルブの共同開発話も暗礁に乗り上げる。十分に重みのある事件だと私は思うがね」

「要するに、マスコミを信じるのか、椎名社長を信じるのかの問題ですよ、本部長」

石坂が言い放ったとき、

「違います」

財前の、はっきりとした言葉が室内の空気を割った。「これは、単純にどちらを信じるかという比較の問題ではありません。リスクテイクの問題です」

いま財前はしっかりと石坂を見据え、そう言い放った。「週刊誌が正しいかどうかはわかりません。ですが、万が一、正しかったときには、我々のプロジェクトに多大な影響が生じます。それでもいいんですか。椎名社長が否定したから調べもしないでそれを鵜呑《うの》みにしていましたと、そんな理由が藤間社長に、いやロケットのクライアントに通用しますか」

「財前君の言う通りだな」

水原が頷いた。「私には議論の余地はないように思えるが」

会議室のどこからも返事はない。

反論の糸口を探ろうとしているのか、石坂は前方を睨み付けて何事か考えていたが、やがて力尽きたように目を伏せた。

「石坂君、君は椎名社長と随分、会食を重ねているそうだな」

そのとき、水原から思いがけない発言が飛び出した。「個人的に応援するのは結構だが、私情をこの場に持ち込むのは許さん。それによって我々の決断が誤った方向に導かれるなど、あってはならないことだ」

普段冷静であるが故、そのとき見せた水原の怒りの表情は、いかに今回の件を腹立たしく思っているかをうかがわせた。

「それと――」

水原は続ける。「サヤマ製作所の白黒がはっきりするまで、共同開発をはじめ同社との全ての取引を即刻凍結しろ。過去の経歴など、所詮は過去の話に過ぎない。必要なのは、いま経営者として正しいかどうかということだ」

深い嘆息をひとつ洩らした水原の目が、財前に向けられた。「佃製作所にすぐさま連絡してくれ。そして、今回の件は申し訳なかったと、そう佃さんに伝えてくれないか。――以上だ」

そういうやさっと席を立った水原は、足早に部屋を出ていく。

憮然としたまま、石坂が席にかけていた。

その目が動いて、財前を捉えると、「後悔するぞ、財前」、そういった。

「共同開発は、潔白が証明されてからで十分です。それに――」

財前は自らも立ち上がりながら、さらりといった。「とっくに後悔していますよ、この事態にね。性能では佃に劣るサヤマ製作所のバルブをわざわざ選んだのに、この様《ざま》だ。少しぐらい反省したらどうです、石坂さん」

屈辱に石坂が立ち上がったが、財前はさっさと背中を向け、もはや振り向く気配もなかった。

7

その連絡を受け取ったとき、ざわついていた室内が水を打ったように静まり返った。

静謐《せいひつ》の中、佃のやりとりの声だけが響いている。

「ありがとうございます」

やがて、佃がこたえたとき、江原が無言で拳を突き上げた。

「精一杯、やらせていただきます。はい、ご連絡ありがとうございました」

佃が通話を終えると同時に、

「ウォーッ！」

社員の間から声が上がり、歓喜が爆発した。

お祭り騒ぎだ。

佃はその輪の中にいて、社員のひとりひとりとハイタッチして回る。

「社長――！」

破顔した殿村は涙ぐみ、感極まって佃と抱擁を交わした。「良かった、良かった、良かった！」

殿村が心配していたのは資金繰りだけではない。この佃製作所という会社のマインド、存在の有り様もだ。それを佃もわかっている。

帝国重工のロケットエンジンのキーデバイスである佃製作所製バルブは、下町工場の技術、経験、知恵、そして努力の結晶だ。

そしてそれは、ここにいる全員のプライドそのものである。

さすが江原というべきだろう、手回しよく、缶ビールが持ち込まれた。うまい具合に午後五時も過ぎていて、祝勝会気分である。

「では、社長、ひと言、乾杯のご発声を」

「そうだな」

ひとつ頷いた佃は、社員たちに向かっていった。「みんなの努力が正当に報われたと思う。ありがとう。研究員から社長になって、もう十年以上になる。無我夢中でやってきたけど、その中から学んだこともある。会社って、こうやって成長していくものなんだな。みんなと同じ成功体験をぐり抜け、時に何かを失いながら、何かを得ていく。結局は、その繰り返しなのかも知れない。それは楽な道じゃ無いと思う。だからこそ、お互いに励ましあって、支え合っていかなきゃいけないと思う。今日は、それを学んだ。これからも頼むぞ。そして洋介、アキちゃん」

佃は、同じくこちらを見ているふたりに語りかけた。「次はお前たちの出番だ。がんばれ！」

「期待してるよ、洋介ちゃん！」

ひょうきん者の川田が合いの手を入れ、笑いが起きた。

「じゃあ、今日は我々に乾杯しようか」

佃はいった。「佃品質に、そして佃プライドに。そしてその勝利に」

満たされた思いが、誰しもの心を満たし、いま自分はそれを共有している。そう佃は思った。

この社員たちと一緒に、どこまで行けるかはわからない。

だけども、こいつらとならどんな困難とでも立ち向かえる。そう佃は心から思う。

「うれしいなあ、トノ」

歓喜の中、佃は、傍らにいた殿村にしみじみといった。「挫折して、大変なときもあったけど、やっぱり人生ってのは、生きてみるもんだ」

佃の頬を、涙がこぼれ落ちた。


「立花さん、まだやるんですか」

加納が声をかけたとき、立花はワークデスクに戻っていた。姿が見えないと思ったら、会議室を抜けだし、ひとりデータと向き合っていたらしい。

「みんな、二次会へ行くっていってるんですけど、行きませんか」

「いや、ぼくはいい」

立花はいい、「アキちゃん、行ってこいよ。飲み会は全部参加する主義じゃなかったっけ」

「立花さんが行かないのなら、私も行きませんよ」

加納はいうと、フロアの端に置かれたコーヒーサーバーで、コーヒーを淹れて戻ってきた。

「社長に、次はお前らだって、いわれちゃったし」

そういうと、「まだ何か気に入らないところ、あるんですか」、そう立花にきいた。

「あるかどうかわからないんだけど、ＰＭＤＡとの面談、明後日だろ。時間がある限りとにかく向き合っていようと思ってさ」

立花らしい姿勢である。

「とことん食らいついて行くってことですね。なら、私も付き合います」

立花は何かいおうとして顔を上げたが、加納の真剣そのものの顔を見ると、もうそれ以上、いわなかった。

「でも、ここで我々が完璧なものを作っても、また中小企業だからっていわれちゃうと、正直、厳しいですよね」

加納は、いつも抱えている不安を口にする。

「中小企業には違いないから、そこはどうしようもないな」

立花は、達観したようにいった。「結局、ぼくたちができることは、より完璧に近いものを作ることだけだから」

「変えられることと、変えられないことがありますもんね」

ふたりの作業は、試作と実験の繰り返しだ。一村の意見を聞き、桜田と加工について話し合う。時間と金はかかるが、そうやって積み上げることでしか、築けないものがある。

たしかに、中小企業だから話にならないといわれてしまえばそれまでだ。

それでも、挑戦する。

「無駄にならなきゃいいですね」

ふと、加納がいった。

「結果、考えるなよ」

ぼそりと、立花はいった。「それよか理由のほうが大事じゃん。ぼくたちがなんで、これをやっているのか」

「そうでした」

加納は納得し、壁を見上げた。そこから、子供たちの楽しそうな眼差しがふたりを見下ろしている。

応援してね、みんな。

加納はそう心の中で呟くと、真剣な眼差しで試作品と向き合い始めた。

8

その朝——。

午前六時に起床した桜田は、妻が作ってくれた朝食を済ませ、身支度を調《ととの》えた。

先祖代々住んできた福井市内の一戸建ては築八十年にもなる古屋だが、昔ながらの骨組みは意外に頑丈で、なにかこの地に根付く人の気性をそのまま映しているようにも見える。

「いよいよね」

「ああ」妻に頷いた桜田は、奥にある和室に置かれた仏壇の前に座ると、

「結《ゆい》。行ってくるよ」

遺影に向かって話しかけた。「いろいろ、大変なこともあるけれども、お父さん、がんばってくる。だから、力を貸してくれ」

合掌した桜田の脳裏に、娘の記憶はつい昨日のことのように鮮明に蘇ってくる。その記憶の断片に埋もれ、娘との思い出にひたると、たちまち熱い思いが込み上げた。

忙しくてなかなか遊びに連れていってやれなかった。誕生日に桜田が買ったプレゼントのぬいぐるみを喜んで抱えていた笑顔。クリスマスの朝、サンタから届いたプレ

ゼントを大事そうに抱えて見せてくれたときの表情。

　ランドセルがぴょんぴょんと跳ねているように見えた幼い結。少し生意気で桜田とはあまり口を利いてくれなくなった、結。志望した高校に合格し、始業式の前の日に、高校のカバンを抱え、電車とバスを乗り継いで通学の練習に出かけたっけ。土曜日で、ちょうど家にいた桜田に、「バスの中で学校の先生に会ったよ！」、そう興奮気味に話してくれた十六歳の結。

　まさか、それから一年も経たず、この世から結がいなくなってしまうなんて想像もしなかった。

「行ってくるよ」

　笑顔で見つめている結の写真にいった桜田の頬に涙が伝った。ひとりそれをハンカチで拭い、もう一度、写真を見つめる。

　応援してくれ。

　そう心の中でいった桜田は、妻の運転するクルマに乗り込み、小松空港までの道のりを急いだ。

　その日、佃たちが、一村と桜田のふたりを羽田まで迎えに行ったのは午前十一時過ぎのことである。

空港で簡単に食事を済ませ、一旦佃製作所にふたりを案内した。技術開発部長の山崎、開発担当の立花と加納の三人を交えて、最後の段取りを打ち合わせる。これに今回は営業の江原を加えた七人が、PMDAの面談に臨むチーム構成だ。

面談の予定時間は午後三時。

江原が運転するワンボックスに乗り込んで霞が関まで移動し、受付に来訪を告げたのは、予定時間の十五分前のことであった。

案内されたのは、先日と同じ部屋だ。

ホワイトボードに近い席に一村がかけ、そこから桜田、佃と並び、山崎と立花、加納、そして江原という席順だ。江原はプロジェクターに接続するためのPC操作を任されていた。

「まあ、気楽にいきましょう」

一村がいった。

「とても気楽にはなれませんよ」

そういったのは加納だ。さすがに緊張で、顔が青ざめている。この面談がダメなら、桜田の離脱により、このチームは解散するかも知れない。そうなれば、ふたりの研究開発そのものが水泡に帰す可能性は高い。

佃は、五分前を指している壁の時計を見上げた。

秒針が動くたび、濡れ紙を重ねるような緊張が、佃たちを覆ってくる。

瞑目し、ひたすらそれをやり過ごそうとした佃が、何度目かの深い息をしたとき、ドアがノックされ、審査担当者たちがぞろぞろと入室してきた。

滝川も、いた。前回と、同じメンバーである。

「よろしくお願いします」

進行役の滝川のひと言で佃たちも一礼し、いよいよ二度目の面談がスタートした――かと思うと、

「なんだ、この前と同じ顔ぶれじゃないか」

いきなり滝川がいった。「まあ、一応話は聞くけどもさ」

うんざりした態度で、失笑してみせる。冒頭から、不穏な雰囲気だ。

「ガウディ計画の意義などについては前回、お話をさせていただきました。今回は、佃製作所が加わって、医療機器としての性能が格段に進化した新たな人工弁の特徴、そして私どもで進めております実験内容と結果などについて、考察を交えながら、進めさせていただきたいと思います」

一村が話し始め、部屋の照明が落とされた。江原が操作するプロジェクターを使った説明だ。

「今回開発された人工弁――私どもの開発コードネーム『ガウディ』は、サクラダ製

の特殊素材と、佃製作所による最先端技術、そして私ども北陸医科大学心臓血管外科の臨床経験から得たノウハウが凝縮され、世界トップクラスの性能と汎用性《はんようせい》を実現するに至ったといえると思います」

その後、一村による実験とデータ、それに関する解析が行われ、従来、アメリカで製造されていた人工弁と比較して論じられていく。

コア部分の素材と形状、心臓への縫合時の操作性を向上させるためのハンドルの工夫、サクラダの経編《たてあみ》技術による素材のメリットについて——。

「この人工弁の最大の特徴は、子供の心臓疾患にも対応できるというところです」

一村は主張した。「そして、なにより手術がしやすいこと。これに尽きます。佃製作所で工夫に工夫を重ね、縫合時に有効な人工弁を支えるハンドル部分はしっかりセットされていながら外すときにはワンタッチで外れる。これは間違いなく革新的な技術で、この特許だけでも世界中の人工弁メーカーからの受注が見込まれるレベルだと思います」

そこは、立花たちの努力の結晶である。医療機器は、使いやすければ使いやすいほど、手術時間の短縮に繋がる。また、時間が短くなれば、患者への負担が減るだけではなく、感染症などのリスクも減らすことができるのだ。

「あえて語弊を覚悟でいわせていただくと、ガウディを使えば名医になれる。余計な手術操作を不要にすることで、いままで四時間かかっていた手術が、たとえば三十分、時間を短縮できる。ガウディは、心臓血管外科手術に飛躍的な進化をもたらすものと確信しています」

一村の説明が終わった。

照明が戻った室内で、佃の目に飛び込んできたのは、椅子に浅くかけた滝川の、底意地の悪い目だった。加納が、「ガウディ」の試作品を配ったが、手を触れさえしない。

「自画自賛ですか」

案の定、そんな言葉が飛び出し、場の雰囲気は一気に冷えていく。「たかが人工弁を、ここまで持ち上げてみせる想像力には脱帽だな。いかにもバラ色の開発物語だが、この話には肝心なものが欠落している。万が一のとき、どうするか——」

滝川の視線が、佃たちを撫《な》で切るように一閃《いっせん》した。「このガウディで医療事故が起きたとき、あんたたちで責任を取れないでしょう。お金ないところばっかりだもん。違いますか」

喧嘩腰の挑発だ。

審査する側とされる側。その優先的地位を前提にしての、言いたい放題だ。

佃は唇を噛んで押し黙った。

口論になっても、損をするのは自分たちだ。

「滝川さん、我々はたしかに大企業ではないからお金はないかも知れない。だけど、人工弁開発にかける情熱、そして技術はご理解いただけたんじゃないですか」

一村が、やんわりとした口調で話を進めようとした。しかし、

「いままでだって、心臓弁膜症の治療はしてきたじゃないですか、一村先生。何も問題はなかったでしょう」

滝川は、肩を揺すってバカにしたような笑いを吐くと、「違いますか」、と問うた。

「だったら、それでいいと思うんですけどねえ。皆さんが、人工弁に参入する意味はあまりなく、代わりにリスクばかりが目に付く。そんなふうに見えてしまうんだなあ」

苦々しい静けさが落ちた。

限りなく敗北に近い味のする沈黙だ。

隣で桜田が唇を嚙み、一村が溜息とともに俯いた。

このままでは、ダメだ。

息苦しいほどの対峙《たいじ》の中で、佃はいま、どこかに話を前進させるスイッチはないものか、必死で探している。

「あの、滝川さん、しかしですね――」

それでも、何らかの説得を試みようと佃が口を開いたそのときだ。

「たしかに、いままでも人工弁の手術はありました。でも、それは手術が必要な子供の全てではありません！」

凛《りん》とした反論があり、佃ははっと振り向いた。

立花だ。

あの生真面目で大人しい男が、いま爛々《らんらん》と底光りする目で立ち上がり、滝川を睨み付けている。

「人工弁のサイズが合わないからという理由で手術が先延ばしになったり、病気が悪化したりして、友達と遊ぶこともできない子供たちがいま日本にいるんですよ、この日本に――」

鋭く言い放った立花は、人差し指でテーブルを二度、叩いた。痛いほどに。

「うちのグループは小さい会社ばかりかも知れません。ですが、このガウディは、大勢の子供たちが、完成し、臨床で使われる日を待っているんです。命の尊さを、会社の大小で測ることができるでしょうか。私はできないと思う。どんな会社であろうと、人の命を守るために、ひたむきに誠実に、そして強い意志をもって作ったものであれば、会社の規模などという尺度でなく、その製品が本当に優れているのかどうかという、少なくとも本質的な議論で測られるべきです」

立花ははっきりというと、居並ぶ八人の審査担当者と対峙した。「いまお手元にある私たちの人工弁――ガウディをしっかりと見てください」

そのとき――。

「お掛けください、立花さん」

そう声をかけたのは、リーダーを務める審査役の山野辺である。

「いくつか、技術的な質問があるのですが、よろしいですか」

滝川が何かいおうとするのを制し、山野辺は続ける。

「このコア素材についてですが、コバルトやクロムの合金に関する強度評価について、他の検討素材との比較ではどれくらいの差異が認められたんでしょうか」

このとき、何かが――動き出した。

「それは私から」

小さく手を上げた山崎が、素材に関する説明をはじめる。

佃と立花、加納も加わった難しい専門用語のやりとりになり、一村と桜田のふたりが、息を呑んだようになって成り行きを見守っている。

「御社では、この素材での製造実績はありますか」

それを質問したのはベテランの専門員だ。

「一例だけあります」

山崎がこたえる。「ロケットのエンジンバルブの部品の一部で使用しています」

そのひと言に、何事かボードに書き付けていた山野辺も顔を上げた。

「ということはこれは、ロケットエンジンのパーツに使われているのと同じ素材だということですか」

と山野辺。「それは驚いたな」

お互いに顔を見合わせたとき、

「ロケットにもいろいろあるでしょう」

滝川が吐き捨てるようにいった。「どうせ実験で飛ばす程度のペンシルロケットじゃないの」

バカバカしくなって、佃はこたえなかった。

そんなことは、前回、配付した会社のパンフレットの一枚目に書いてある。

「滝川さん――」

見かねた隣席の専門員がそのページを開いて見せると、さすがの滝川も、バツが悪そうに押し黙るしかなかった。

「失礼しました」

滝川の代わりに、山野辺がひと言詫び、

「いいものを開発されていると思います」

待ち望んだ評価の言葉が発せられたのは、次の瞬間であった。

「いままで小動物で実験されていたようですが、これだけの実験データを蓄積なさっているのなら、大型の動物へと実験の段階を一歩進めてみてはいかがですか」

真剣そのものだった立花の顔が輝いた。

加納は、いまにも泣き出しそうだ。

それは紛れもなく、ガウディ計画を大きく前進させるひと言だった。

予定を大幅にオーバーして二時間ほどにもなった面談を終え、全員がエレベーターに乗り込んだ瞬間、加納がこらえきれずに涙を流した。

「立花さん、最高でした。ホント、最高でした――！」

泣きながら、立花の健闘を称《たた》える。

「まったくだ」

江原がいい、立花の肩をぽんぽんとふたつ、叩く。「お前、すごいよ。よくやった」

ただ頷くのがやっとの立花は、地味で生真面目な男らしく、照れくさそうな笑みを浮かべている。

そのやりとりを、目を赤くして見ている桜田に、

「今後のこと、よろしくお願いします」

佃はいい、右手を差し出した。

「いえ、こうなったら、なんとか食らいついていきますよ。何があっても、やり遂げましょう」

力強い握手だ。

「ところで、さっき皆さんが議論されているとき、帝国重工の財前部長からこんなメールが来ましてね」

佃が手にしたスマホ画面に表示されたメールを読み上げたのは、一階のエレベーターホールを出たときであった。

「――ＰＭＤＡとの面談に間に合わなくて申し訳ない。ガウディ計画への出資、先ほど、役員決裁されました。まずはご報告まで」

顔を上げた桜田は、放心したような表情で、ただ佃を見ている。

「ご安心ください」

佃は、いった。「もう、中小企業の寄せ集めだなんて、誰にもいわせませんから」

第十一章　夢と挫折

1

「椎名はもうダメです、先生」

深刻な表情で膝を詰めたのは久坂である。「遠からず告発されるでしょう。今週にも、家宅捜索が入るのではないかと」

「待て」

貴船は戦《おのの》いてきいた。「それはウチにも、入る可能性があるということか」

今回の件は、人工心臓を構成するたったひとつのパーツに関する事件に過ぎない。だが、それが臨床試験での死と結びついてしまった以上、とても小さな事件では済まなくなった。

「先生のところだけではありません、弊社にも当然、入ります」

「冗談じゃない」

貴船は吐き捨てた。「そんなことにでもなれば、私はもう終わりだ」

夕景も深まる学部長室には、長いオレンジ色の西日が射《さ》し込んでいた。光と影が格子状になって、肘掛け椅子に体を埋めた貴船の表情を斜めに横切っている。

「先生は被害者なんです」

言い聞かせるように、久坂は、従来の主張を繰り返した。「こんなことで、『コアハート』の開発が滞ることがあっては断じてならないと思います」

打ち据えられた貴船からの返事はない。久坂はいう。「我々は、サヤマ製作所の代わりに、パーツを作る会社を早急に当たります」

「難しいパーツだそうじゃないか」呻《うめ》くように、貴船がいった。

「なんとかします」

久坂はこたえた。「サヤマ製作所の動向をうかがっておりましたので連絡はこれからですが、話をしてきます。大丈夫です、先生」

安心させるように、久坂はいった。「この騒ぎも暫《しばら》くすれば落ちつきます。一時的に臨床実験はストップしますが、おかげで新たなパートナーで仕切り直す準備ができる。そう考えれば、悪いことばかりじゃありません」

傷心の貴船を励ますように、久坂は言葉に力を込めた。「世界中に、先生の人工心臓を待っている患者さんがいるんです。なんとか、ここを乗り切りましょう」

返事の代わりに、貴船が向けてきたのは感情のない目である。学会の重鎮が、いまは弱々しい老人に見える。

「先生？」

久坂が呼びかけると、貴船の目がそっと閉じられ、はあっ、と魂までこぼれ出そうな溜息が洩れた。

その同じ頃——。

「社長、神谷先生がお見えです」

殿村が声をかけると、弁護士の神谷が人なつこい表情を浮かべて社長室に入ってきた。

すぐに山崎と立花もやってきて、ガウディに関する特許申請の、何度目かの打ち合わせが始まる。

細部にわたる事実の整理や評価を終えるのに、二時間ほどかかっただろうか。専門的な技術論を楽々とこなした神谷は、

「先生、この話とは別に、もうひとつ相談があるんですが」

佃にいわれ、書類をバッグに入れかけていた手を止めた。

2

佃が、インターネットでそのニュース速報を見たのは、神谷と打ち合わせをした翌日のことであった。

データ偽装の嫌疑がかけられたサヤマ製作所に警視庁の家宅捜索が入ったのだ。関連のあるアジア医科大学、「コアハート」の製造元である日本クラインも同時に家宅捜索され、検索したニュース映像には、捜査員によって押収資料の入った段ボールが次々と運び出される様子が映し出されていた。

さらに、サヤマ製作所社長の椎名と開発部マネージャーの月島が任意同行を求められ、警察の事情聴取を受けているという。

「中里は大丈夫か」

そんな話を山崎としたのは、その日の午後のことであった。「何か連絡、あったか」

そのとき技術開発部にいた佃の質問は、山崎だけではなく、その場にいた社員たちに向けられたものだったが、誰もが首を横に振るばかりで、連絡を取っている者はいないようだった。

「朝、メールしたんですけど、返信はありませんでした」

唯ひとり、そういった立花も、表情を曇らせている。

「まさか、あいつも偽装に関わってたなんてことはないだろうな」

心配そうにいった佃に、「そうじゃないことを祈りたいですね」、と山崎も不安げだ。

「サヤマ製作所も焦っていたと思うんですよ。ウチから試作品を横取りしたまではよかったけれど、うまくいかなかった。だから、中里の技術に頼ったんじゃないでしょうか。ただ、どうかな——」

ふと山崎は腕組みをして、窓の外に視線を投げる。「中里にあのバルブができたか、その辺りのところはわかりません」

「中里のノウハウでは、まだ無理だろうな」

佃がいったとき、「社長、殿村部長からです」、と近くの社員から声がかかった。

「日本クラインが？」

内線電話に出た佃がいうと、山崎が振り向いて様子をうかがう。近くにいた社員たちもそのひと言で動きをとめ、何事かと、佃を見ている。

「おい、ヤマ。日本クラインが会いたいそうだ」

佃はいった。

「いまさら何ですかね」山崎も、不快感を隠そうともしない。

「さあな。どんな話なのか、ちょっと聞いてやろうじゃないか」

久坂と藤堂のふたりが佃製作所を訪ねてきたのは、結局、その翌々週になった。

「コアハート」の開発担当として警察に呼ばれ、何回にも分けて事情をきかれることになったからだ。

そのせいか、久坂は目に隈《くま》を作り、すっかり憔悴《しょうすい》しきった様子だ。傍らにいる藤堂は、相変わらず殺伐とした雰囲気のまま、気味の悪いほどじっとりとした視線をこちらに向けてきている。

ふたりと向かい合っている佃製作所側は、佃と山崎、そして殿村といういつものメンバーの他に、もうひとりいた。顧問弁護士の神谷である。神谷は、疲労困憊《こんぱい》の体《てい》である日本クラインのふたりを、どこか興味深げな目で見ている。

「お聞き及びかと思いますが、弊社の人工心臓で不祥事がありまして。家宅捜索を受けたものですから、先週、先々週と、もうほとんど仕事になりませんでした」

久坂は自虐的な笑いを浮かべてみせ、「その点については、世間にご迷惑をおかけして申し訳ないと思っております」、と小さく頭を下げると、本題を切り出した。

「今日、お時間をいただいたのは、他でもないサヤマ製作所に製造を依頼していたバルブを、ぜひ御社でお願いできないかと思った次第でして」

佃は腕組みをしたまま、すぐには返事をしなかった。そもそも、佃に発注しておきながら、サヤマ製作所に転注したのは久坂ら日本クラインだ。いくらなんでも、はいそうですか、というわけにはいかない。

「まず、お伺いしたいんですがね」

佃は口を開いた。「今回のデータ偽装、御社は関係ないんですか」

「関係ありません。当たり前です」

久坂ははっきりと否定する。警察で何度も同じセリフを口にしたせいか、その口調は妙に堂に入って聞こえた。「ウチは、被害者ですよ、佃社長。あの椎名社長に騙されて本当に迷惑しているし、いまおっしゃったような有らぬ疑いを掛けられてもいる。いち早く真実を解明し、疑惑を晴らしたいと思っているんです。信じてください」

そういわれても、話半分にしか聞こえない。

「それで、発注したいバルブなんですが、これです」

佃がやるともいっていないのに、そういって設計図を広げたのは藤堂であった。その態度は、自分たちが頼めば、断るはずがない、という自信に裏打ちされているようだ。

山崎がそれを覗き込み、隣にかけている神谷にもよく見えるように設計図をズラしてみせる。

ふたりが仔細《しさい》に検討しはじめるのを傍目《はため》に、藤堂は続けた。

「前にもお話ししましたが、将来的には量産を目指していて、その際にも御社に発注する予定ですので、試作段階での単価は絞らせてください」

図々しい話である。

「どうも、一度ああいうことがあると、何からなにまで信用するというわけにはいかないんですよ、藤堂さん」

「それはどういう意味でしょうか」

藤堂は表情を強ばらせ、佃に対して控えめな怒りを浮かべてみせた。

「そもそも、量産前提で試作品、作ったじゃないですか。その約束、簡単に反古《ほご》にしたのは御社でしょう。また同じことをされるかも知れない」

「これはビジネスです」

藤堂が口にしたのは、もっともらしい建前だ。「あれは、弊社の設計変更に、御社が対応できなかったからでしょう」

「これは、あのときの設計図ですか」

佃が尋ねると、「そうです」、という返事があった。

ちらりと横にいる山崎と目配せし、

「この設計図、どなたが描かれたんでしょうか」

佃はさらにきいた。

「どなたって、社内に決まってるじゃないですか」

バカバカしいといわんばかりの口調で藤堂がいった。

「ほう」

冷めた声で佃はこたえ、「それは本当ですか」、と改めて問う。

「何がおっしゃりたいんですか」

藤堂は硬い口調できいた。「御社の技術では、この設計図通りのものはできないと、そういうことですか」

「まさか」

佃はふっと笑ってこたえた。「できますよ、もちろん。そもそも、このバルブは当社で設計したものですから」

その刹那《せつな》――。

化学変化を起こしたような沈黙が室内の雰囲気を変えた。

「は？」

藤堂から洩れたのは、怪訝そのものの声だ。「なにいってんですか、あんた」

小馬鹿にした言葉を、佃に投げて寄越す。

「藤堂さんね、あんたいま、この設計図は社内で描いたと、そうおっしゃいましたよね。そしてこのバルブは量産前提だと」

返事はない。怒りのこもった視線が佃を見ているだけだ。佃は続けた。

「昨年——。御社からバルブの試作品の依頼を受けたとき、設計上の問題点がいくつかあることに気づいた。そこで、その問題点を解決するために、ここにいる山崎が、後々御社に提案するつもりで新たなバルブを設計し直したんですよ。それが、これだ」

「なにをバカな」

久坂が脇から苛立たしげに反論する。「これはウチの設計だ。御社のものだなんて、それはないんじゃないですか、佃社長」

「これは御社ではなく、本当はサヤマ製作所から持ち込まれた設計図なんじゃないですか。それを単に御社が採用した。違いますか」

佃の指摘に、久坂がたじろぐように体を揺らし、隣の藤堂をちらりと見た。どうやら図星のようだ。

「そこまで聞き及んでいるのなら、まあいいでしょう。これはウチがサヤマ製作所さんにアウトソーシングしたんです。ですから、ウチの設計といって何も問題はないでしょう」

藤堂はいうと、鼻に皺を寄せて、あからさまな嫌悪感を浮かべた。「いったい、何がいいたいんです」

「以前、うちにいた社員が、社内の設計情報をサヤマ製作所に流出させた疑いがあるんですよ。その設計図が――」

佃は、テーブルに広げられた設計図を指さした。「これです」

お互いが出方を探り合うような沈黙が訪れた。それを破ったのは、藤堂だ。

「もし――もしそれが事実でも、それは御社とサヤマ製作所の問題じゃないですか」

藤堂はあざ笑った。「それとも、自社設計だと認められなければ、バルブは作りたくないとでも？　くだらない」

藤堂は吐き捨てると、傍らの久坂を向いていった。「部長、やはり他の会社を当たりませんか。どうやら佃製作所さんは、やる気がないようですから」

代わりなど幾らでもいるぞとでも、いいたいのだろう。

「そうされるのなら、それは構いません。ただ、その設計図のバルブを製造するのは止《や》めていただきたい」

佃がいうと、

「いい加減にしなさいよ、あんた」

藤堂が食ってかかった。「あんたにそんなことをいう権利はないはずだ。そもそも、これがお宅の設計図だという証拠もない。ふざけるな」

佃を睨み付けた藤堂に、

「証拠ならあります」

そう脇から声がかかった。神谷だ。

神谷は手にした書類をふたりに見せながら、そのページを開いた。

「これは、佃製作所が三年前に特許申請し、認可された新型バルブの図面です。どうぞご覧ください」

よく見えるように、日本クラインの設計図と並べて見せる。

久坂が体を乗り出して覗き込み、そして——動かなくなった。

じっと見つめた藤堂の目が見開かれたと思うと、ふいに慌てたようになり、設計図と書類の図を手にとって、もう一度比較しはじめる。

やがて——。

久坂の体がふらりと揺れ、ソファの背に投げ出された。

藤堂の手から、はらりと図面が落ちる。上げられた面差しに浮かんでいるのは、悔しさだ。

そのふたりに向かって、神谷がいった。

「御社の製造されているこのバルブの構造に対して、佃製作所は特許の実施を認めてはいません」

「特許の実施――？」

藤堂の目が見開かれ、神谷に向けられている。

「わかりやすくいえば、御社のバルブは特許権を侵害しているということです。また すでに試作品が製造されている事実に対して、佃製作所の代理人として即座に、製造中止を申し入れるものであります。これについては、後日正式な文書で通知させていただきます」

ふたりの表情は恐怖にひきつっていたが、それはやがて絶望のそれへと変わっていく。

「ビジネスのベースは、信頼関係です、久坂さん、藤堂さん」

重たい沈黙を破って、佃がいった。「御社が製造されている人工心臓がいかに有意義なものであるかは理解しておりますが、これがビジネスである以上、御社と取引をするつもりはありませんし、また我々の特許について使用許可を与えるつもりもありません。では、我々も次の予定がありますので、早々にお引き取りいただけますか」

言葉を失ったままのふたりに告げると、佃は、ゆっくりと腰を上げた。

3

その日――。

取引先を回った佃が、最寄りの長原駅から徒歩で会社まで戻ってきたのは、午後六時過ぎのことであった。

梅雨明け宣言を聞いた七月下旬のことである。気温は高いが湿度は低い。気持ちのいい宵だ。夕日が住宅街の向こうへ傾いていて、遠く佃製作所の白い四角い建物を斜めから照らし付けている。

重たいバッグを持つ手を替え、尻ポケットのハンカチで額を拭った佃が、その人影に気づいたのはそのときであった。

ひとりの男が駐車場の端に立ち、社屋を見上げている。足を止めた佃は、その男が玄関のほうへ回っていき、迷ってでもいるかのようにまた駐車場に戻る様子を遠くから見ていた。

「なんだあれは。セールスかなにかか」

営業マンにしては、随分と遠慮がちだなと思いながら歩いていった佃は、いよいよ近くまできて、あっ、と立ち止まった。

「中里！」

声をかけると、はっとしたように中里がこちらを振り向き、「社長――」、と驚いた顔を向けてくる。

「なにやってんだ、お前」

「いや、実は近くまで来る用事があったものですから」

そういうと、中里は恐縮したように、頭をひとつ下げた。ここに来たまではいいが、顔を出そうか迷っていたと見える。

「そうか。それで寄ってくれたのか。暑いだろう、中で冷たいもんでも飲んでいけ」

さっさと中へ入ると、中里もすごすごと佃の後についてきた。

「おい、中里を連れてきたぞ」

殿村に一声かけ、「まあ入れ」、と社長室に案内する。

クーラーを入れ、それでようやくひと息ついた佃は、改めて、かつて部下だった男を見た。

こんな男だったか。

最初に浮かんだのは、そんな印象だった。佃製作所の社員だった頃の中里は、生意気だが鋭い目をした、どこか野心を感じさせる男だった。

当時、佃はそれも悪くないと思っていた。会社なんだから、いろいろな奴がいた方がいい。

だがいま、佃の前にいる男は痩せて頬がこけ、さながら戦意を無くして敗走する狼のようだ。ただ、一縷《いちる》の光が目の底に残っているのだけが救いである。

すぐに山崎も顔を出し、「元気か」、と声をかけて佃の隣にかけた。

「大変だったな」

佃が声をかけると、中里は唇を嚙んで俯いた。それからやおら顔を上げると、決心したように、「あの、社長。今日はお詫びに参りました」、と思い切った口調で切り出す。

「実は、山崎部長が作成した設計図を、サヤマ製作所の椎名社長に渡しました。申し訳ありませんでした」

立ち上がると、深々と頭を下げた。

「ああ、そのことか」

佃は山崎と顔を合わせ、「まあ、座れ」、と中里を座らせると、

「もうそのことはいい」

佃はいった。「あの設計図がどうなったかはお前も知ってると思う。聞いているかどうかは知らないが、日本クラインがその後うちを訪ねてきて、あの件については結着した」

「その話は、聞きました。もっと早く謝罪しようと思ったんですが、勇気がありませんでした。なんとお詫びしていいかわかりません」

今度は座ったまま両膝に手を置き、頭を下げる。

「それより、会社はどうだ」

佃はそっちのほうを心配した。「大変じゃないか」

「はい。実は今日も、この近くの会社へ今後の打ち合わせに参りました。厳しいお話ばかりで、正直、これから会社がどうなるのかわかりません」

中里の話では、サヤマ製作所は、その後専務だった男が社長になり、営業を継続しているという。椎名が逮捕され、〝NASA〟の看板も失われた。一度墜《お》ちた信用はそう簡単に回復するはずもなく、倒産するのではないか、といった声もあるようだ。

「いま、残された社員でなんとか持ちこたえられるよう、がんばっているところです。ただ、社員もどんどん辞めていまして、正直、苦しいです」

「それで、お前はどうするんだ」

佃はきいた。「そのまま、会社に残るのか」

それまで伏し目がちだった中里は、顔を上げてまっすぐに佃を見、

「私は、残ります」

はっきりとこたえた。「こうなった責任の一端は私に有ります。私は最後まで残っ

て、この会社のために尽力したいと思います」

「逃げずにか」

佃の問いに、「はい」、と中里が即答すると、「それはいいことだ」、そう佃は応じた。

「そう決めたのなら、どこまでも立ち向かえ。たとえダメでも、その経験は必ずこれからの人生に生きてくる。いま会社は修羅場だろうが、修羅場でしか経験できないこともあるはずだ」

「肝に銘じます」

そういうと中里は改めて立ち上がり、

「こんな私に温かいお言葉をいただき、感謝しています。なんとしても、最後までがんばります」

そう深々と頭を下げて帰っていった。

「大丈夫ですかね、中里は」

ひとり帰っていく中里の後ろ姿を玄関先で見送りながら、山崎がいった。

「さあ、どうだかな」

佃はこたえる。「うまくいくかも知れないし、いかないかも知れない。だけどな、あいつの目、見たか」

山崎は、なんです、という顔をしてみせる。「まだ死んじゃいなかったぞ。生きる奴の目だった」

開いたままの自動ドアから生温かい空気が吹き込んできて、ふたりは事務所内に引き上げる。

「まあ、いろいろあるよな」

佃はいった。「それが人生ってやつだ」

「そうですね」

それだけいうと、山崎のひょろりと背の高い姿は、ゆっくりと階段を上がって見えなくなった。

最終章　挑戦の終わり　夢の始まり

1

室内に入った途端、部屋中に溢れかえっている光の粒子の思いがけない強さに、久坂は目を瞬いた。

「先生――？」

三月下旬、好天に恵まれた日の午後である。

学部長室のブラインドは開け放たれたままで、そこからまだ葉をつけぬポプラ並木と、その向こうにアジア医科大学の誇る最新病棟が見える。

窓際に立ったままの貴船は、久坂が入室しても振り向くでもなく、窓外の光景に目を凝らしたまま動かない。

「失礼します」

貴船に近寄った久坂はその横に立ち、視線を追うようにして、自分も眼下の光景を見下ろしてみた。

何か面白いものでもあるのかと思いきや、なんのことはない、そこにはいつもの光景が広がっているだけだ。

幾何学模様で固められたコンクリートの中庭があり、幹の周りをベンチで囲んだ樹木、申し訳程度の花壇。その向こうには街路樹の舗道があり、患者やその家族、見舞い人たちがひっきりなしに行き来するのが見える。研究棟と病棟の間を通る片側一車線の道路には、警備員が出て、一台ずつクルマを停車させ、駐車場へと案内していた。

それらの様子を、さっきから貴船は飽きもせずに眺め、尊いものでもあるかのように陶然としているのである。

やがて、

「生きるってのは、いいもんだな」

誰にともなく貴船がいい、久坂は、不意を打たれたように視線を振った。「なあ、久坂君。いいと思わないか」

「ええもう、大変、結構なことだと思います」

話を合わせるのがやっとだ。貴船がこんなことをいうとは、果たしてどんな風の吹き回しだろうか。

視線を貴船の背後に転ずれば、段ボールが積み上げられ、引っ越しの真っ最中だ。

精神をすり減らすような一連の騒動と学内人事での手痛い敗北――。

あれだけ出世と名誉を欲した男の、それまで積み上げてきたものが、一瞬のうちに瓦解《がかい》していく。その転落の凄まじさを、自らもまた渦中にいて、久坂は目の当たりにした。

つい先日まで、深く懊悩《おうのう》し、病気になるのではないかとさえ思えた貴船だが、どうやらこの一ヶ月ほどご無沙汰しているうちに心境の変化があったらしい。

「健康ってのはな、命より大事だぞ、久坂君」

またしても、貴船らしくないひと言が発せられ、久坂は面食らった。

「ごもっともです」

ようやく窓際を離れた貴船は、コットンパンツに長袖のポロシャツという、いつにないラフな恰好で肘掛け椅子に腰を下ろす。

頃合いよく秘書が運んできた熱いほうじ茶を一口啜ると、「なにかいいことでもあったか」、ときいた。

「残念ながら、なにもありません、先生」

椎名直之が業務上過失致死の疑いで逮捕されてから、すでに半年以上が経ち、全ては空中分解したまま放り出されている。

臨床実験は中止され、「コアハート」の開発は暗礁に乗り上げていた。この不祥事を受け、貴船は学会トップの座を辞すると同時に、アジア医科大学の学部長からも更迭され、千葉の関連病院長として赴任することが先日の理事会で決まったばかりだ。

ここに貴船の野心は、その終焉《しゅうえん》を迎えようとしている。

さぞかし、意気消沈しているだろうと心配して見舞ったというのに、目の前の貴船は妙にさっぱりとして、憑《つ》きものが落ちたような表情をしていた。

「そうか、何もないか。結構なことだ」

貴船は笑い、「いったい、いままで私は何をやってたんだろうなぁ」、といった。

「学長だ、学会での地位だのと汲々《きゅうきゅう》としてきたが、そんなものに何の意味もなかった」

意味がないといわれても、なんと返事していいかわからない。貴船は続ける。

「患者のためといいつつ、私が最優先してきたのは、いつのまにか自分のことばかりだったな。だけどな、久坂君。医者は医者だ。患者と向き合い、患者と寄り添ってこそ、医者だ。地位とか利益も関係なくなってみて思い出したよ」

「先生——」

いま貴船の目が潤むのを見て、ふいに久坂は言葉を呑み込んだ。

そして、驚いたことに、少々胸打たれる自分をそこに発見したのだった。

貴船の言葉は、そのまま自分にも当てはまる。

人の命を救う医療機器を作りたい――。

それが、久坂が日本クラインという会社に就職した理由だったはずだ。

だが、営業ノルマや収益目標に追い立てられるうち、いつしか自分が抱いていたはずの高邁《こうまい》な理想は脇へ追いやられ、ひたすら収益と効率を追求するばかりの日々を過ごしてきた。

会社が繁栄しても、心は廃《すた》れる。挙げ句、その廃れた心に気づきもしない。これほどばかばかしく愚かなことがあるだろうか。

「人生悪いことばかりじゃありません」

そう口にした久坂の声は、思いがけず震えた。「先生の『コアハート』を待っている患者さんたちがたくさんいます。もう一度、挑戦してみませんか。患者さんのために」

「そうだな」

再び窓の外へ視線を投げた貴船の表情は穏やかで、かつて権勢を誇っていた男はこのとき、一介の医者に戻った。

2

最後の臨床試験となる手術を見学するため、佃たちが福井を訪ねたのは、それから三年が経った十月のことであった。

その前日、佃たちは一足先に福井に入り、小児病棟を見舞った。子供たちに本やおもちゃを贈り、言葉を交わして励ます。立花が始めて以来の習慣だ。

更衣室で着替え、北陸医科大学病院内にある手術フロアへと階段を上がっていく。

一村の秘書に案内されて入った手術室には、すでに患者が運び込まれ、人工呼吸器から気管挿管されたまま全身麻酔で眠っていた。

小学生の男の子だ。人工弁「ガウディ」の置換を必要とする、重い心臓弁膜症患者であった。

昨日見舞ったとき、この男の子は、ベッドに横たわり、静かに天井を見上げていた。

この子に佃がプレゼントしたのは、大好きだというサッカーのボールだ。

「明日の手術を受けたら、きっとできるようになるから」

そういって渡したボールを、この子は酸素吸入マスクをつけたまま、うれしそうにいつまでも抱えていた。そしていま――。

ドアが開き、消毒した両手を肘から上にあげた恰好で、一村とふたりの助手が入室してきたところだ。看護師の手で手術用のゴム手袋がはめられ、準備が整った。

「中島聖人《きよと》君。七歳。体重十五キロ」

看護師が持つボードを、一村が読み上げる。「心臓弁膜症による、僧帽弁の人工弁置換手術で、『ガウディ』の最終臨床試験になります――始めよう」

「よろしくお願いします」

ドクター、看護師から声が出て、切開のための滅菌が丁寧に施され、その後、電気メスによる正中切開が始まった。

胸骨が切開され、開胸器が入れられた。

心膜が切開されると、露出した小さな心臓が、佃たちの凝視するモニタに映し出された。

「これから人工心肺へ移行します。最初のヤマ場ですね」

傍らに立つ真野が説明する。

送血管、そして脱血管を入れ、心拍数をモニタリングしながら、一村が細かな指示を飛ばす。受ける側の臨床工学技士はふたり。機器は最先端でも微調整は全て手作業だ。鉗子《かんし》で流入量を調整しながら、手術台で行われている一村の動きと完全に一体化している。

大動脈から心停止液を注入し、まるで飛行機を着陸させるかのように、バランスをコントロールしながら、人工心肺へと移行していく。

二十分ほどかかっただろうか。

「うまく行ったようですね」

真野のひと言とともに、手術台の動きが活発になっていった。

「――左心房切開」

一村の声がした。前後の接合を失った僧帽弁が露出され、病変部分の切開が始まった。

「さすがに子供らしく、綺麗な心臓だな」

見慣れている真野がいったが、佃にはそんなことを考える余裕はまるでなかった。瞬きするのも惜しいほどモニタにのめり込み、一村の一挙手一投足を見届けようとしている。

一村のオペには、躊躇《ためら》いがなかった。どこをどう切るのか、判断は素早く、そして的確だ。

「素晴らしい」

真野がひとりごちた。自然に発せられた称賛の声だ。「ここまで速く、綺麗に執刀する医者は少ないですよ。さすが――ゴッドハンド」

　帽子とマスクから覗いている財前の目が丸く見開かれていた。臨床試験は、ここ北陸医科大学だけでなく指定された他の病院でも行われ、そのいくつかを佃も財前も、見てきている。

　切開が終了した。

「――ガウディ」

　看護師がトレイに載せたガウディが一村に差し出される。

「いよいよですね」

　佃の背後にいた山崎がぼそりといった。その横に立っている立花の喉《のど》がごくりと動き、手に取れるような緊張が佃にまで伝わってくる。

　小さな人工弁、手術しやすいようなハンドルのついたガウディが患部に当てられ、取り付け位置が決められた。縫合糸がかけられる。

「縫着します」

　と真野の解説の言葉と同時に縫合糸が引かれ、ガウディが心臓の弁輪部と一体となった。

　一村が取り付けられたガウディを指先でチェックしている。

「――オッケー」

一村の声に、助手を務めるふたりのドクターも頷いた。

「じゃあ、これでいくよ」

言葉だけ聞けば軽いひと言とともに、一村がハンドルに取り付けられたスライドボタンを押す。

立花が苦労して開発したボタンだ。一発でハンドルが外れ、患部に縫い付けられた人工弁から離脱できる。佃製作所の特許技術だ。

「――左心房切開を閉鎖します」

一村がいい、縫合が始まった。人体へのダメージを抑えるために、人工心肺を使う時間は短ければ短いほどいい。

心臓の拍動が戻り始め、超音波映像がモニタに映し出された。

術野にいる全員が、いま手を止めてそれを見つめている。手術室の動きが止まり、静謐が訪れた。

佃、山崎、財前や立花たちも、息を呑んで見守る。

重苦しいほどの時間が流れ始めた。

やがて、

「よしっ」

ひときわ大きな一村の声が、その静寂を打ち破ると、魔法が解けたように、全員が慌ただしく動き出す。

人工心肺から完全に離脱し、出血の排液用ドレーンが入れられた。

縫合が始まる。

「ラストスパートだ」

真野がいうや、一村の手さばきが一段と速くなってきた。心膜を縫合し、切断していた胸骨を再接合するまで、あっという間だ。

すでに三時間が経過しているが、一村の集中力はまったく衰えることなく、流れるような手さばきである。

押し込まれていた止血ガーゼが鉗子で引き抜かれ、ついに胸の皮膚を閉じる最後の縫合だけが残った。いつもなら助手に任せて一村が手術台を離れる場面だが、この日の一村は手術台を離れることなく、そのまま続ける。

ひとつの命を紡ぐ作業の、それが最後の祈りのように、佃には思えた。

この手術が一村にとって、いや、ここにいる全員にとって、いかに貴く、重要なものであるか。

やがて――。

最後の糸を縫い上げたとき、ふっと魂の抜けたような静寂が襲ってきた。

赤く染まったゴム手袋を脱ぎ捨てた一村の右手が上がったのはその時だ。

佃も右手の親指を上げてこたえる。

静かな快哉《かいさい》が、手術室の片隅で叫ばれた。

出入り口のドアが開き、手術台の聖人が運び出されていく。

財前、そして山崎と握手した佃は、泣いている立花と加納のふたりを両肩で抱き、何度も揺すって喜びを分かち合う。

その歓喜から少し離れたところで、いま、桜田がひとり呆然と立ち尽くしているのが佃の目に入った。

手術後の後片付けが始まった室内の片隅で、桜田はひとり静かに涙を流している。

「ロケットから人体へ、か」

手術室から出ると、財前がきいた。「どこまで冒険の旅を続けるつもりですか、佃さん」

「どこまででしょうか」

佃も笑ってこたえる。「ひとつ終わってまた始まる。仕事に夢がなくなってしまったら、ただの金儲けです。それじゃあつまらない。違いますか」

3

「先ほど連絡があり、医療機器製造の承認が下りました」

一村から、待ちに待った一報が入ったのは、臨床試験を終えて約半年後のことであった。

「本当に長い戦いでした。ありがとうございます、佃さん」

電話の向こうから一村の喜びが溢れ出てくるようだ。おそらく――。

「ガウディ」は、日本中の、いや世界中の、心臓弁膜症などで苦しむ多くの患者たちの命を救い、夢や希望を届けることになるに違いない。

そのための第一歩を、この瞬間、踏み出したのだ。

「こちらこそ、すばらしい体験をさせていただきました」

電話を終えた佃は、事務所の殿村に報告し、営業部に一声かけてから、技術開発部のある三階へ駆け上がった。

「おい、洋介。アキちゃん――」

声をかけたとき、ふたりはワークデスクで額を突き合わすようにして、一心不乱に何かの図面を覗き込んでいる最中であった。

「厚労省の承認、下りたぞ。――『ガウディ』が認められた」

思わず立ち上がったものの、立花は呆けたような顔で、佃を見た。一瞬の間を置き、生真面目な男らしく控え目に拳を握りしめる。加納の笑顔が弾けた。

「やったな、おい！」

営業部から江原が駆け上がってきたのはそのときだ。江原を追いかけるようにして、息を切らせた殿村も上がってきた。

「おめでとう」

山崎がやってきて、ふたりと握手を交わす。技術開発部の社員たちも次々とやってきた。

祝祭だ。

この様子を、立花たちの作業スペースから、子供たちの写真が見下ろしていた。

その中には、最後の臨床試験の患者となった、聖人の写真もある。先日、一村が送ってくれた一枚だ。

あのとき――うれしそうに病床でサッカーボールを抱えていた少年はいま、写真の中でユニフォーム姿で腕組みをし、右足をボールの上に置いている。

随分、一丁前の表情じゃないか。

心の中で呟いた佃は、社員たちが仕事に戻っていった後、

「お前ら、いい仕事したな」

心からふたりをねぎらった。

すると――。

「それはそうと、社長、ちょっとこれ見てもらえませんか」

立花が見せたのは、一枚のデッサンであった。「一村先生から、例の血栓シュレッダーに関する所見をもらったんで、イメージをスケッチしてみたんです。感じとしては、心臓バイパス手術に使うステントのようなもので――」

思わず、佃は苦笑する。

もう次のことを始めてやがる。

会社は小さいが、夢はでかい。

それでこそ――人生だ。

自分のやりたいことさえやっていれば、人生ってのは、そんなに悪いもんじゃない。

第一、オレがそうだ。

耳を傾けながら佃は、押し寄せる充足感に包まれていった。

4

その夜、帰宅した桜田が真っ先に向かったのは、結の遺影の前であった。

「結――」

呼びかけた桜田に、十七歳の春を迎えたばかりの結が、ずっと変わらない笑みを浮かべている。写真の結は病気のせいで少し痩せ、小さかった頃とは違う、繊細な感情を浮かべた目をしている。

「承認、下りたよ。『ガウディ』の承認が今日、下りたんだ。いままで、見守ってくれてありがとうな。本当に——ありがとうな」

報告し、手を合わせた桜田の頰を、幾筋もの涙が伝い始めた。「お父さん、やっとお前を喜ばせることができたと思う。本当は——本当はお前が生きているうちに、やり遂げたかったたよ。悔しいなあ、結。本当に悔しい。だけど、見ててくれ、これからお前と同じように苦しんでいるたくさんの子供を救うから。救ってみせるから。必ず救ってみせるから」

そういってポケットから出したケースを開けて、そっと仏壇に供える。

承認されたばかりの、「ガウディ」だ。

静かに、桜田は合掌した。

ガウディ計画はここに完了し、かくして、技術者たちの戦いはいま、静かに幕を閉じた。

謝辞

本書を執筆するにあたり、大阪医科大学の根本慎太郎先生には懇切丁寧な医学的なアドバイスをいただきました。また医者とは何者なのか、医療とはどうあるべきなのかという、この物語に必要不可欠なエッセンスを授けていただきました。福井経編興業株式会社の髙木義秀代表取締役専務には、経編技術のノウハウだけではなく、中小企業のフロンティアスピリットを学ばせていただきました。また、福井の豊かな土地柄と温かな人間性に触れさせていただき、深い感銘を受けました。

私の友人であり、心強いアドバイザーである内田・鮫島法律事務所の鮫島正洋弁護士には、前作に引き続き、佃製作所の知財に関する適切なご教示をいただきました。佃製作所がいまなお健在なのは、鮫島先生のおかげです。

それぞれの優秀なスタッフの皆さんにも、大変お世話になりました。

ここに深く感謝の意を表します。

池井戸　潤

解説——絶対の代表作、その後継にして進化形

村上貴史（文芸評論家）

■ホント、最高

作中で登場人物の一人が言う。

「最高でした。ホント、最高でした——！」

この言葉は、そっくりそのまま本書に送りたい言葉でもある。『下町ロケット　ガウディ計画』は、そんな一冊なのである。

■ガウディ計画

本書は、二〇一五年の一一月に『下町ロケット2　ガウディ計画』というタイトルで刊行された。第一四五回直木三十五賞受賞作『下町ロケット』（二〇一〇年）の続《ぞく》篇《へん》である。今回の文庫化に際し、〝2〟が外され、『下町ロケット　ガウディ計画』と改題された。

前作は、タイトルに示されたように、ロケットが題材だった。元ロケット技術者の

佃《つくだ》航平が、大田区の町工場の二代目社長としてロケットエンジンのバルブ開発に取り組み、数々の危機を乗り越えて成長していく様を描いたのだ。今回佃航平は、次期バルブの開発と受注を巡って苦闘しつつ、医療という新分野に挑む。

日本クライン。一部上場の大手メーカーである。佃製作所との取引はない。そんな大企業から、ある部品の試作の依頼が舞い込んだ。だが、何の部品かの説明はなく、さらに、試作費を押さえ込む一方で量産の確約もないという条件だった。大企業が中小企業を下に見てゴリ押ししてきたわけだが、日本クラインとの取引実績が得られることを考慮し、佃は受注を決定した。その後佃は、それがアジア医科大学心臓血管外科部長の貴船教授が開発中の人工心臓の部材となることを知るが、程なくして、日本クラインが佃製作所への量産発注を見合わせそうな意向を示してきた。佃製作所にとって好ましくない展開である。そのうえ、だ。中心事業の先行きも怪しくなってきていた。最重要顧客である帝国重工が、ロケットエンジンの次期バルブはコンペによって決めると言い出したのだ。すでに帝国重工の次期バルブに向けて投資してきた佃製作所にとっては寝耳に水の方針転換である。そう、佃製作所にまたしても訪れた危機だった……。

いやはや池井戸潤、さすがである。この小説はすでに何度も読んでいるが、今回の解説執筆のために読み返し、またしても導入部でがっちりと心を摑《つか》まれてしまった。

序盤から危機また危機なのだ。佃航平は前作『下町ロケット』で佃製作所を一定の軌道に乗せたが、本作では、既存ビジネスも新規ビジネスも先行きが不透明ななかで、会社を率いて、従業員たちを養わねばならないのである。そんな佃航平の姿を見て、そう、読み手として一気に作中に引きずり込まれてしまうのだ。さらに、佃製作所が取引先の大企業に振り回されるだけでなく、社内にも危機の萌芽があるらしいこともこの序盤には記されているから、なおさら目が離せない。読者の心をよりいっそうざわつかせるのが、帝国重工の次期バルブにしても、日本クラインの人工心臓のパーツにしても、佃製作所の仕事を奪おうとするのが、同一の会社という点だ。その会社、サヤマ製作所の社長は、佃航平と同じく二代目社長でありながら、先代による日本式の町工場経営方針を否定し、NASAという看板をひけらかす。その姿もまた十分に嫌みで、ページをめくるための極上のソースとなっている。なんとも強力な導入部なのである。

そんな佃製作所に、元社員から一つの相談が舞い込んだ。心臓の人工弁を共同開発しないかというのだ。ガウディというコードネームで呼ばれているその人工弁は、北陸医科大学の一村医師と、福井の繊維会社サクラダが組んで開発を進めている。だが、重要なパーツを担当していた会社が開発を完遂できず、ギブアップしてしまったのだという。かくして、それを完成させうる技術力を有した佃製作所に話が持ちかけられることとなった。

ガウディの発案者である一村医師は、かつてはアジア医科大学で貴船教授の後継者と目されていたが、訳あって、その貴船によって北陸医科大学に厄介払いされてしまった人物だ。腕は確かだが、学会のヒエラルキーでは、圧倒的に貴船より下であり、新たな医療機器の承認に与える影響力も格段に低い。サクラダにしても、地方の編み物企業の子会社に過ぎず、日本クラインと比べれば零細も零細である。つまりは、研究開発にしても承認にしても、相当に背伸びした挑戦なのである。だが、この技術は、心臓弁膜症で苦しむ患者——特に子供たち——を救う技術であった。自社が危機に陥っているなか、果たして一村とサクラダと組んで、この道を進むべきか。佃航平は悩む……。

池井戸潤は、佃航平の悩みや行動を通じて、日本の医療を取り巻く許認可の壁や大学内の上下関係、大学間の格差などのネガティブな現実をきっちりと描き出す。医学界での出世競争や、結局のところ内輪での賞賛に過ぎない〝名誉〟、あるいは金、そういったものが自分の行動の物差しになっている医者がいる。その医者にまとわりつき、錯覚を助長させ、自社の儲《もう》けを拡大しようという医療ビジネス関係の面々がいる。医療機器の許認可という〝役割〟を、自分自身の権力と勘違いしている審査担当者がいる。その連中にとって、病気で苦しんでいる患者など眼中にない。救える命を救わないことに痛痒《つうよう》を全く感じず、自分の利権やビジネスでの成績しか意識していない彼等は、銃弾の先で命を落としていく人々を顧みずに兵器の消費拡大に血道を上げる武器製造者や武器商人と同じようなものである。そんな連中の醜さや狡猾《こうかつ》さ、あるいは悪知恵の冴《さ》えを、池井戸潤の筆は、くっきりと浮き彫りにしている。

とはいえ、病人の周辺にいるのは悪人だけではない。命を救う仕事にきっちりと向き合っている人々もいるのだ。本書でいえば、医師の一村であり、メーカーのサクラダであり、佃製作所の社員たち、なかでも若手の立花と加納だったりする。彼等の頑張りは、池井戸潤の筆によって悪の悪らしさがくっきりしているだけに、いっそう際立って見える。だからこそ、読み手は彼等に感情移入し、ページをめくる手が止まらなくなるのだ。

その頑張る面々の造形が、また見事である。一村は、貴船の保身や成果の独占のために、地方の小さな大学に飛ばされたのだが、それでも貴船への復讐《ふくしゅう》に走るのではなく、患者第一主義を貫いた(第九章の一村の行動は、まさにその象徴である)。サクラダの社長である桜田は、娘を心臓の病で失った悲嘆に溺れることなく、同じような子供を救うために前を向いた。佃製作所の若手たちも未熟に逃避したりせず、難題解決に必死に取り組む。彼等の姿は読み手の胸を熱くするし、なにより、一村たちの視線の先には病に苦しむ人々しかいない点が素晴らしい。佃製作所の壁を見よ。そこに貼られた写真を見よ（三四四ページだ）。悩みや弱みを抱えながらも、今そこで苦しんでいる人々を救うために必死になる彼等のエネルギーの源泉が、そこにある。

ついつい作中人物に惚《ほ》れるあまり熱く語ってしまったが、一方で本書は、ものづくりの物語でもある。佃製作所とサヤマ製作所、あるいはサクラダ、あるいは日本クラインや帝国重工。規模や分野の相違こそあれ、いずれもものづくりの会社である。そうした会社の矜持《きょうじ》が検《あらた》められる小説なのだ。またもや佃製作所の壁の話になるが、そこに貼られたポスター（三〇六ページや三九七ページ）が、本書で池井戸潤が描いた佃製作所のものづくりの矜持を象徴しており、サクラダともそれは共通している。

残念ながら、医療の分野において先に述べたように〝悪人〟がいるように、ものづくりの分野においても、矜持を持たない人間がいる。一級建築士によるマンションの耐震偽装は矜持に欠けた個人が生じさせた問題だったが、かつてリコール隠しが問題になった自動車メーカーによる燃費試験データ不正（二〇一六年発覚）、大手鉄鋼メーカーによる強度などの検査データ改ざん（二〇一七年発覚）、複数の自動車メーカーの無資格検査（二〇一七年発覚）など、会社組織としての不正が問題になったことは、本書読者の方々の記憶にも新しいだろう。本書はそうした問題にも言及しているが、本書の発表は、二〇一五年である。そう、それらが発覚する前なのだ。経済を、経営を、そしてものづくりを知る池井戸潤だからこそ、この〝現実〟を先んじて見抜くことができたのだろう。

池井戸潤が経済や経営を深く知っていることは、銀行員や財務コンサルティング会社の社外取締役という経歴からも明らかだし、『果つる底なき』や《半沢直樹》シリーズなどの著作にもくっきりと表れている。同時に彼は、ものづくりについての理解も数々の作品で示してきていた。前作の『下町ロケット』がその代表例だが、一六年に発表した『陸王』でも、陸上競技用のシューズを題材に実直にものづくりに取り組む人々を愛情をもって描いていた。〇六年から〇九年にかけて雑誌に連載され、一七年に刊行された『アキラとあきら』の一方の〝あきら〟である山崎瑛も町工場の社長の息子として育った。『七つの会議』（一二年）にも中小ネジメーカーを営む兄と妹が経営会議を開くエピソードが含まれている。〇六年の『空飛ぶタイヤ』は、まさに前述の自動車メーカーを想起させる大メーカーを語った一冊でもあった。さらに振り返ってみれば、《半沢直樹》シリーズの第一作、『オレたちバブル入行組』（〇四年）でも、ネジが作品の重要な要素となっていた。半沢直樹の父が営んでいた半沢樹脂工業の戦略製品が、五年掛けて開発したネジだったのである。ものづくりは、池井戸潤の著作群において、重要な要素の一つであり続けているのだ。

それ故に、プライドのないものづくりに対する姿勢は厳しい。患者への貢献、あるいは社会への貢献を忘れた連中への姿勢は厳しい。その厳しさは、本書終盤で具体的なかたちをとる。そこもまたこの小説の名シーンの一つといえよう。

　それにしても、だ。池井戸潤は、そうした矜持を持たず私利私欲を全力で追求する敵役たちを一つの色に染めてしまうことはしない。我に返って本分を思い出す者もいれば、歪《ゆが》んだ心のまま歩み続ける者もいる。部下に責任転嫁して生き延びようとする奴もいる。このあたりの描き分けが実に巧みだ。敵役であっても、単なる〝役〟ではなく、きちんとそれぞれに〝人〟なのである。最終章で敵役が窓の外を眺めるシーンがあるが、これまた印象に残る場面だ。佃航平不在なのに、この名場面――池井戸潤の底力を実感する。

　前作から引き続き登場する面々にも注目したい。特に、佃製作所の外にいる人物たちだ。会社を辞めて出て行った者がいて、取引先として佃航平に目をかけてくれる者がいて、それとは逆に前作の恨みをまだ引きずっている者もいる。実に様々な生き方をしているのだ。その連中の姿を見ると（ここに本作で会社を辞めた人間を加えてもよい）、己の過ちに気付けるか、気付いた後でやり直せるかが大事なのだと思い知らされる。池井戸潤は、作品のなかで、それが出来る奴も登場させれば出来ない奴も登場させている。そこにコントラストがしっかりと存在し、それ故に、読者もこの大切さをくっきりと認識するのだ。さすがの造りである。

　前作『下町ロケット』を、〝池井戸潤、絶対の代表作〟と評したが、この『下町ロ

ケット　ガウディ計画』は、その正統な後継であり進化形である。超一級のエンターテインメントなのだ。

■三形態

一九九八年に江戸川乱歩賞を受賞した『果つる底なき』でデビューした池井戸潤。その後二〇年にわたって作家活動を続けているが、この『下町ロケット　ガウディ計画』は、最も画期的なかたちで世に送り出した作品であった。新聞連載とTVドラマと単行本という三つの形態で、ほぼ同時期に提供されていったのである。

まず、朝日新聞での連載が、二〇一五年一〇月三日にスタートした。土日に限定しての連載で始まり、最後は、一二月二六日土曜日から三〇日まで毎日掲載され、全二九回で完結した。

TVドラマは、大ヒットした『半沢直樹』と同様に、二冊の小説を一シーズンのドラマに仕立てるというスタイルで一〇月一八日に始まった。TVドラマの第五回までが小説『下町ロケット』のドラマ化であり、一一月二二日から一二月二〇日にかけて放送された第六回から第一〇回までが、この『下町ロケット　ガウディ計画』のドラマ化であった。最終話の視聴率は二二・三％、瞬間最高視聴率は二五・八％と、二〇一五年の民放ドラマでは最高の数字を記録した。また、ザテレビジョンドラマアカデミー賞最優秀作品賞をはじめとして、作品も出演者もスタッフも様々な賞を受賞しており、内容も高く評価された。

　第三形態となる単行本が刊行されたのは一一月五日のこと。新聞連載の半ばでの単行本化という、なんとも異例のスケジュールでの刊行であった。ちなみにその年の年末には四六万部に到達していたというから、いやはや凄《すさ》まじいベストセラーぶりだ。

　二〇一五年の一〇月から一二月にかけての約三ヶ月、これらの三つの形態の〝ガウディ計画〟が、読者や視聴者に届けられていたのである。その準備の期間を含め、著者の池井戸潤をはじめとして、出版社やTV局の方々、さらには役者の方々も相当に大変だったであろうことは想像に難くない。しかしながら、この三形態を同時期に世に送り出すというプロジェクトは見事に完走し、なおかつ受賞や大ヒットという成功を収めたのだ。ただひたすらに喝采するしかない。

　さて、本書は単行本版の文庫化だ。新聞連載は単行本のダイジェスト版であり、内容にかなりの省略があったため、当時、新聞連載版で読んだという方にも、是非お読み戴《いただ》きたい一冊なのである。

■佃製作所
一七年七月に池井戸潤にインタビューしたときのことだ。

第一弾はロケット、第二弾では医療に取り組んできた佃製作所について、第三弾以降の構想を練っているという発言があった。何に挑むか、佃製作所と相談しているのだという。『下町ロケット　ガウディ計画』は、ロケットから医療へという新路線と、三形態同時進行というスタイルで読者を驚かせてくれたが、今後の佃製作所はどこへどう向かうのか。

期待は高まる一方である。

本書のプロフィール

本書は、二〇一五年十一月に小学館より刊行された単行本『下町ロケット2　ガウディ計画』を改題し、文庫として刊行したものです。

小学館文庫

下町《したまち》ロケット　ガウディ計画《けいかく》

著者　池井戸《いけいど》　潤《じゅん》

二〇一八年七月十一日　　初版第一刷発行
二〇二五年二月　八　日　　第二刷発行

発行人　三井直也
発行所　株式会社　小学館
〒一〇一-八〇〇一
東京都千代田区一ツ橋二-三-一
電話　編集〇三-三二三〇-五九六一
　　　販売〇三-五二八一-三五五五
印刷所――TOPPAN株式会社

ISBN978-4-09-406536-7